雙重犯罪：

血紅之塔

貝爾夫人——著

推薦序／校園槍擊案背後的詭計謎團

文／提子墨

貝爾夫人的作品曾入圍第三屆「島田莊司推理小說獎」複選，我一向蠻關注這個獎項複選入圍的作品，諸如它們後來是否經過修潤或改寫，找到慧眼伯樂付梓出版了？我是在許多年後，與她在「台灣犯罪作家聯會」共事有了會務上的交集，才有機會詢問她，當年那一部作品的後續情況。

她告訴我，當初最原始的設想，就是計畫撰寫一套系列作品，而且這幾年也斷斷續續完成了第一本的修潤，還埋首寫完了第二本書稿。我好奇地問她，難道沒有投石問路寄給心儀的出版社過稿嗎？是否介意將書稿傳給我讀一讀？其實，我後來在閱讀書稿時，才讀完第一章就馬上決定要推薦給秀威資訊的主任編輯齊安審稿！

因為，這一部小說完全貼近現今國際間最火熱、最具爭議的話題，也是今日西方世界所恐慌的社會現象。這些年來，在美國接二連三發生的校園槍擊案，學生、家長與媒體們最關注的是受教權的安危問題。這個世界上除了美國，或許沒有其他國家的學生坐在課堂時，心中卻需要擔驚下一秒鐘可能會有持槍的瘋子闖進來，對著他們掃射。

當其他國家的中小學生學著「消防演習」與「地震防災演練」時，他們卻必須學習歹徒闖進校園時的「槍擊避難演習」與逃亡路線。這也是美國國會議員最令人詬病，與被大肆撻伐的槍械管制議題，更是美國「保守派」與「自由派」在立場上，永遠爭論不休的修法提案。近年來，多起大規模的槍擊事件，也澈底消耗了美國政治上的威信。

二〇二二年一月至五月底，美國境內在短短的144天，已經發生過212起大規模的槍擊案，其中有30起是發生在幼兒園、中小學校園。也就是說，平均每天都會有一起以上的槍擊案發生。根據美國「槍枝暴力檔案館」（Gun Violence Archive）的即時統計，截至我撰寫這一篇推薦序的六月底，二〇二二年已經有21,904人因槍枝暴力而身亡。

一起起的校園槍擊事件，也令許多將子女送到學校受教育的父母傷透了心。

二〇〇五年三月二十一日，崇拜納粹並自稱是「死亡天使」的高中學生威斯，槍殺了警職的祖父與其女友後，開著祖父的警車抵達「紅湖高中」又擊斃了七人，最後自殺身亡。二〇〇六年十月二日，賓州鄉間的「阿米許教派學校」，遭到卡車司機羅伯斯闖入，曾有性騷擾前科的他因對社會不滿，以行刑式槍決手法殺害了五名七歲至十三歲的女學生，另外則有五名女學生受重傷，羅伯也同樣開槍結束了自己。

二〇〇七年四月十六日：「維吉尼亞理工學院」的大四韓裔學生趙承熙，在宿舍與兩名室友爭吵後槍殺了他們，兩個小時後又在校園的科學與工程大樓濫射，總共造成三十二名師生死亡，隨後舉槍自盡，這也是美國史上迄今犯下死傷最慘重的校園槍擊案。二〇一二年二月二十七日，十七歲的雷恩帶著手槍和一把刀，闖入了俄亥俄州克利夫蘭近郊的「查頓中學」，在學生餐廳中對一群學生開了十槍，造成三人死亡。據傳，雷恩曾遭受嚴重的校園霸凌，他在行凶後被一名英勇的教師尾隨至校外制伏了。

二〇一二年四月二日，曾就讀加州奧克蘭基督教「奧伊科斯大學」護理系的高萬，因被退學以及常被嘲弄英文不好，而心懷不滿闖入學校開槍造成七人死亡，高萬隨後也被警方制伏。二〇一二年十二月十四日，二十歲的蘭扎在康乃狄克州的紐敦鎮殺害母親後，進入當地一間小學亂槍掃射，造成二十六名學童當場死亡。

二〇一八年五月十八日，休斯敦南部「聖塔菲高中」的學生里奧斯，在校園內持有槍械攻擊，導致了十九名學生、一位老師死亡，以及十人受重傷。二〇二二年五月二十四日，十八歲的德州男子薩爾瓦多在槍擊自己的祖母後，手持AR-15步槍潛入尤瓦爾迪市的「洛伯小學」犯案，造成包括兩名師長、十九名學童死亡，並有多人受傷。最終，薩爾瓦多被到場的武裝警察擊斃。

直到今年的六月二十四日，也就是洛伯小學槍擊案發生後的一個月，曾經一再支持民眾的擁槍權，並多次投票否決槍械管制條例提案的共和黨議員們，在人神共憤的社會輿論下，以及民主黨議員在洛伯小學槍擊案後，於議會上痛心疾首懇求國會議員們正視槍械問題，也隨之主導表決通過了一項兩黨參議院槍械法案。議案中否決了有百年歷史的一條紐約法律條文，並立法加強對年輕購買者的背景調查，對於加入實施「紅旗法」（Red Flag）的州政府也將提供補助。

所謂的紅旗法，就是只要是被法院認定身心狀態並不適合擁槍，或是行為對社區與社會有威脅性的人，都將暫時或永久摒除於可購買槍枝的名單外。儘管這只是槍械安全立法非常小的一步，卻是自一九九四年以來美國首次管制槍械的重大立法，也打破了長達近三十年的槍械管制僵局。

沒想到，遠在遙遠亞洲的一位台灣作者，竟然早在十多年前就開始關注那些層出不窮的校園槍擊案，並且將之設計成小說謎團的其中一環！假如我並不認識貝爾夫人，可能會以為《雙重犯罪：血紅之塔》應該是貝爾「先生」所寫的吧？因為，她所經營的題材充滿了男性讀者們喜愛的現實、殘酷、驚悚與些許血腥，但在探案主角的視角引導下，讀者又可跟著電視台女記者琳達的女性敏感進行觀察，去倒敘推論那一場腥風血雨的屠殺，在關鍵的細節與事後的訪談比對下，令人質疑的詭計也就一層層被剝下了。

《雙重犯罪：血紅之塔》打從一開場，就像一幕幕緊張又緊湊的懸疑動作片，快節奏的情節進展令人停不下翻頁的小指頭。讀者的視角就像是跟在琳達的身後，深入西澤大學尋找那一場被其他媒體記者獨漏，卻正在發生中的校園槍擊事件！她在尋找失蹤的攝影搭檔時，與驚魂未定的倖存者擦身而過，也目睹了穿著畢業學士服卻血流成河的遇難學生們，甚至眼見自己的搭檔成為散彈槍下的亡魂，以及也穿著學士服的兇手轟爛自己腦袋的驚悚畫面！

然而，這一場充滿血腥的校園屠殺，卻僅是一只隱藏著醜陋真相的黑盒子，當一個個令人費解的謎團被琳達環環相扣後，我們也將看到在這個社會中為了私慾、名利與財富，而可無所不用其極泯滅人性的巨獸們。

作者簡介／提子墨

小說作家、書評與翻譯。溫哥華電影學院畢，目前旅居加拿大。台灣犯罪作家聯會、英國犯罪作家協會、加拿大犯罪作家協會PA會員。二〇一八年以《幸福到站，叫醒我》參展德國「法蘭克福書展」台灣主題館、第四屆「島田莊司推理小說獎」決選。

目次

校園屠殺事件

1

陽光穿過一棟辦公大樓的落地窗，折射出令人炫目的光暈，一圈圈地擴散著七彩的光芒，就像天使的羽翼，藉由陽光的能量，將溫暖散播到人世間。

此刻，一位綁著馬尾，紅髮身材纖細，臉上顯露出憂鬱神情的女子琳達，從辦公大樓窗外往下望，雙手緊貼窗戶，思緒穿過自己的倒影，視線正對著一座小巧可愛的公園。公園內，鳥兒雙雙對對展翅飛翔，人們悠閒地在公園裡散步，孩童們的笑臉，述說著和平與包容，這美麗的景緻，看在她的眼裡，卻是一種極為緩慢的煎熬。

「真是令人厭煩的好天氣。」坐在角落的琳達一邊嘟囔，一邊望著窗外風景直發呆。

今天是試用期的最後一天，記者生涯剛滿六個月，原本計畫好要和同事們一同慶祝，可是環顧四週，公司內半個人影都沒有，落寞的心情，只能用不斷地旋轉著手上的筆來排解。

「我是個記者，又不是大老闆的秘書，為什麼我要像個傻瓜，坐在只會讓人逐漸發霉的椅子上？」琳達的口中念念有詞的說，然後突然甩掉手中的筆，猛然從椅子上跳了起來，開始漫無目的的來回踱步。

電視台所有記者，並非同時在偷懶，而是忙著採訪西澤市最重要的新聞，也就是西澤市市長遭受調查局查緝，罪名是涉嫌瀆職及收受賄賂，市長面對調查局的指控，突然在今日召開臨時記者會，正式對外說明。因為此案情節重大，幾乎全市所有媒體都出動，期望能捕捉到關鍵性的一刻。

記者會除了左右現任市長的政治仕途外，也是西澤市十多年來，從未有過如此高層涉案，市民們都不敢相信，一向熱心、有遠見的老市長，竟會捲入是非官司之中。

在這麼緊急的時刻，為什麼身為新聞記者的琳達，此時仍在辦公室留守呢？這個時候照理來說，她應該會在市政府與其他媒體記者，一起被人群擠成沙丁魚才對。

時間回到上個禮拜，琳達和她的搭擋攝影組的小李，一同採訪畢克服飾秋、冬新裝發表會。在會場中，她順利採訪到這場時尚派對的重點名媛及貴婦，尤其是葛羅莉・畢克，除了她是這場發表會的壓軸外，她更是畢克時裝設計總裁喬・畢克的妻子，琳達原本幸運得到一個千載難逢的機會，可以獨家訪問她，最後卻事與願違。

正當所有記者專心在拍攝伸展台時，琳達因為太過緊張，不小心把小李絆倒，拍不到最重要的謝幕畫面，還造成小李的腿部扭傷，攝影器材也因此毀損，琳達被大老闆狠狠刮了一頓，並要求她一個月內不能參與前線新聞報導，基於這個緣故，她只好被迫留守公司。

2

急促的電話鈴聲，畫過寂靜的空間，竄入琳達・艾菲爾的耳中，把仍留在悲慘心境裡的她給嚇了一大跳，但琳達反應出奇之快，瞬間回過神來，然後清一清喉嚨，並且快速的接起電話。

「是小李啊！你的腳傷都好了嗎？怎麼不多休息呢？」琳達接起電話，口氣中帶有歉疚。

「琳，妳仔細聽好，有大事發生了，我在家裡休息，突然聽到西澤大學校園內傳出槍響……」李順安激動的說。

「什麼！我現在就打電話報警……」琳達緊張的說。

「沒有用的，我已經試過了，但是沒有人接聽，一定是因為臨時記者會的關係，所有的警力都被派到市政廳去了。」李順安無奈的說。

「琳，這可是千載難逢的獨家新聞機會，妳趕快過來，我會拿著攝影機，在校門口等妳……」李順安說。

「可是你的腳傷怎樣辦？」琳達擔心的說。

「已經好的差不多了，用不著擔心我，快點過來吧！這可是獨家新聞哦！」李順安難掩興奮及好奇心對著琳達說，之後便掛掉了電話。

「西澤大學啊！我幾年前才在那兒畢業，是個非常美好平和的地方，怎麼可能會發生這種事呢？該不會是小李弄錯了。」琳達心裡一邊想著，同時用最快的速度趕到停車場。

琳達馬上發動起她的老爺車，就是那輛在停車場內，看起來最破舊的一台褪色金龜車，其實這是她的父親特別餽贈的心意，做為琳達找到第一份工作的禮物，琳達對這輛車相當的疼愛，但此時的她並沒想那麼多，不顧一切的踩下油門，車子立刻向前狂奔，不知道闖過幾個紅綠燈，撞倒路上多少個垃圾桶，老爺車就在快要解體的時候，到達了目的地。

到了大學正門口，琳達四處張望，卻沒有看到小李的身影，琳達立刻從口袋取出手機播打電話給他，但小李並沒有接聽，當她又試著再打一次時，忽然聽到槍聲響起，夾雜著人們尖叫的聲音，琳達下意識的抱著頭蹲下，然後抬起頭來，便看到幾位大學生倉皇的正往門外跑，嘴裡忍不住發出驚恐的呼喊。

「救命啊！有人開槍、有人開槍……」其中一位學生說。

「小心，你有沒有受傷？裡面的情形怎樣？」琳達攙扶跌倒在地的學生，並對著他說。

「有人在畢業典禮會場中開槍，好多人受傷，大家都互相推擠著，我好不容易才從會場中逃出來。」那位渾身髒兮兮，身穿有撕破痕跡學士服的畢業生，他緊張的對著琳達說。

琳達詢問出典禮會場的確切位置後，不顧他人的勸說，獨自一人冒險進入校園，她刻意壓低身子並不斷朝四面八方察看，緩慢的走向花園大道，首先遇到的建築物，是在花園大道旁的大型溫室，平常溫室的門幾乎都是緊閉的，但是現在溫室的門是卻打開的，琳達沒想太多就走向溫室，並且快速的向裡頭望，發現裡面根本沒半個人，但有許多的花盆都被打翻，花瓣、泥土散落一地，看起來像是被人蓄意破壞過的樣子。

琳達小心的穿過了溫室，心裡盤算著要選擇走哪條路，才能比較省時，於是她走到鐘樓和教學大樓中間的小路，那是直達露天音樂館最快的捷徑，但是那條路十分狹窄，而且完全沒有可躲避的地方，要是發生什麼事，後果可是會相當嚴重。琳達為了提振自信心，深吸一大口氣，鼓起勇氣走了進去，雙手緊貼鐘樓牆面，眼睛不時往後查看，還好老天保佑，一路都很順利，沒有讓她遇到歹徒。

走出了小路，眼前是一座人工池塘，琳達記得這裡原本棲息著許多可愛的天鵝，大學時代的她，經常在池邊的木椅上看書，同時欣賞這群可愛的生物，但此時天鵝們都不見蹤影，剩下散落一地的羽毛，除此之外，她還看到幾個黑色的不明物體占據了整座池塘，琳達小心翼翼的走近一瞧，馬上嚇得倒退三步。

「我的天啊！是屍體。」她雙手按住嘴輕聲的說。

那是三位身穿學士服的學生，本來正準備開心畢業，就像所有的人一樣，心想終於能迎向光明的未來，但沒想到竟變成殘破不堪的屍塊，在池塘裡載浮載沈，黑色學士服就泡在紅色的血液中，散發出濃濃的血腥味，這令人心痛的味道，讓她忍不住掩鼻。

琳達鼓起勇氣再次瞧了這些屍體一眼，發現其中一位似乎是臉部中彈，已經認不出原來的面貌，下顎的骨頭都跑出來，眼珠也掉出來一個，模樣相當恐怖，讓她只能立刻將視線離開這裡，否則她馬上就要昏厥。

「接下來一定要更小心才行，哎！不守信的小李，不知道跑到哪裡去了？」琳達自言自語，表情透露出內心的不安。

她隨手撿了一根樹枝，拿來當作防身之用，但是她明白，那只是讓自己心裡覺得安全一點，並沒有什麼作用。

繞過人工池塘之後，前方就是露天音樂館，一路上到處都是人們掉落的物品，然而在這些物品的表面，明顯可看出人們的腳印，可見當時情況一定非常危急，大家只顧著逃跑，其他的東西都不管了，甚至直接將手中物品丟棄，任由後面的人踩踏，因為活著比其他身外之物更重要。

跟著散落一地的物品，她來到露天音樂館前的空地，看到校方所精心布置的裝飾物品，以及紅地毯、歡迎布條，還有許多的七彩汽球正隨風飄浮，當她通過美輪美奐的人造隧道後，終於到達畢業典禮會場，那個像貝殼般的舞台，及排成像波浪形狀的座椅。

睹物思情，琳達想起當年自已也是在此領取畢業證書，當時父親還在現場照相兼喝采，祝她畢業後能發揮所長，並找到理想的工作，她們父女倆甚至還差點激動落淚，氣氛相當的溫馨，也令人難以忘懷。

如今這個地方，已成為人間煉獄，會場中遍地是鮮血，令人觸目驚心，遠方傳來陣陣烏鴉淒厲的叫聲，襯托出該地一片死寂。

躲在一棵大樹後的琳達，用眼角餘光掃過，估計大約有六、七位學生及來訪家屬，倒臥在血泊之中，似乎早已氣絕身亡，但還有一、兩個人身受重傷，躺在地上不斷地掙扎。

琳達確認附近沒有危險，就跑到其中一位傷者的身邊，先把手上的樹枝放下，然後脫掉身上的薄外套，把它撕成兩半，一半拿來幫他包紮大腿上的傷口，另一半墊在傷者的頭下，想辦法讓他覺得舒服一點。

「我快死了……我完了……怎麼辦？怎麼辦？」傷者無助的吶喊著。

「不要亂動，撐著點，很快就會有人來救你的。」琳達嘗試著講一些鼓勵對方的話。

然後她回頭去察看另一位傷者，隨手拿起地上不知某人遺忘的舊外套，把襯裡撕開來，想要幫忙他包紮，但是此人早已奄奄一息，琳達解開他上衣的扣子，只見流彈碎片布滿整個胸腔，血液不斷從傷口流出，看到這個情況，琳達既難過又覺得束手無策，只能看著他嚥下最後一口氣。

「你有看到兇手往那個方向走？總共有多少人？請你回想看看好嗎？」琳達對唯一倖存的傷者說。

「我只有遠遠的看到一人拿著槍，從舞台右方出現，然後到處亂開槍，我看到這個情形，就急著想要逃跑。突然感覺到腿部一陣刺痛，就發現大腿中彈，整個人面部朝下跌在地上，兇手還從我身旁經過，幸好我立刻裝死沒被他識破，最後他往教學大樓方向走過去，當下我還以為我死定了。」傷者激動的述說。

「聽好，我現在就要到教學大樓那裡去察看，你不要害怕，待在這裡比較安全。」琳達鎮定的說。

「不要丟下我，求求妳。」傷者顫抖著身體，害怕的說。

「我等一下就會回來，你要相信我。」琳達拍拍傷者的肩膀並且對著他說，然後便起身前往教學大樓。

西澤大學的教學大樓總共有A、B、C、D四棟，每一棟都有天橋相互連接，在很遠的地方觀看，就像是三個連體的H英文字母佇立在眼前，而最靠近露天音樂館的是D棟藝術設計大樓。

離開露天音樂館，琳達打算繞過位於側邊的花圃，沿著石頭堆砌的矮牆走，轉眼之間，她就來到教學大樓D棟大門口，通過玻璃大門之後，來到大廳的迴廊，在她的眼前明明就有二個電梯門，可是卻選擇不搭乘電梯，反而利用爬樓梯的方式，往更高樓層走去。不搭電梯的原因，不是因為琳達有幽閉恐懼症，而是因為她看了太多恐怖電影，電影中，很多人都是因為搭電梯才出事的，所以她寧可累一點爬樓梯，也不要冒險去搭電梯。

「警察到底都在哪裡？怎麼可能會完全沒有人接聽！」琳達嘗試著打電話報警，但是無人接聽，只有電腦語音叫她耐心等待，琳達等了數分鐘，生氣的抱怨著。

在打電話的同時，她也在大樓裡層層搜查，每一間教室都不放過，但是仍不見任何人的縱影，最後她到達了頂樓，一陣大風把她的頭髮都吹亂了，琳達撥了撥頭髮並且把頭順勢向下望，突然在對面大樓走廊閃過一個人影，琳達被嚇得快速蹲下，然後慢慢起身察看，人影卻早已消失了。

「好吧！這表示我得要到對面去探個究竟了。」琳達鼓起勇氣的對自己述說接下來的計畫。

她順著樓梯往下，到達連結D棟與C棟之間的天橋，琳達從以前就覺得天橋就像一個超級大的透明長形方塊，看起來有點像是時光隧道，而下方設計成一個大拱門，就類似法國凱旋門的風格，從天橋上眺望，校園美景盡收眼底，但是現在的她，在如此情形之下，也無心去欣賞風景，只希望不要在這裡遇到兇手，讓她能夠平安、快速的通過。

當她就快要走到天橋中間時，突然聽見對面大樓傳來沉重的腳步聲，她立刻停止所有的動作不再前進，儘量屏住呼吸安靜的聆聽著，縱使她刻意要求自己一定要鎮定心神，但還是緊張害怕這個未知的處境，再加上她發現聲音是愈來愈接近，她心跳的速度也就愈來愈快，根本沒辦法好好的思考。

「老天爺，為什麼偏偏選在這個時候？」琳達心裡無助的想著，雙手緊緊的握拳，感覺汗水在手心慢慢的滲出，連呼吸都有些困難。

突然間，一顆頭從前方探了出來，用一雙雪亮的眼睛直盯著她看，琳達頓時覺得心臟快要爆炸，好像馬上就要準備離開人世，差點就要尖叫出聲。

「我的媽呀！原來是小李。」琳達用力深呼吸了一大口氣，心裡這麼想著。

小李沒有說任何的話，反而表情嚴肅的對她比了比手勢，叫她慢慢的走過來，並且要她安靜不要出聲，琳達跟著他的指示照做，然後終於走到小李的身邊。

「琳，兇手就在這棟大樓裡，我剛才還被他發現，差一點就沒命了。」李順安把聲調放輕，對著琳達說。

「小李，你為什麼不等我，自己就先進來了？」琳達有點生氣的說。

「因為時間緊迫，我想在現場拍到獨家影像，所以只好先行進來。」李順安不好意思的說。

「幾乎所有畫面，我都有拍攝到，因為我一直跟在兇手的後面，本來完全沒有被他發現，直到有人打電話給我，兇手聽到了鈴聲往後察看，就發現我在用攝影機拍他，現在他正在找我。」李順安眼神中帶著恐懼的說。

「對不起，是我害你被發現，我不應該在這個時候打電話給你。」琳達對於自己的行為感到自責的說。

「別講這些了，先逃命要緊，以後妳再好好補償我吧！」李順安把話說完後，就拉著琳達的手，躲到附近的一間教室裡，然後為了保險起見，他們鑽到最後面的課桌底下。

「小李幸好你沒事，不然我會愧疚一輩子。」琳達慎重的對著小李說。

「琳，妳不記得了嗎？我曾經告訴過妳，我的名字順安，其實是有特殊的意義，除了是我媽特別為我取名之外，最重要代表的意思是順利及平安，也就是說我這輩子都會非常平安而且順利，所以妳就不用過度去責備自己。」李順安體諒的說。

「感謝你的寬容，伙伴。」琳達說。

「對了，琳，有一件事很奇怪，兇手從會場中離開後，好像特別針對某一個人，並且跟在那個人的背後，就一直追蹤他追到這裡，然後我似乎依稀的有聽到，兇手嘴裡不斷喃喃的說『你為什麼要欺騙我……，你這個大騙子……』，可惜我並沒有看到那個人的長相，但是我想他要追殺的那個人，不是已經死了，就是已經逃走了，因為他到後來都只顧追著我不放。」李順安把心中的疑問告訴琳達。

「嗯……，難道還有另一名同夥？」琳達努力思考著，並且對著小李說。

就在他們忙著對話，逐漸降低警戒的時候，突然間，教室的前門碰的一聲打開，那人直接走入教室內，在講台前來回走動將近數分鐘，而後就慢慢的走上台階，然後不知道用什麼東西，敲擊著前排的課桌，發出巨大的聲響，琳達和小李相互對看，彼此明白大事不妙了，害怕的神情在他們的臉上表露無遺，兩人雙手緊緊相握，就像是在等待死亡的到來。

「琳，攝影機妳幫我好好保管，一定要把帶子播放出去，讓所有人都知道事情的真相。」李順安把臉靠近琳達的耳邊輕聲的說。

「請妳一定要好好的活下去。」李順安真誠的對著琳達說，之後便放開琳達的手，從課桌後方跳了出來，並且高舉著雙手。

「攝影機呢？你是記者吧？快給我你的攝影機，不然你就完蛋了。」兇手大聲的咆哮著。

「攝影機已經被我給藏起來了，你是找不到的。」李順安用盡全身的力氣對著兇手說。

「你不要命啦！快給我你的攝影機，否則我就開槍了。」兇手暴怒的說。

「答案是不要，你這個變態殺人魔。」李順安大聲的說。

「啊……，這全都是你逼我的，去死吧！」兇手歇斯底里的大叫一聲，然後就失控的對著小李連開三槍，小李被子彈打中腹部，然後因為衝擊力太大，整個人飛到教室的最後面，直接衝撞牆壁，把牆壁撞出一個大洞，身體也因為近距離射擊，而變得肢離破碎且分散各地。

琳達渾身直發抖，然後用不聽使喚的雙手來按住嘴巴，強忍住悲慟的心情，盡力不發出聲，但是她的眼淚卻忍不住奪眶而出。小李的血肉就像雨水般，無情地打在她的身上，他溫暖的血液很快就變得冰冷而凝固凍結。

「我一定要想辦法逃出去，但是現在我必須離開這裡，否則很快就會被發現。」琳達心裡一邊這樣想著，一邊緩慢地往教室角落移動，手上緊緊握著小李的攝影機。

琳達最後選擇躲在教室角落的地方，這時她才真正看清楚兇手的樣貌，他的身形高大，但是骨瘦如柴，身上穿著尺寸不合的學士服，手上拿著一把散彈槍，頭髮十分凌亂，就像很久沒有理髮的樣子，他的兩眼充滿著殺氣，正惡狠狠的瞪著小李倒下的地方，然後拖著沈重的步伐，走到小李的身邊，並且彎下腰來，像是在尋找著什麼。

突然間，他又再度失控抓狂，把手上的槍托當成木棍，瘋狂敲擊著身旁的一張桌子，口中彷彿在說一些什麼話，他現在的行為，就好像是被魔鬼附身一般，完全控制不了自己。看到如此情況，琳達不敢再有所動作，深怕萬一被他發現，就再也見不到明天的太陽。

「算了，沒有人瞭解我也無所謂了，哈哈哈……，像我這種人，沒有人會聽我說話，沒有人會關心我，哈哈哈……，甚至死了也無所謂了，哈哈哈！……，下地獄去吧！下地獄去吧！所有人都恨我，都希望我早點死去，哈哈哈……，老天爺，你總算如願以償了，來取走我的性命吧！不！但是我偏不要，我自己決定我的死期，這是我唯一能決定事情，沒有人能夠阻止的了我，哈哈哈……。」兇手用陰鬱的語調述說著，並且不時的仰天狂笑，令人不寒而慄。

就在這一瞬間，琳達都還來不及搞清楚狀況時，兇手就拿出預藏的手槍，抵住自己的太陽穴，然後迅速朝著自己的腦袋開槍，鮮血噴灑在右邊大片白色的牆面上，他當場倒地身亡，結束這場恐怖屠殺。

3

琳達持續呆坐在地上，神情恍忽的看著遠方，不知道經過久多少時間，太陽餘輝漸漸照在她慘白的臉上，然後就在她開始回神之際，聽見了警車及救護車的聲音在耳邊響起，琳達低頭看著手中的攝影機，連忙站起身來，但是她的雙腳仍是不停地發抖，她緩慢的走向小李慘不忍睹的屍體，情緒突然潰堤並且開始放聲大哭。

「小李，你這個爛好人，我又沒有拜託你為我犧牲性命，你這個愛逞英雄的大笨蛋。」琳達直直跪在地上，用盡全身的力氣，不斷地敲打著地板，喊叫著。

整理著快要崩潰的情緒，琳達走到兇手的屍體旁，用鄙視及怨恨的眼神，瞪著殺死小李的人，就在注視的同時，兇手身上的一件物品，吸引琳達的目光，是一個金色雕花兔子形狀的別針，就別在他衣服的左領上，閃閃發光。

另外，琳達發現兇手的腰間隆起，似乎藏有東西，於是就小心地把手伸入口袋內，取出了一本小簿子，她隨手翻了翻，覺得其中大有文章，因為這本簿子裡寫滿許多奇怪的符號，而且每篇文章上頭都標有日期，就像是兇手的個人日記，只是大部分文字都相當難以理解，琳達想要仔細研究內容，然後她想都沒想，就將小簿子隨手放到自己的口袋裡，而後她突然想起與倖存傷者之間的約定，再看了小李最後一眼後，就帶著悲痛的心離開，重回事發現場。

當她再度來到露天音樂館時，發現四周已拉起黃色封鎖線，那位傷者也已經被抬上救護車。

「天啊！小姐，妳受傷了嗎？」一位好心的員警對著她說。

「我沒有受傷，衣服上的血並不是我的。」琳達看了看身上的血跡，並對著那位員警說。

「我剛從教學大樓C棟的C601教室過來，兇手殺了我的朋友，然後就自殺。」琳達儘量讓心情保持穩定，對著同一位員警說。

那一位員警扶著驚魂未定的琳達到救護車上，細心地幫她披上毯子，要她儘量放鬆心情，然後轉述剛才兩人的對話，告知其他的同事，不久便立刻看見三位員警往教學大樓方向走去。

琳達她坐在救護車上，頭靠著旁邊的擔架，看著身旁已用黑色袋子蓋上，且排列整齊的十具屍體，想起她所經歷的一切，眼淚又在眼眶裡打轉。

一位身材矮胖、頭髮有些微禿，身穿全套不合身黑色西裝的人，正往她這裡走來，從那個人臉上的表情看來，就像是一位非常嚴肅又難搞的人，擺出一副討債集團的臉，嘴角往下加深他的法令紋，讓他足足比實際年齡老了五歲，但當那個人走到琳達身邊時，卻又勉強的擠出笑容，反倒讓人覺得更加的害怕。

「小姐妳好，我是警察局長湯姆・貝利，妳現在方便告訴我事發的經過嗎？」局長一邊打量著她，一邊對著她說。

琳達點頭表示同意，然後用最簡潔幾句話，告知對方她所經歷的一切。

「哦！原來妳是第七頻道的記者，難怪有些眼熟，很遺憾妳失去了一位好友，發生這種事情真令人難過。」局長表現出極度同情之意。

「謝謝你的關心。」琳達有氣無力的說。

「妳說，妳的朋友小李冒險用攝影機拍攝到案發過程，那麼攝影機現在仍然在妳的手上嗎？」局長用試探性的語氣問說。

「是的，攝影機在我這裡。」琳達老實的回答說。

「方便給我看看嗎？」局長直截了當問說。

琳達認為自己沒有理由拒絕對方要求，於是就把攝影機交到局長的手上，沒想到局長立刻就把攝影機收起來，轉身準備離開。

琳達反射性產生的保護動作，馬上跳下救護車，想要取回攝影機。

「你怎麼就這樣拿走了攝影機，我並沒有把它交給你的意思，這是私人的物品，你沒有權力從我身邊拿走，快點還給我。」琳達直接對著局長大聲的說。

「艾菲爾小姐，這是證物，我們警察有權力扣押他人的物品，請妳見諒。」局長慎重其事的說。

「我管它是不是證物，這台攝影機可是小李用命換來的，說什麼也不能交給你。」琳達激動的對著局長說。

自制力一向很強的琳達，不知道那裡來的勇氣，竟然不顧一切的想要衝向局長，搶回小李的攝影機，卻被突然出現的兩位護理人員給攔了下來，強行將她帶上救護車，並且立刻把車門鎖上，不讓她有機會逃脫。

「你們在幹什麼？快點放開我。」琳達不斷地掙扎並大吼著說。

「小姐，放輕鬆一點，現在已經沒事了，好好休息吧！」其中一位護理人員手上拿著注射針，熟練的朝著她左手腕上，用力的刺了下去，細聲的對著她說。

過了一段時間，大約兩、三分鐘左右，她的眼前突然一片模糊，強烈地睡意打敗了她堅強的意識，然後就這樣閉上了雙眼，沉沉的睡去。

4

琳達睜開眼睛，發現自己人在醫院，柔和的光線中，隱約看到一個身影，她揉揉眼仔細一瞧，看到一位陌生的男子，身穿淺灰色西裝，有著一頭耀眼的金色秀髮，精緻臉蛋上的明眸，正望著躺在病床上的她，眼中微微帶有一絲不捨。

「你是誰？我躺在這裡有多久了？」琳達用兩手支撐，然後坐起身來，問著那位陌生男子。

「大約半天左右，現在是早上七點。」陌生男子明確回答她說。

「妳餓不餓？我有買一些早餐，因為不知道妳喜歡吃什麼，所以就買些花生果醬三明治，和咖啡。」陌生男子溫柔的笑著，並且對著琳達說。

「謝謝你。」琳達非常感激的說。

她隨性的咬了一口三明治，還沒有仔細咀嚼，眼淚卻又忍不住掉了下來，一邊哽咽一邊吃著帶有淚水的早餐。

「別害怕，妳現在已經安全了。」陌生男子用溫柔的語氣對著她說：「我是聯邦調查局的幹員比利‧羅斯，有件事情需要妳的協助，可以請妳告訴我，昨天發生的事情嗎？」

琳達好不容易稍微放掉悲傷心情，開始努力想要振作的同時，卻突然想起了一件極為重要的事情，然後又開始不安起來。

「你有沒有看到我身上的衣服？」琳達擔心的詢問比利‧羅斯。

「衣服膺該放在那邊的衣櫃，妳休息的時候，護士幫妳掛起來的。」比利指著右邊那個棕色的櫃子說。

琳達顧不得身體仍然虛弱，馬上起身打開衣櫃，找到口袋裡的那本日記，隨後假裝什麼事都沒有，再把日記放在原位。

「妳怎麼了？」比利關心的問說。

「沒什麼，只是擔心手機不見罷了。」琳達機警的回答說。

「好吧！早餐記得要吃完才會有精神。」比利‧羅斯親切的說。

「謝了，但我們互不相識，你為什麼要對我這麼好？」琳達說。

「也許是習慣，我有一個妹妹，她跟妳的年紀差不多。」比利話鋒一轉。

「對了，我想請問當時妳在校園裡，有沒有看到這一位學生？」比利‧羅斯拿出一張照片，他指著照片中的女學生，並且對著琳達說。

「嗯，我想應該是沒有。」琳達經過仔細回想，然後回答。

比利・羅斯聽見這句話，好像突然鬆一口氣，表情也變得不那麼緊繃。

「你現在對這整起事件知道些什麼？」琳達有些試探性的詢問比利・羅斯。

「我目前只從警察局長那裡知道一些事情，但是還需要妳的佐證。」比利・羅斯簡單的回答。

「妳是最後見到兇手的人，對吧？」比利・羅斯面不改色的說：「那他在自殺前，有說什麼嗎？」

聯邦調查局幹員的這一番問話，又讓兇手可怕的影像，再度回到琳達的腦海，使得她再次害怕的全身發抖，但是她拼了命的想要掩飾恐懼的心情，反倒表現一副非常鎮定的樣子。

「……，只有說一些憎恨上天和自己的話。」琳達停滯了一會兒，勉強擠出一句話。

「對不起，我沒有注意到妳的心情，我晚點再詢問，現在妳還是先休息吧！」比利・羅斯透過表情，瞭解琳達的感受，然後體貼的說。

「沒有關係，請你繼續問完。」琳達振作一下精神，對著比利・羅斯微微的一笑，並且搖一搖頭說。

「好的，妳知道兇手為什麼要殺攝影記者李順安？還有兇手為什麼要走到離會場較遠的教學大樓？」比利・羅斯謹慎的問著。

「對了，攝影機，警察局長把小李的攝影機拿走了，所有的過程都存在裡面，連我自己都還沒有看過，請問你可以幫我向警察局長取回攝影機嗎？」琳達突然想起小李所託付之物，十分激動的說。

「什麼攝影機？局長並沒有跟我提起過。」比利．羅斯單手扶著下巴，若有所思的說。

「謝謝妳的配合，這是我的名片，如果有想到任何事情，或是有什麼事情想要詢問，隨時都可以打這支電話。」比利．羅斯從外套的內袋裡，拿出一只名片夾，取出一張名片，遞給琳達，然後一邊往門的方向走，比利．羅斯走到門口，禮貌性的回過身對琳達微微點頭示意，才離開了病房。

比利．羅斯離開不久，會診的醫生就馬上進來病房，經過大約一個小時的診察，確定琳達精神上沒有什麼大礙，就核准她出院。

在辦理出院的同時，琳達立即播打電話回公司，想要如實告知自己與小李所經歷的屠殺事件，還有因為現在人在醫院，所以無法準時返回工作崗位的理由，但電話一直都打不通，最後琳達只好放棄，發了簡訊給公司，請了假，隨後聯絡父親，告知情況並請他接送，回到自己的小公寓。

5

向父親告別之後，琳達才一走進家門不久，就聽到咚咚咚的聲響，從屋裡傳來，她往聲音的發源處看去，原來是她家狗兒一聽見開門的聲音，就立刻高興的狂奔過來，然後不斷在她的腳邊打轉，尾巴也不停的在搖，並且露出非常無辜又可愛的眼神，琳達伸出雙手，給小狗一個愛的擁抱。

「抖抖，妳一定很餓了吧？對不起，媽媽昨天有事離不開，妳能原諒我嗎？」琳達對著一隻可愛的黃金獵犬說話，然後到廚房裡，拿出一個大的飯碗，在裡頭倒滿大量的狗食，準備要拿到狗兒的面前，狗兒聞到味道，高興的跑了過來，狼吞虎嚥享用著眼前的美食。

等到小狗吃飽之後，琳達馬上從上衣口袋裡拿出那本日記，坐在書桌前仔細研究，大約詳讀了二個小時，依舊看得一頭霧水，一直無法把文字連接成句子，日記內容連一個人名都沒有，更無法分辨到底誰是誰，只有一連串奇異的符號。

於是她暫時休息片刻，離開書桌走到她小巧的餐廳中，為自己倒一杯水，快速的一飲而盡，接下來就走向客廳，讓自己整個人都陷在沙發裡，擺出像是一個小嬰兒般舒服的姿勢，另一隻手反射性的拿起遙控器，快速的打開電視，就如同往常一般，看著她喜歡的新聞頻道。

琳達發現幾乎所有的新聞台，都以市長臨時記者會為重點新聞，並且以連續新聞方式播放，當她在各個新聞台之間轉換，足足等待一個小時左右，卻依然沒有看到有關槍擊案的新聞。

「難道消息被封鎖了？怎麼連一則新聞簡訊都沒有呢？真的是非常的奇怪。」琳達心裡納悶的想著。

就在她準備關掉電視，想要為自己弄一些午餐的時候，突然看到第五頻道新聞台，有一則臨時插播的新聞，斗大的標題上寫著『獨家』兩個字，接下來就看到此台主播用校園屠殺案來當主題，背景畫面就是十具並排的屍體，雖然畫面稍微用馬賽克做粗略的處理，但還是令人看得頭皮發麻。

然而，接下來的畫面，讓琳達大感意外，她看到自己出現在螢光幕前，在新聞畫面中的她，正在和警察局長吵架，隨後被強行帶上救護車，然後字幕上寫著：『第七頻道新聞記者琳達‧艾菲爾，跟這起屠殺案有何關聯？』

琳達家的電話，就在此時忽然響起，答錄機上的留言很快就滿了，手機也同時傳出聲響，簡訊通知更是沒完沒了，門鈴聲亦是此起彼落。

琳達小心翼翼往窗外看，大批新聞記者，還有些圍觀民眾，團團包圍她的小公寓。不知道從何飛來的石頭，砸破了她的窗戶，琳達立刻報警，但警察局的線路似乎依然被占用，怎麼樣都打不通，只能抱著狗兒，害怕的渾身發抖。

沒多久，有幾位陌生人站在她的門廊外，大聲咆嘯，眼看就快要入侵她的小公寓，卻沒有看到任何警察出現，琳達在無技可施的情形下，突然想起一位也許能夠給予她幫助的人，然後她就開始翻出背包裡頭所有的東西，找到一張已經被擠成一團的名片，立刻就照著上頭所印的號碼，打了通電話。

「你好，羅斯先生，我是稍早和你談過話的琳達‧艾菲爾，我現在被新聞媒體和暴民給包圍，困在自家裡無法動彈，非常需要你的幫助，可以請你到棕櫚街二十八號來接我嗎？」琳達懇求的說。

「好的，我馬上過來。」比利・羅斯完全連考慮都沒考慮就一口答應的說。

「謝謝你。」琳達高興的說。

「沒問題的，但是妳可能要稍微等一下，因為我現在離那裡有點遠。」比利・羅斯回答說。

「沒關係，我等你。」琳達高興的說。

「好的，待會見。」比利・羅斯簡潔的說，然後就掛掉電話。

大約過了半小時左右，琳達聽到門外有人敲門的聲音，她拉開門旁的窗簾，隔著玻璃窗一瞧，看到比利・羅斯先生就筆直的站在門口，還是穿著早上剛見到他時的那套服裝，琳達一打開門，比利・羅斯就伸出右手護著她和她的狗，一路護送到車上。

「真的非常的感謝你，羅斯先生，我實在不知道能求助誰，幸好有你的幫忙。」琳達一上車便由衷感謝的說。

「不客氣。」比利・羅斯還是一派用語簡潔的說。

「那接下來，妳要到哪裡，我可以送妳過去。」比利・羅斯專心的看著前方來車，並且體貼的說。

「我沒有辦法回公司，那裡一定也跟公寓一樣情況。也不能回到家人身邊，會連累他們受苦。」琳達苦笑的說：「事實上，我根本不知道要去哪裡！」

「那麼妳現在也只能相信我，我會好好保護妳的。」比利看著琳達的眼睛，認真的說。

在車子行進中，琳達打量著那位羅斯先生，覺得他好像心事重重的樣子，雖然他人在開車，但是在他的眼神中，卻透露出一絲的不安，臉上一點表情都沒有，好像有什麼事情正在困擾著他。

琳達盯著比利・羅斯的臉一直瞧，這個失禮舉動，早就被他本人發現，卻還是什麼話都不說，故意裝作不知情，專心的開著車，但琳達看見他微微的上揚的嘴角，卻已表達出他內心的羞怯。

不久，車子停在市郊外，一間看起來古色古香的汽車旅館，比利・羅斯在那訂了緊臨的兩間套房，琳達則是再度打電話到公司詢問情況，不過這次線路總算通了，秘書也立刻將電話轉給總編。

「艾菲爾，妳現在身體比較好了嗎？可以告訴我當時到底發生什麼事？為什麼妳會在屠殺案現場被拍到？還有妳又為什麼進了醫院？跟妳一起失蹤的小李，現在人在那裡？妳到底對這整起事件知道些什麼？為什麼全公司上下，沒有半個人能告訴我相關的消息，白白錯失這則報導呢？請妳逐一告訴我，好嗎？」大老闆看起來真的是氣急敗壞，但是又不能完全的失控，於是非常小心的對著琳達詢問起這個案件。

「謝謝你的關心，我的身體並無大礙。全部的情況是：西澤大學發生的屠殺事件，目前已知的兇手只有一人，但是他已經自殺身亡了，其中的原因並不清楚。我會在現場是因為小李通知我，你也知道他因傷在家休養，而他家正好在大學的附近。我後來一直待在醫院，原因在於醫院人員誤以為我有失控的傾向，然後對我做一些檢測，最後證實我並沒有任何問題，才放我離開。至於小李他……，他為了保護我，不幸被兇手槍殺了。」琳達盡力的回答大老闆的問話。

「艾菲爾，那這就表示妳並沒有涉案，對吧？」大老闆摸著他蒼白的鬍子說。

「是的，我並沒有涉案，一切都是第五頻道胡亂揣測。」緊握著拳頭的琳達，有些激動的說。

「太好了，沒有就好。」大老闆鬆了口氣的說。

「但是總編，還有一件事情，小李有拍攝到當時現場的畫面，但被警察局長拿走了，該怎麼辦呢？」琳達焦急把重要的事情提出來，詢問大老闆。

「這下可就棘手了，那位警察局長，可是出了名的固執，想要在他那裡得到消息都不可能了，更何況是在他那裡取回證物，不過我還是會想想辦法的。」大老闆搖著頭的說。

「您知道嗎？小李最後的遺願，就是要我好好守護他的攝影機，然後完成報導，我絕對不會讓他失望。」琳達說。

「明白了，我會盡力的。」大老闆堅定的回答。

「艾菲爾，我還要跟你說一句話，最近不要回到妳個人的處所，因為現在所有的媒體記者都想要採訪妳，我可不想再看見什麼奇怪的假消息。」大老闆說：「你知道其他家媒體有多誇張嗎？光是今天，他們就快要把公司的電話線路給擠爆了。還有不要靠近電視台，也許他們會在門外留守。」

「好的，我也不想被媒體追逐。」琳達回過身來說。

「那妳有其他的地方可去嗎？沒有的話，我可以替妳安排暫時的處所。」大老闆好心的問著。

「不用擔心，我會找到的。」琳達微笑著說。

6

在旅館過夜的琳達，雖然有狗兒相伴，但仍顯得有些孤單，陌生的環境，更加重她內心的恐懼，她害怕一閉上眼睛，又想起小李最後的身影，或是兇手可怕殘暴的眼神，就這樣思緒不斷地飛舞著，讓她根本無法入睡，最後只好離開房間，到旅館外面逛逛，順便透透氣。

才剛踏出房門，琳達就看到一位熟悉的身影，原來是比利・羅斯，他就坐在前往二樓的階梯上，正專心在閱讀手中的文件，並沒有發現琳達正在看著他。

琳達主動走到比利・羅斯的身旁，清一清她的喉嚨，比利・羅斯循著聲音轉過頭，發現琳達站在他的旁邊，還差點被她嚇了一跳，但是依舊保持著他特有的一號表情，然後對著琳達點頭示意。

「羅斯先生，你也睡不著嗎？」琳達問說。

「是的，此案還未調查終結前，沒有辦法放鬆下來。」比利・羅斯說。

「嗯，我也是。」琳達無奈的說。

「很好笑吧！羅斯先生。」琳達自嘲的說：「我是一位記者，現在反倒被其他記者同業追逐，真是非常的諷刺，對吧？」

「如果妳願意的話，可以叫我比利。」比利・羅斯說。

「嗯，比利，你也可以直接叫我琳達。」琳達回答說。

「琳達，妳今天吃過晚餐了嗎？」比利．羅斯說。

「還沒有呢！我本來打算直接休息不吃東西，但卻一直睡不著，現在肚子餓的不得了呢！」琳達說。

「那我可以請妳吃個飯嗎？就在旁邊的小餐廳。」比利．羅斯問說。

「聽起來不錯，比利。」琳達答應的說。

於是兩人便一同前往餐廳用餐，琳達選擇坐在角落的位子，為的是不被其他人認出，比利．羅斯也認為這樣比較保險。吃完所有的餐點之後，他們仍留在餐廳裡聊天，看樣子他們倆都是非常怕寂寞的人。

「剛才你坐在階梯上時，在看些什麼？為什麼會看得那麼的出神？」琳達對著比利．羅斯問。

「是我妹妹露西寫給我的信。」比利．羅斯說。

「比利，你跟妹妹的感情真好，彼此還有書信往來，真令人羨慕。」琳達說：「不像我是獨生女，沒有兄弟姊妹可以關心，媽媽又過世的早，只有爸爸和我相依為命。」

「我跟妹妹的感情的確不錯，只可惜我和我的妹妹，從小就被迫分開，沒有辦法住在一起，只有靠電話及書信聯絡，但是我們的關係，還是相當的好。」比利．羅斯說。

「我的妹妹非常喜歡研究古文，尤其是古弗薩克文和科普特的文字密碼，雖然她現在還是學生，但是她的文學造詣可是比我還高。」比利．羅斯驕傲的說。

「真希望能夠認識妳妹妹，我也很喜歡閱讀一些文學作品，說不定我們會是最佳讀書夥伴。」琳達說。

「可是現在她下落不明，我一直聯絡不上她。她也是西澤大學的學生，我之前曾經拿她的照片給妳看過，我很害怕她是不是發生什麼事情。」比利．羅斯擔心的說。

「比利，不要太擔心，也許她只是到別的地方，說不定過幾天她就自己回來。」琳達安慰比利．羅斯說。

「希望如此，但是我從最近收到她的信裡，發現了一些奇怪的地方。她好像一直在煩惱些什麼，因為她在信裡都寫說，她有一件棘手的事情要處理，叫我祝她好運，但是卻不肯對我說，到底是什麼事情。」比利．羅斯說，然後拿出妹妹的信遞給琳達。

琳達一看到那封信，就發現上頭寫有幾個神祕的文字，竟然跟兇手日記上的文字相似，讓她突然臉色一沈，趕緊仔細的研究。她還發現信件左下角所繪的圖形，好像有點眼熟，但是就是想不起來，曾經在那裡見過。信件最後署名露西．艾格波特，怎麼跟比利．羅斯不是相同姓氏。種種的疑問，在琳達的腦子裡不停的打轉，於是她便開始詢問比利．羅斯。

「比利，這個奇怪的符號是什麼？」琳達說。

「這是古弗薩克文是北歐符文的一種，我只看得懂最簡單的幾個字，其他的我並不是很瞭解。」比利．羅斯回答說。

「這個圖案，我好像在哪裡有看過？但是我不記得了。」琳達說。

「這是我妹妹最喜歡創作的插圖，每次她都會在信件的角落，畫上這個圖案，大約從二年前就開始了，當時我還特別問她圖畫的意義，但是她總是笑而不答。琳達妳真的有看過這個插圖嗎？」比利・羅斯說。

「嗯，有一點印象，但也有可能是我看錯了。」琳達說。

「比利，我冒昧的問你一件事，為什麼你和你妹妹的姓氏不同呢？」琳達問說。

「因為我們被分到不同的寄養家庭中生活，所以連姓氏都變得不一樣，但是我們永遠都是親兄妹，這一點是無法否定的。」比利・羅斯有些難過的說。

「對不起，我不是故意要探你的隱私。」琳達不好意思的說。

「沒關係，我很高興能跟妳分享這些事情。」比利・羅斯說。

「能夠跟你聊聊天，我也很高興，你是個不錯的聽眾呢，比利。」琳達說。

「謝謝。我看時間也不早，我們就回去吧？」比利・羅斯說。

「我同意，那麼我們走吧！」琳達說。

離開餐廳，他們走到原來的那間旅館，在互相道別之後，各自回到各自的房間內，再度面對孤獨的襲擊，他們現在並不知道，有更大的難關還佇立在他們的眼前，如今看來依舊是風平浪靜，但在海平面底下，卻已是暗潮洶湧。

琳達回到房間，拿出背包裡的筆記型電腦和那本日記，她打開電腦查詢有關古弗薩克文的資料，發現此語言是在西元三世紀時，在北歐及英國等地出現，但於現今幾乎滅絕，現代人大多把這些語言運用在占卜上，因為此語言曾經被稱為是神的語言。古弗薩克文常常會被誤認為是科普特，但科普特其實是埃及文借用希臘文所形成的，大約發源於西元四世紀時，是聖經經典上所使用的語言。

琳達翻開日記，逐字比對，發現上頭奇怪的文字，的確就是古弗薩克文，於是她花了很長的時間，運用人們常用的文法公式，套用在日記的文句上，逐字的翻譯，才漸漸明白其中一部分文句的意義。

原來日記上所記載著，兇手跟某一位代號ᚹ Wunjo的人，過從甚密且有著不尋常的關係，在日記中兇手還把ᚹ Wunjo視為生命的光輝ᛋ Sowilo，並且對著其他人帶有強烈的恨意，好像只有ᚹ Wunjo才是真實，其他人對兇手而言，就像是一種ᚦ Thurisaz，ᚦ Thurisaz的意思就是尖刺，尤其當他提到代號ᛚ Laguz及ᛞ Dagaz時，還在他們的代號旁邊，標上骷髏的符號。

最後一篇日記，還記錄著兇手的殺人計畫，他本來是要和代號ᚹ Wunjo的人，一同執行最後的聖戰，可是結果卻跟他所寫的完全不同，兇手以為兩人最後會用自殺來結束一切，看樣子兇手被那位代號ᚹ Wunjo的人給出賣了。

琳達將日記翻到封底時，看到兇手簽上本人的大名：強納森・喬斯，她本想再繼續調查兇手的背景，但在此時，天空也悄悄的綻放出光芒，琳達把日記和筆記型電腦收到背包裡，想要躺在床上稍微休息一下，沒想到卻突然聽見門外傳來的敲門聲，琳達只好拖著疲憊的身軀，走上前察看，結果在門上貓眼內看見比利・羅斯拿著早餐出現在門口，還有他那清新的笑容。

「早安，琳達，昨天睡得好嗎？」比利・羅斯問說。

「還好，那你呢？」琳達說。

「我一直想著妹妹的事情，沒有辦法入睡，所以我索性就決定不睡了，提早一些時間，出門去買早餐，我也有幫妳買一些，看看合不合妳的口味？」比利・羅斯說。

「比利，真是謝謝你。不要一直站在門口，快進來坐坐吧！太好了，有我喜歡吃的火雞肉三明治，還有咖啡。」琳達對著比利・羅斯說，並且隨意的翻開他手中的紙袋，開心的說。

「這杯咖啡才是低卡的，妳手上拿著的是我的拿鐵。」比利・羅斯說。

「你怎麼知道，我只喝這種低卡的咖啡呢？」琳達好奇的問。

「昨天妳在餐廳時，不是有點咖啡嗎？因為店裡的菜單中，並沒有低卡的咖啡，所以妳就點了普通的美式咖啡，但是我看妳露出不太愛喝的樣子，就猜妳喜歡喝的是低卡的咖啡。」比利・羅斯說。

「比利，你不愧是調查局的幹員，我對你刮目相看了。」琳達笑說。

「謝謝。」比利・羅斯有點害羞的說。

吃過早餐後，比利・羅斯因有要事須處理，便先行離開，但他已與琳達約好再一同享用晚餐，地點仍是在旅館旁的小餐廳。至於琳達則決定先到市立圖書館查詢相關資料，或許能找到專門研究古弗薩克文的書籍，也才能確定符號真正代表的意義。

7

琳達在出發前，先替自己做了偽裝，把自己招牌火紅色的頭髮，以絲巾掩蓋住，隨後到郊區車行租了一台車代步，因為原本那輛老爺車，已經被警方當作證物扣留，不得已，只好先用租的來代替，然後一路開著租來的車，到達市立圖書館。

她先在圖書館內使用新聞資料庫查詢系統，調查強納森・喬斯的相關資料，但是一無所獲，然後她又再次查詢喬斯這個姓氏，果然發現一則和喬斯家族有關的新聞，內容記載著：「……居住楓林鎮郊區的喬斯一家人，在本月二十五日晚上七點左右，因為無故縱火燒毀鄰居的住家，造成鄰居二人死亡的悲劇，經過專業人士鑑定，認為喬斯夫婦皆患有嚴重的精神疾病，被法院判定終身接受精神治療。喬斯夫婦留有一子，且尚未成年，法官考量孩子的未來，由當地社福機構幫忙安置……。」

「這已經是五年前的舊新聞，沒想到最後，連孩子都遺傳到精神上的疾病。」琳達心裡想著。

基於好奇心驅使下，琳達便開始調查五年前法院所在地，當時社福單位的資料。當她終於查到該單位的電話後，琳達就暫時離開座位，到圖書館的大廳外，打了通電話給該單位，希望能藉此得知有關強納森・喬斯後來的情況。

「你好，我是電視台的記者，目前我正在報導有關，社福單位安置的青少年，成年後的所面臨的問題。」琳達說：「我想要追蹤調查一位名叫強納森・喬斯的男孩，看看他目前適應社會的情況如何。」

「對不起，我們不方便透露個人資料。」電話那頭有一位社工說。

「那麼這是不是表示，貴單位是因為他們已經成年了，所以根本沒有再做任何關心及查訪嗎？好的，我知道了，我會這樣如實報導的。」琳達說。

「不是這樣的，就算他們成年了，我們也還是會定期去關心的。」社工說。

「如果是這樣，那為何不敢讓我知道，其中一位的近況呢？分明有所隱瞞。

「算了，我乾脆打電話給你們的直屬長官，問問看現在到底是什麼情形。」琳達說。

「等一下，我現在就告訴妳資料，妳不用那麼麻煩，再打那一通電話。」社工心虛的說：「但我沒有辦法給予詳盡的資訊，只能有大略的方向，行嗎？」

「好吧，那麼你可以告訴我，強納森・喬斯在未成年時，被安置在那裡？」琳達問。

「我看看，嗯，這邊的資料是說，他從十六歲到十七歲間，被法院裁定交由我們安置，但是他一直遲遲沒有被人領養，之後就被送到青少年中途之家，他在那裡一直待到成年。因為他就讀高中時成績優秀，被保送到西澤大學，獲得全額的獎學金，之後就一直住在大學宿舍裡，是一位非常聰明但孤僻的孩子。」社工說。

「這樣聽起來，你們的確是有在做追蹤調查，我明白了。非常感謝你的配合，再見。」琳達說。

琳達在掛掉電話後，立刻返回圖書館，回到原來的座位，再次使用新聞資料庫系統，調查有關西澤大學四年前新生入學的資料，但卻沒有看到強納森・喬斯的名字，甚至在學校的網站，用搜索系統查詢強納森・喬斯，也沒有任何的記錄。

「這到底是怎麼一回事，照理來講，每一次新生入學，都一定會留有資料供人查閱，但是為什麼不見強納森・喬斯的名字呢？」琳達非常納悶的想著。

琳達接下來，便開始登入西澤大學的學生交流網站，在搜索系統中打入強納森・喬斯，結果發現有多達千筆的相關留言，琳達把這些留言打開來一看，全部都是其他學生對強納森・喬斯的謾罵留言，連最不堪入耳的髒話，都明明白白的寫在留言版上，甚至還有一位代號死神終結者的人，開了一個『強納森・喬斯滾蛋』的專區，裡頭寫的文句，更是恐怖到了極點，琳達也不忍心再看下去。

「真是奇怪，為什麼校方沒有制止這樣的行為？難道一定非得要到都鬧出人命時，才會發現嗎？」琳達氣憤的想著。

琳達離開圖書館後，就開車前往西澤大學校區，到達校門口，琳達發現前門有張貼著公告，上頭寫著『謝絕採訪』字樣，但是此公告，無法阻止琳達追根究底的精神，她直接從大門口進入，走到位於校園後方的學生宿舍。

因為宿舍內設有電子鎖，只有住在這裡的學生，才有電子卡可以開啟大門，琳達於是就站在外頭等待時機，直到有一位學生從宿舍裡頭出來，琳達趁著門還沒有完全關上的一剎那，瞬間抓住門把，然後裝著一派輕鬆自在的態度，進入學生宿舍內。

一進到宿舍，琳達立刻觀察舍監的辦公室，看看裡頭有沒有人在。結果幸運之神再次眷顧琳達，她遠遠的就看到，舍監門上掛著外出中的牌子，這就表示她大約有五到十分鐘的時間可以運用，為什麼她會如此清楚這個規則呢？那是因為當初她還是學生時，為了找到門禁時間後回宿舍的方法，當時的理由，純粹只是想要到外頭找新聞題材，畢竟很多好新聞都是在半夜發生，正因為這個動機，然後經過長時間的觀察，才看出這套規則。

琳達躡手躡腳的走進辦公室，用最快的速度找尋住宿學生的名冊，果然讓她發現強納森・喬斯所居住的房間號碼，然後她迅速的把名冊歸位，最後靜靜的把門帶上，前後花不到三分鐘的時間，沒多久舍監從走廊另一端出現，這時琳達早已經離開現場，成功脫身。

琳達來到３０３號房門前，除了看到警方留下的黃色封鎖線外，門上還貼著一張詭異的小丑海報，好像是在述說，此房間的擁有者，對於這世界的無聲抗議。那對圓亮的眼睛，在昏暗的燈光底下，就像嗜血的魔鬼般，飢餓的瞪著所有接近它的人。

琳達不敢多看一眼，就立刻穿過封鎖線並打開房門，卻發現裡頭的擺設，比起門口那張海報，更加令人感到害怕。房間的牆壁全都被塗成黑色，就連窗戶也被密密麻麻的貼上黑色膠帶，讓整間房間都陷入黑暗之中，琳達還要特別打開燈，才能夠看到房裡的物品。

當她把門關上之後，就開始檢視起四周的環境，發現其實此房間原本是雙人房，但是另外一張床上，卻什麼東西都沒有，可見沒有人願意和強納森・喬斯共處一室，這也是理所當然。

琳達從空的床位回過身來，走向強納森・喬斯的床位，打開書桌的每一個抽屜調查，只看到大量骷髏形狀的物品，隨手翻開一本筆記本，裡面畫滿黑色的漩渦，及用紅色原子筆寫上奇異的文字，至於其他的物品，則幾乎都是教科書，並沒有什麼值得注意的線索。

桌面上非常的乾淨，可以說完全空無一物，只有一台電腦擺在桌腳附近，琳達打開電腦，卻發現被設定了密碼，她想都沒想就輸入△Wunjo這個字，果然得以順利進入。

查閱強納森・喬斯電腦裡的檔案時，找到許多用古弗薩克文發展而成的咒語圖片，及大量的相關資料，但是除此之外，並沒有什麼特別的地方。琳達開啟網路連線，然後逐次連結強納森・喬斯他所預存的網址，可是大部分都是跟課業相關，或是研究古弗薩克文的網頁，這僅能表示他是非常專心於課業，及對於古弗薩克文非常沈迷的人。

琳達耐心的繼續調查，然後她發現強納森・喬斯有用社群網站的習慣，於是就試著用他筆記本上記載的Blank j這個帳號，登入進去看看，沒想到居然在好友名單中，發現那位代號叫Wunjo的人，琳達於是就查閱他們彼此來往的文件，當然都是用暗號來書寫，大部分內容不是非常明白，已知的部分，則都在討論課業及興趣，並沒有任何跟屠殺案有關的文字，至於兩人互傳的即時訊息，卻早就被刪除。

琳達發現雖然Wunjo並沒有留下任何個人資料，但是他在傳送文件的過程中，卻遺留傳送時的網址，她立刻抄在筆記本上，然後仔細比對過所有Wunjo張貼的文章，確定這的確是Wunjo常用的網址，於是她便將網址複製下來，在搜索引擎上查詢，但是都找不到該網址的所在位置，經過多次嘗試，琳達決定暫時先離開宿舍，等到回到旅館再繼續調查。

8

帶著些許不安，琳達開車前往警察總局，此行的目的，除了向局長要回攝影機，達成小李的遺願，將新聞報導完成外，更希望能夠明確的瞭解，目前事件調查的情況，希望能把內心裡的一切疑問都結束，回到原來的生活。

警察總局緊臨市政廳，就像是位訓練精良的守衛，總是隨侍在側，觀察周遭的各種情況，不讓被保護者，受到任何的傷害，更給人們帶來一種莊嚴肅穆的感覺。琳達將車子停在路旁，一處不起眼的角落，隨後快步走進警察總局大廳，因為她仍擔心會有媒體在附近徘徊，萬一被發現，就很難脫身。

不過好險，媒體記者們大多在市政廳前駐守，並沒有人發現她的存在，讓琳達得以順利橫越馬路，穿過警察總局的迴旋門，進入西澤市警察總局。琳達不慌不忙向櫃台的員警說明來意，員警也立刻打電話向上頭確認，詢問局長是否核准她進入總局內。

「小姐你可以進去了，記得直走上電扶梯，然後向右轉，搭乘電梯上到頂樓，然後妳會看到緝毒組，直接穿過緝毒組，然後在凶殺組的後面，就是局長辦公室。」那位員警非常仔細的說。

「謝謝，你這麼詳盡的說明。」琳達說。

「不客氣，第一次來的人常常都會找不到路，有時候我也會，小心一點總是比較妥當。」員警笑著說。

「而且現在是非常時期，警局裡人滿為患，更讓人變得沒有方向感，光是昨天就有五、六個人，向我詢問位置，真夠誇張了吧？」員警一直想找話題跟她聊天，然後滔滔不絕的說。

「是啊，挺誇張的。嗯，對不起，我還有事……」琳達說。

「還有妳知道嗎？因為那個事件，我不知道擋了多少媒體，現在他們終於轉移陣地，到旁邊的市政廳，但是這兩天來，真的是快累死我了。」那位員警打斷琳達的話，然後對著她說。

「嗨，琳達，沒想到會在這裡遇見妳，我們一起進去吧！」比利・羅斯不知道從哪裡冒出來，對著琳達說。

「你好，羅斯幹員。」那位員警說。

「你好，肯恩員警。」比利・羅斯說。

「嘿，比利，我們走吧！」琳達說。

於是他們就一起搭上手扶梯，終於離開煩人的櫃台員警，琳達煩躁的心情，不知道為什麼突然變得開朗起來。

「謝謝你，比利，如果你沒出現，不知道我何時才能離開櫃台呢？」琳達說。

「不用謝了，我只不過是剛好經過。我想那位員警一定對妳有好感，因為他對我就沒有那麼親切。」比利・羅斯一反常態俏皮的說。

「哈哈哈，很好笑。」琳達說：「你知道嗎？一直受到你的照顧，但我好像沒有跟你好好道謝。」

「這是我應該做的事。」比利．羅斯說。

「很少有人會幫助素昧平生的人，這讓我非常感動。」琳達說。

「對了，妳到警察總局來有什麼事嗎？是為了攝影機的事嗎？我今天早上才問過局長，但是他態度非常的強硬，叫我不要干涉警察辦案，如果妳要詢問這個的話，一定要小心應對。」比利．羅斯似乎感到有些不好意思，突然改變話題說。

「不要緊，這是我必需要面對的問題，我相信一定有解決的辦法的。」琳達充滿鬥志的說。

「好吧！如果妳願意的話，我可以陪妳，而且我也有一些事情，想要問問局長。」比利．羅斯說。

「謝謝，有你陪我最好，我也想要對你和局長說明，我在調查中所發現的事情。」琳達說。

在他們專心於對話的同時，轉眼間就來到局長辦公室門前，比利．羅斯先禮貌性的敲了敲房門，經過局長應聲，他們才進入辦公室內，正式面對難纏的局長。

「哦！羅斯先生也來啦，沒關係，就一起進來吧！請兩位隨便坐坐。」局長用聽起來還算和善的口吻說。

「艾菲爾小姐，妳今天來真是來對了，我正想要通知妳來警局做筆錄，等一下可以請妳配合嗎？」局長說。

「沒問題，但是今天我來這裡，還有另外二件事情，第一就是我想要拿回小李的攝影機，第二我想要知道現在案件偵辦的情形，不知可否獲得局長的同意？」琳達說。

「好的，關於攝影機的部分，目前偵查小組在一個小時前，已經對我報告，表示錄影內容已備份，並且已經詳細查閱兩遍，確定兇手只有一人，也就是校方所認定的強納森‧喬斯本人，而且並無其他可疑之處，在對照妳親口對我說明的過程，更加證明無誤，我想全案很快就可以終結，所以這台攝影機，可以馬上就還給妳，至於妳要做何用途，警方不會阻止，只給予柔性規定，畫面不要過分血腥即可。」局長慎重其事的說。

「而至於案子方面，過程已明朗，只有動機仍不明，但是根據校方所給的說明，可以證明強納森‧喬斯有精神疾病家族病史，間接證實他是在精神不穩定的情況下，而犯下此案，故動機也有了，犯案過程也有了，人證物證俱全，所以不用再進一步調查。」局長非常有自信的說。

「可是在我的身上有一本兇手的日記，根據法律規定，媒體有權保留證物不超過七十二小時，所以在這段時間內，我做了一些調查，發現兇手可能不只一人，可能有另一名幫兇，或是可能參與此案的關係人，仍然逍遙法外。」琳達說：「小李也曾告訴過我，兇手為了追一位熟識的人，才會到教學大樓去，警方怎麼會故意忽略這條線索呢？」

「拿過來給我看看，這上頭到底在寫些什麼啊？妳是如何看出其中的內容？我怎麼看都看不出什麼所以然來。」局長有些疑惑的問：「還有，妳如何證明這是兇手的日記呢？」

「局長請你翻到日記的背頁，就會發現上頭留有兇手的親筆簽名，至於日記的內容，則是用古弗薩克文所編寫的密碼，用羅馬拼音對照古弗薩克文的二十四字母，就可以解出大部分的文字，但是仍有少部分文字無法解釋。」琳達說。

比利・羅斯看了她一眼，內心充滿困惑與希望相互矛盾，但是他什麼都沒有說，只是靜靜的聽著她說話，又顯現出他那面無表情的臉。

「但是艾菲爾小姐，這也可能代表一個訊息，就是強納森・喬斯因為精神疾病，所產生出來的幻覺，也許另一位幫凶，根本就不是真的存在，這也只是一位瘋狂的人，所寫出來的瘋狂日記罷了。」局長不相信的說。

「我只是善盡告知的責任，至於局長要如何處理這本日記，全由局長決定，但希望局長能夠找出真相，然後將事件做個結束。」琳達說。

「這本來就是我應盡的責任。」局長說。

「那麼局長，對於西澤大學校園屠殺案中失蹤的女學生，如果沒有另外一名凶手，那如何解釋其為何莫名不見蹤影，或是有可能是強納森・喬斯將其藏匿，因為我調查她失蹤的時間點，藉由她的家人告知，恰巧就在行凶前後的這段時間內，所以必定有其關聯性，應該要派員擴大搜索，才能讓案情明朗。」比利・羅斯說。

「那應該是兩碼子事情，失蹤女學生的案件，只能算是個案，也許她只不過是離家出走，或是跟男朋友出遊，現在這個年紀的小朋友，常常都有類似的事情發生，用不著大驚小怪。」局長說。

「還有，羅斯先生，你憑什麼命令我做事，你只不過是一個小小的聯邦幹員，再說其實你根本就沒有權力調查這件案子，我已經向聯邦調查局查證，他們並沒有授權你干涉本案，所以我現在命令你，馬上離開我的管轄範圍，不准再調查跟本案有關的任何事情。」局長憤怒的說。

「你沒有權力阻止我做任何事情。」比利・羅斯大吼的說。

「是的，我可以，我已經得到聯邦調查局的同意，隨時都可以把你驅逐，我早就派人在樓下等你，只要你一出大門，就得要離開這裡。」局長說。

「我自己會離開，用不著專人接送。」比利・羅斯說：「但還有一件事，讓我十分不滿。」

「請說，每個人都有言論自由。」警察局長不以為然的回答。

「局長，你明知艾菲爾沒有涉案的嫌疑，當媒體傳出一些不正確的資訊，為何不當下做出澄清，讓無辜的人被騷擾，當陌生人侵入家門，自身安全受到威脅時，卻不見警方出面保護，案發當時也聯絡不到警方，才會讓死傷如此嚴重，局長你難辭其咎。」比利・羅斯嚴正的說。

「我有無處理不當，也用不著你來說教，這是我們西澤市的事務，用不著外人來管，慢走不送。」局長一臉不屑的回答。

比利・羅斯用非常悲傷的眼神，對著琳達示意，透露出心中的歉意及難過，隨後就離開辦公室，留下琳達獨自一人，面對接下來即將發生的事情。

「艾菲爾小姐，請不用理會他，反正ＦＢＩ裡沒有一個好東西。現在我請一位員警，幫妳做筆錄，請在這裡稍待片刻好嗎？」局長氣呼呼的說。

琳達點頭，然後局長就到辦公室外，找來一位凶殺組的組員，琳達就跟著他轉移陣地，到離局長辦公室不遠的另外一間辦公室內，琳達詳細將案發當時所見所聞皆據實以告，很快就完成所有筆錄的程序。

然而局長並沒有食言，將小李的攝影機交到她的手中，琳達注視著手中失而復得的攝影機，一陣心酸湧上心頭，但是她立刻掩飾內心的懦弱，故作堅強的離開警察總局，走到停車場內，她便打了通電話給比利・羅斯。

「比利，很抱歉事情演變成這個樣子。」琳達說：「也謝謝你替我說話。」

「現在說這些，也於事無補，我已經無法再接近西澤市，也就無法得知妹妹的下落。」比利・羅斯相當難過的說。

「對不起，我無法幫上什麼忙。」琳達說：「不過如果我有妳妹妹的消息，一定會馬上就通知你。」

「謝謝，那就萬事拜託了。」比利・羅斯說。

「你現在人還在西澤市嗎？」琳達問說。

「我現在仍在旅館裡，收拾行李準備退房。」比利・羅斯說。

「你等我一下，我馬上過去那裡，我有件重要的東西要交給你。」琳達說。

琳達和比利・羅斯通過電話後，就驅車前往旅館，然後在旅館前面的空地上，看到比利・羅斯就靠在車旁，等待著她的到來。

「比利，這是我這幾天調查的資料，包含日記的影本及翻譯註解，還有疑似是另一位凶手的信箱號碼，及強納森・喬斯的個人資料，我自己也留了一份，希望這些能夠對你有所幫助。」琳達說。

「謝謝妳。」比利・羅斯說。

「還有一個我認為可疑的地方，就是疑似另一凶手的網址，是我在強納森・喬斯的電腦裡查到，但是很奇怪的是，此網址完全沒有辦法透過搜尋找到源頭，或許你有辦法找得到。」琳達說。

「不管要花多久的時間，我都會不斷地努力調查，為了找尋妹妹，也為了找尋真相。」比利・羅斯說。

「嗯，再會了，比利。」琳達說。

「再會了，琳達。」比利・羅斯說：「對不起，今天晚餐的約定，我沒有辦法遵守了。」

「我們就假裝改期到明天，也就是你回來的那一天，好嗎？」琳達俏皮的說。

「好的，就這樣約定，我們明天再見了。」比利・羅斯說。

他們彼此擁抱後，比利・羅斯就離情依依的看著她，似乎想要對她說什麼話，但是話到了嘴邊，卻又給吞了回去，然後轉身駕車離開西澤市。

琳達明白這一別，不知道要何時才能再相見，但是她知道總會有這麼一天，於是她就笑著目送他離開。一陣風吹了過來，捲起了些許的落葉，琳達紅褐色的髮絲，也飛舞了起來，心情跟隨著微風，飄動著對於離別的感傷，儘管他們都不明白，為何會有如此情緒。

9

小李的告別會氣氛莊嚴肅穆，場內大量使用單一色系，也就是純潔無瑕的白色，看著用白色的小花簇擁著大型相框，照片中的人笑得好開心，好似不受周圍的人們所影響，依然保持著愉快的心情，但比對會場內的人們，個個面色凝重，心情伴隨著場內輕柔的音樂聲，而起伏不定。在現場的親友們，仍然無法置信這個事實，也很難接受一個年輕的生命，就此隕落。

「小李你所交代的事情，我已經順利完成，攝影機裡的內容，全市的人們都看到了，警察局長也在記者會中，宣布此事件正式結案，甚至連市長都因為此事件，受到人們的抗議，而黯然下台，你看你的影響力有多大。」琳達難過的站在棺木前，淚眼看著小李的遺體說。

「小李，真的很感謝你，對我所做的犧牲，我三輩子都還不清你的恩情，希望你能好好的走，不要有任何的留念，回到天主的身邊，上帝會好好的照顧你。」琳達悲傷的說：「謝謝你救我一命，小李，我最好的朋友，永別了。」

琳達瞻仰他最後的遺容，看著小李靜靜的躺著，就像是熟睡一般，十分地安詳，棺木中飄著淡淡的檀香，似乎起了安定的作用，讓她面對朋友死亡的事實，並留下真心祝福，希望小李在天堂能夠過得更好，因為她知道小李不會再有痛苦。

她獻上一朵白色的玫瑰花，放在小李的胸口，那個曾經被槍傷的地方，雖然現在已經修復傷痕，但記憶仍深刻印在她的心中揮之不去，也許不是現在，但是總有一天，時間能夠讓她忘記傷痛，但是她永遠都會記得這一天，他們倆曾經生死交關的一天。

「請節哀順變」琳達對著小李的母親說。

「謝謝妳的關心。」小李的母親說。

「我真的很對不起，沒有辦法阻止這件事情發生，真的很對不起妳。」琳達自責的說。

「我不會責怪妳的，這不是妳的錯。」小李的母親悲傷的對著琳達說：「我可憐的兒子呀！」

琳達來到小李母親身邊，慰問她的喪子之痛，琳達和小李的母親兩人淚眼目光相視，突然之間竟被悲傷所左右，抱在一起痛哭失聲，小李的同事及其他親友們，再也按捺不住情緒的波動，紛紛淚流不止，場面令人鼻酸。

在告別會場一角，在柱子後的陰影中，躲著一個人影，冷眼旁觀現場的情況，嘴角微微的笑著，並且對著無人的空氣，口裡反覆的喃喃自語，眼神空洞沒有一絲的感情，大約一分鐘後，便從容的轉身離開此地，沒有任何一人注意到他，就讓他的身影慢慢的遠去，消失在人群之中。

再見了，西澤大學。

1

正所謂新官上任三把火，自從前任市長被要求下台負責，邁克・瓊斯身為副市長，依法當然得要接任市長的工作，而從他上任的第一天起，就積極推出多項建設提案，其中最引起媒體關注的案件，就是有關西澤大學廢校事宜。

現任市長為了一掃校園屠殺案的陰霾，決定將有百年歷史的西澤大學，正式從歷史的軌跡中除名，但此舉引發校方強烈反對，尤其是校長勞倫・史密斯，更在媒體上大聲疾呼，希望藉此得到市民的支持，可是現任市長的作風十分強勢，再加上校園設備普遍老舊，又發生駭人聽聞的血案，校長的聲音，也就無法獲得當權者的重視。

反觀市長所提出的更新方案，對市民只有益而無害，所以絕大多數市民都認同市長的做法，由於反對的聲浪較小，新的都市營建計畫在沒有阻礙形勢下，很快在第一關中央審核時，就順利通過，預計可以在新市長二年的任期內開始動工，等到完工之後，市民就會有全新的商場、百貨公司，還有更安全的高級社區，不但讓市民有更多元的就業機會，並提升整體市民的生活品質，所以大家都樂見其成。

新上任的市長，為了宣傳他的政見，還親自上節目接受媒體的訪談，建立一位有魄力的強人形象，也積極的去穩固個人支持度，提升人民的接受感，並順便為仕途鋪路。

「今天『新聞見真相』節目，特別請到了西澤市長，來我們的節目中，談談近日來超火紅的話題，也就是西澤大學廢校的新聞，讓我們歡迎邁克・瓊斯市長。」主持人艾瑞克・福林口條流暢的說。

「主持人你好，各位市民們大家好，我是新任市長邁克・瓊斯。」市長說。

「市長先生，你可不可以簡單說明一下，有關西澤大學廢校的提案，是如何規劃的？還有大致上的建設內容，總共有那些？為什麼一定得要廢校不可呢？」主持人說。

「是的，簡單來說，此建設案規劃的出發點，就是以大規模的都市更新，來創造市民更高的利益，為本企劃的主要原動力，再透過本市相關人士的共同努力合作，經過相當精密的計算，才能完成此提案，可謂是空前絕後。」市長非常有自信的說。

「至於建設的內容，總共有三大項目，分別就是佔地數千坪的超級商場、高二十層樓的百貨公司，及可容納數萬人的高級社區。配合交通動線的設計，及相關硬體設施的規劃，打造出一個完美的新市鎮。」市長接下來說。

「主持人，你問我為什麼要廢校？這個問題問得相當的好，因為西澤大學地處廣大開發地的正中間地帶，校園內部設施十分的老舊，並有許多看不見的死角，很容易導致危險發生，我認為早就應該做出妥善的處理，更何況在上個月中，才發生校園屠殺事件，讓我開始正視校園的安全問題，所以便下定決心，一定要將此事做個結束，不會再讓其他學生遭遇此不幸，最好的方法就是廢校。」市長說。

「但是西澤大學已經有百年的歷史，很多人都是在此大學畢業，對此學校有著深厚的情感，請問市長先生，要如何才能平息反對的聲浪？尤其針對西澤大學校長勞倫・史密斯，近日來在媒體上的言論，您有何看法？」主持人說。

「其實本人我也是西澤大學的學生，對西澤大學也是充滿著情感，但是為了市民的福祉，我寧願選擇廢校，來爭取市民更高的利益，這對我而言也是兩難，正所謂魚與熊掌不可兼得，我可是有著深切的體會。」市長說：「所以本人決定保留西澤大學舊鐘塔，設立一個紀念館，讓對於西澤大學有深厚情感的人，能有可以懷念及回憶的地方。」

「請問市長先生，對於前任市長涉及瀆職案獲判不起訴，卻因西澤大學校園屠殺案而黯然下台，您有何看法呢？」主持人說。

「對不起，這明顯離題，本人無可奉告，我認為貴台的主持人還是不要隨便轉換方向，這才是比較專業的主持方式，不是嗎？」市長表情明顯不悅，但還是面帶著笑容的說。

「好的，我們先進一段廣告，接下來市長將接受現場連線CALL-IN，請大家持續鎖定，我們稍候再見。」主持人連忙將節目帶入廣告，然後對著鏡頭說。

市長用手中的遙控器，將官邸內146吋的液晶電視關閉，然後用十分愉悅的表情，看著來訪的客人們。

「怎麼樣，我的宣傳能力如何啊？我跟你們保證過，這個案子絕對會順利通過，現在證明我所說的話，並沒有錯吧？」市長說。

「的確是不錯啊！邁克・瓊斯市長，接下來我們還需要你的鼎力相助。」佛西斯・道森說。

「一定，一定，畢竟我們現在是在同一艘船上嘛。」市長說。

「這是個千載難逢的機會，不趁現在好好把握的人，就是十足的呆子，你說是不是啊？喬・畢克先生。」傑西・史考特說。

「是的，但我還是希望，能夠儘量不要做得太明顯，畢竟是藉著血案才能順利成功，說起來真令人感到害怕。」喬・畢克說。

「這是天上掉下來的禮物，完全是天命注定，有什麼不可以呢？」佛西斯・道森說。

「我絕對支持道森先生的說法。」傑西・史考特說。

「這才是我未來的好女婿啊！哈哈哈……」佛西斯・道森拍手，並且笑著說。

「您過獎了，不敢當。」傑西・史考特說。

「接下來的每一步都不容許犯錯，我們不應該在這裡聚會，也許會被有心人士發現，這樣一切努力都會化為泡影。」亨利・畢格羅說。

「大亨利，你還是一副愛杞人憂天的樣子，放輕鬆好嗎？」佛西斯・道森說。

「我只是一個小小的建築包商，不像你們都有偌大的事業，我可是承受不起打擊。」亨利・畢格羅說。

「大亨利，別忘記了，我們是絕對站在你這一邊，況且你是我們計畫中最重要的一環，你可是個執行者，如果沒有你，我們就沒辦法達成目標。」佛西斯・道森說。

「好吧！我儘量不去想這些負面的事情，這樣總行了吧！」亨利・畢格羅說。

「這樣才對嘛！要對我們四個人有信心，還有你自己也要對自己有信心，而不要只會增加體重啊！大亨利。」佛西斯・道森拍一拍亨利・畢格羅的肩膀說。

「哈哈哈……哈哈……」在房間內的所有人，都很有默契的放聲大笑起來。

「話說回來，要不是發生這十一人死亡的命案，我們根本沒辦法將前任市長給扳倒，這麼說來，我們倒是應該為兇手立個紀念碑才對，你們說是不是呢？」佛西斯・道森說。

「沒有錯，這老市長可真夠頑強，在法律面上，我們是完全站不住腳，差一點就要被他反咬一口，還好最後的結果對我們有利，不然後果可是不堪設想。」傑西・史考特說。

「夠了，我已經不想再聊這個話題，我還有別的事情要忙，就先離開這裡。」喬・畢克起身後，然後對著大家說。

「不要這樣嘛！我們才剛要好好慶祝，你一離開，就沒有意思了。」佛西斯・道森說。

「好吧！既然你堅持，那麼我就多待十分鐘，這樣可以吧？」喬・畢克說。

「太好了！那麼我們現在就來舉杯慶賀，祝福我們的建案可以順利完成，然後賺進大筆的鈔票。」佛西斯・道森說。

五個人高舉著酒杯，觥籌交錯發出輕脆的聲音，淡淡透明帶有一點金黃色的高級香檳，在高腳玻璃杯中搖晃著，瞬間進入口中，直達他們的胃囊袋，然後就在這個時候，市長突然啟動他的高級音響，放出動人的音樂，就在他們的耳邊繚繞，此刻，酒精才開始發揮了作用，四位酒國英雄們，心情都變得極度地愉悅，好像把煩惱都給拋到九霄雲外去了，只有喬・畢克冷靜的沉思，完全沒有辦法高興起來，看著其他人墮入酒池肉林，他卻只是沉默不語，然後在他們都沒發現時，選擇獨自離開此地，回到現實的社會。

2

遠在華盛頓的聯邦調查局總部，也就是俗稱『藍色三角地帶』其中之一的胡佛大廈，接獲一位匿名人士投書，指稱西澤市都市更新案件，有人為操作的不法行為，更言之鑿鑿的認為有高層人士涉案。跟據聯邦法的規定，白領階級犯罪，包含在聯邦調查局的五大最高優先權之一，萬一事件確有可疑之處，聯邦調查局人員，得不經其他主管機關的指示，即可開始主動調查。

總部的助理局長，詳閱匿名投書後，覺得此案應該派員前往調查，畢竟這麼大的投標案，牽扯到龐大的金錢利益，如果有人在幕後搞鬼，這可不是鬧著玩的事情。但是當助理局長決定要調派人員後，卻為了該派誰去調查而大傷腦筋，因為幾乎所有的幹員，手上都有其他的工作尚未結束，大部分的幹員，都在海外從事祕密活動，只留下數十人在總部及其他56個分局。

這個時候，一位穿著正式筆挺黑色西裝的金髮男子，匆忙從調查局總部地下一樓的檔案室，用飛快的速度往樓上跑去，臉不紅氣不喘的到達助理局長辦公室門外，助理局長被微小的敲門聲音驚動，抬頭一看，比利・羅斯就已經在助理局長的辦公室內，原來他透過與檔案室的同事們談話，得知這項消息，就決定自告奮勇的接下此案。

「長官，關於西澤市的調查案件，我自願前往調查，請您核准。」比利・羅斯說。

「可是你目前案子的調查進度，還沒有告一段落，這樣你會忙不過來的。」助理局長說。

「沒關係，我已交由我的搭擋幫忙處理，再說這個案件本來就不需要兩名幹員共同調查，光靠一人就可以處理得宜。」比利・羅斯說。

「現在這個案件，的確可以如此處理。」助理局長說：「但是，一年半前，你私自在西澤市調查，不是才給我捅了個簍子，害我還得要跟警察局長賠不是，你現在還好意思，要再去西澤市啊？」

「上次的確是我的不對，但是這次的任務是於法有據，更不可能會再讓您失望。」比利・羅斯說：「況且，我相信您也知道，對於上次所發生的事件，我為什麼會在沒得到允許之下，就如此衝動行事的原因。」

「雖然為了親人的事情，才會做出如此衝動的決定，實為情有可原，但還是沒有理由，要把聯邦調查局的招牌給砸了吧？」助理局長說。

「我已經冷靜的反省過了，但還是希望有將功贖罪的機會。」比利・羅斯說。

「好吧！那我就指派你到西澤市調查，但前提是，不要再給我造成無謂的紛爭了，好嗎？」助理局長說。

「我保證，這次絕對不會再像上次一樣了。」比利・羅斯說。

「希望如此。」助理局長說。

比利・羅斯在這一年多來，很多次都想要回到西澤市，去調查妹妹的下落，但每每都是無功而返，想要與琳達聯絡，也只能靠電話來聯繫，而且完全沒有其他的線索，可以幫助查明真相，一度讓他非常灰心，幸好這段難熬的時光中，時常得到來自遠方，琳達的真誠鼓勵，才有了重新出發的動力。

正式接到任務後，比利・羅斯走到一個無人的地方，立刻拿起手機，有股衝動想要打電話給琳達，告訴她準備要回到西澤市的消息。突然想起幾天前，琳達向他提起有關西澤大學廢校的新聞，於是比利決定先到大學周邊探查，或許能夠在那裡相遇，所以又把手機放到口袋裡，然後抱著一顆雀躍的心，開車前往西澤市。

3

同一時間，琳達和她的新搭擋，在西澤大學廢校的動土典禮上採訪，所有電視台的記者都出籠了。這次市長非常的細心，為了避免不必要的紛爭，特地為所有媒體記者，安排固定的座位，每一個座位上，都有相應的名牌，不用再為了卡位而吵成一團，所以現場氣氛變得十分祥和。

下午一點，市長準時到達會場，和相關贊助企業的高層人士，共同完成象徵性的破土儀式，出席嘉賓有：佛西斯・道森，道森建設公司的負責人，還有喬・畢克，畢克服飾的執行長。有這兩位重量級人士力挺，市長更是意氣風發，有十足自信樂見其成。

「感謝西澤市的媒體，參與這場動土典禮，從明天開始，西澤大學正式走入歷史，我們將迎接展新的世界，更好的生活環境，更便利的購物天地，讓其他地方的人，都能到西澤市來消費，讓全市的人們，共同享有利益，建立一個更美麗、更進步的新市鎮，謝謝各位市民的支持，本人會更加努力建設西澤市，謝謝大家。」市長慷慨激昂的說。

「接下來，請各位媒體記者們，留下來享用一些茶點，並且參觀市府委託道森建設公司，所設計的建設草圖，還有建設的模型，敬請批評指教。」市長說。

市長發表完演說，就到台下與兩位重量級人士交談，之後他們就一同搭上黑頭車離開會場，完全依照時間程序行事。琳達則在完成連線報導後，與他的搭擋一起來到茶會中，品嚐市長所精心準備的美食，並與其他媒體記者前輩們交流，交換各自的情報，為下一則新聞報導做好準備。

「你好，艾瑞克・福林前輩，我是第七頻道的琳達・艾菲爾。」琳達說。

「哦！我知道妳，妳就是報導校園屠殺案過程的那位記者，對吧？」艾瑞克・福林笑著說。

「沒錯。」琳達說。

「關於新市長的建設案，妳有什麼看法？」艾瑞克・福林問說。

「我覺得時間點太過湊巧，剛好就在舊市長下台之後，馬上就推行此案，未免也太過倉促，但是也可以說，時間捉得剛剛好，因為在屠殺案之後，人們大多變得傾向支持廢校，所以才能夠這麼順利就達到目標。」琳達說。

「妳的言論是正確的，我也是這麼認為。」艾瑞克．福林說：「我跟前任市長是老交情，當現任市長還是副市長時，就一直想要推行此案，但是都被前任市長給否決，現在前任市長下台，那麼快就推行此案，未免也太不近人情，而且為什麼一定要那麼的急切，難道不在此時動工，會有什麼問題嗎？真的是太奇怪了。」

「不過市長有兩位靠山幫忙，應該不會有什麼問題才對。」琳達說。

「也許，這就是問題的所在，也說不定哦？」艾瑞克．福林打趣的說。

「難道上次前輩你在節目中，訪談市長的過程時，有發現什麼蛛絲馬跡嗎？」琳達問說。

「這倒是沒有，市長的表現一直都很好，除了問到有關前任市長的事情，他口風很緊之外，並沒有什麼異狀。」艾瑞克．福林說：「唯一令人討厭的事情，就是他太過分的有自信，讓人難以親近。」

「談到這次的建設案，幾乎都是由道森建設公司所包辦，而且在品牌行銷企劃上，則是由畢克服飾所負責，一個國有土地權利變更，卻是由兩家私人企業主導，未免太有瓜田李下之嫌。」琳達說。

「就算有什麼可疑之處，我們也很難找到線索，畢竟政商二權，都在同一伙人的手中，但是至少現任市長對媒體還算不錯，給予尊重和招待，看樣子市長真是一位不簡單的人物。」艾瑞克．福林說。

「是啊，你看這些茶點，可都不便宜哦！」琳達說。

「而且還非常的好吃，妳還要再吃一些嗎？我可以幫妳拿不同的哦！」艾瑞克・福林說。

「不用了，謝謝你。」琳達說。

正當所有記者們正專心享用美食，遠遠看到有一群人，高舉著牌子，並且大聲的吆喝著，近看才知道，原來是西澤大學的師生們，組成的抗議隊伍，往動土典禮會場走來，附近的員警見狀，馬上用無線電通知，這已經是本月第三起抗議事件了，所以只要在大型活動會場，都看得到員警們的身影，當然這裡也不例外。琳達的新搭擋，剛入行的菜鳥攝影記者，很敬業的將抗議行動都錄下來，琳達感覺相當的欣慰。

「那一位跛腳的先生，不就是在校園內，被槍擊的倖存者嗎？」琳達注視著隊伍最前面的男性，心裡這樣想著。

「前輩，我可以問你一個問題嗎？」琳達說。

「請說。」艾瑞克・福林說。

「在隊伍當中，腳受傷的那個人，你認識他嗎？」琳達說。

「哦！他是西澤大學的史學教授，名字是唐・羅倫貝爾，他在學校裡相當有人氣，每堂課都幾乎爆滿，雖然他在西澤大學任教的資歷尚淺，但是在西澤大學算是如魚得水般順利。」艾瑞克・福林說。

「你怎麼會認識他呢？他曾經是你節目裡的佳賓嗎？」琳達問說。

「我是很想請他上節目，尤其他曾經歷過校園屠殺事件，但他堅持低調，也不願意自己的名字在媒體前曝光，所以知道他是目擊證人的人，寥寥無幾。」艾瑞克・福林說。

「原來如此，謝謝你告訴我。」琳達說。

「不客氣。」艾瑞克・福林說。

原本正熱血的呼喊著口號，唐・羅倫貝爾一眼就認出琳達，便立刻脫離隊伍，走向琳達和艾瑞克・福林。

「我認得妳，妳是第七頻道的記者琳達・艾菲爾，對吧？妳拯救我一條性命，我一直沒有機會，當面好好的謝謝妳，現在終於見到妳本人，我要慎重的跟妳道謝。」唐・羅倫貝爾握著琳達的手，非常激動的說。

「這是我應該做的事情，不需要如此感謝。」琳達有些尷尬的說。

「不管怎麼說，我的這條命，是被妳給救回來的，這是千真萬確的事情，我真的是太謝謝妳了。」唐・羅倫貝爾向琳達鞠躬道謝的說。

「好了，我知道了，我接受就是了。」琳達因為唐・羅倫貝爾的舉動，被眾人好奇的目光所包圍，不好意思的說。

「太好了，改天我可不可以約妳出來吃頓飯呢？」唐・羅倫貝爾說。

「改天見面時，再說吧！」琳達說。

「那麼就一言為定，再見了，琳達・艾菲爾小姐。」唐・羅倫貝爾說。

唐・羅倫貝爾回到抗議隊伍的最前面，還不斷的向琳達揮著手，旁邊的大學生們，抱著湊熱鬧的心態，也一起鼓噪起來，讓她不知該如何是好，就在她把頭轉到其他方向，以迴避這個場面時，她卻無奈的發現，她的新搭擋，就是那位剛入行的菜鳥攝影記者，連現在這種窘困的情況，也都一併錄下來，使得琳達更覺手足無措。

就在此時，琳達看到一個非常熟悉的身影，慢慢的向她靠近，她揉一揉眼睛，以為自己產生了幻覺，因為她十分的肯定，夕陽下那個被閃爍光芒所簇擁的人，應該不可能出現在此時此刻，直到比利・羅斯寬厚的肩膀，擋住眼前大部分的光源，然後直挺挺地站在她的面前。

琳達為了做個確認，便伸出左手撮了撮他的肩膀，才證實這並不是幻想，真正的比利・羅斯，就站在她的前方，展開雙手，對著她露出燦爛的笑容，琳達高興到完全忘記現場的情況，就在無預警之下，給他一個熱切的擁抱，然後她彷彿聽不見周圍的聲音一般，耳裡只聽見比利・羅斯強烈的心跳聲，在手臂環抱而接觸的每一吋肌膚中，感受著他急速上升的體溫。

4

琳達在電視台的工作結束後，就依照一年半前，與比利・羅斯所訂下的約定，回到當初的那個小餐廳，琳達站在餐廳外，心情格外的高興且緊張，她為了舒緩情緒，在吸了一大口氣後，才拉開餐廳的門把，走到櫃台前面，很自然的往裡頭張望，然後就看到比利・羅斯早已在老位子上等她，琳達緩慢的走向前，來到桌子旁邊，比利・羅斯馬上站起身來，幫她拉開椅子，好讓她順利就坐，然後才回到自己的座位坐下，用很特別的眼神注視著她，彷彿也正在掩飾心情的緊張。

「琳達，妳最近過得如何？採訪都還順利嗎？」比利・羅斯問說。

「一切都還算是順心。」琳達說。

「妳一定覺很意外，我怎麼會到這裡來，對吧？」比利・羅斯說。

「對呀！比利，你怎麼不打個電話先通知我一下，好讓我有個心裡準備嘛！」琳達說。

「其實我本來是想要先通知你，但突然想要給妳一個驚喜，所以才臨時這麼決定。」比利・羅斯說。

「比利，這的確是個大驚喜。」琳達說：「但是你不擔心，又會被警察局長給驅逐嗎？」

「其實，我接了一個新的任務，是要調查西澤市的都市開發案，但是詳細的事由，我不方便透露，請妳見諒。」比利・羅斯說。

「沒關係，我知道這是你的工作，我瞭解的。」琳達說。

「謝謝妳的諒解。」比利・羅斯說。

「不過，我也覺得這個建設案，有一些不太對的地方，但是沒有證據，就不能構成新聞的條件。」琳達說。

「妳會不會覺得我們的工作，在某些層面上，有很多相同的地方，有時候竟也可以相互溝通。」比利・羅斯說。

「對啊！有些時候，我常會覺得，我根本就是在從事間諜的工作嘛！」琳達笑著說。

比利・羅斯對於琳達說話的內容，點頭表示贊同，且臉上露出淡淡的笑容，但是眼睛始終沒有離開過琳達。

「兩位好，我是這家小餐廳的老闆，我的名字叫艾瑪，歡迎來到這裡用餐。請問你們不是第一次來，對吧？這兩杯咖啡我免費招待，是對老主顧的特別優惠哦！」餐廳的老闆娘從櫃台後方走了過來，手上還拿著兩個杯子，非常高興的對著他們說話。

「老闆娘，妳是怎麼知道我們不是第一次來的呢？」琳達問說。

「因為我有非常好的記憶力，而且對於像你們這樣匹配的情侶，我更是很難忘記呢！」老闆娘說。

「老闆，你弄錯了，我們並不是情侶，我們是朋友，對吧？」琳達想都沒想，就脫口而出的說。

「嗯……，對，我們只是非常好的朋友。」比利・羅斯有些遲疑的說。

「喔！我還以為我絕對不會看錯的。」老闆娘說：「但是不管怎樣，我還是覺得你們非常的匹配，也許你們可以考慮看看哦！」

「謝謝妳的提議。」比利・羅斯說：「今天的主廚精選套餐看起來不錯，可以給我們兩份嗎？」

「好的，馬上就為你們特製。」老闆娘說。

老闆娘離開之後，他們兩人都靜靜的不說話，假裝在品嚐咖啡，事實上，兩個人都在等著對方開始說話，希望能夠化解這尷尬的情況。

「關於妳一年半前，交給我的那份資料，我一直都在努力的調查，但是始終沒有辦法理出頭緒，無法證實有另一個人的存在。還有那個網址，我用各種的方式想要去破解，但是都無功而返。唯一可知的事實，就是這個網址，一定是經過嚴密的保護，這就表示，可能是政府機關，或是電腦駭客使用的加密程式，才有辦法讓調查局裡的電腦高手，都束手無策。」比利・羅斯成功轉移話題的說。

「對了，談到加密程式系統，我記得大約二年多前，那時我尚未擔任記者的工作，曾經看過一個新聞，就是市警總局組成一個特別小組，叫做網路犯罪偵察小組，當時就招集一些，受過網路駭客訓練的員警，利用特別的網路系統，來阻止網路上的不法行為，聽說是警局特別訂做的系統，可以完全隔絕其他人的干擾，還以高科技警局自居，為的是能夠和其他城市並駕齊驅。難道會跟這個小組有所關聯嗎？」琳達說。

「那麼也許我應該好好詢問警察局長，只不過不知道他這次會不會配合？」比利・羅斯說。

「既然你現在有其他案子要查，何不利用此機會，直接去告訴局長，你有一個機密線索要查，需要運用警局的特殊網路系統，才能夠找到案件所需的資料，相信你有足夠的權力，可以取得協助，局長沒有理有拒絕。」琳達說。

「這是不錯的辦法。」比利・羅斯說：「希望這一條線索，可以為校園屠殺案帶來一絲的曙光，讓我順利證明另一位兇手的存在。」

「很抱歉，這一年多來，還是沒有你妹妹的消息，雖然警局已經將她報為失蹤人口，但是仍然是半點消息都沒有。」琳達說。

「我覺得兇手的日記，和我妹妹之間一定有所關聯，但是兇手相當的狡猾，日記裡頭沒有提到任何人的名字，我請調查局的解密專家幫忙解碼，內容是解出來了，但是裡頭沒有半點線索，人名全是用代號來替代，只能知道兇手的精神狀況確實有問題，這是經過解碼後的日記，妳看看有做記號的地方，是我認為較可疑之處。」比利·羅斯說。

琳達從比利·羅斯手上接過一疊紙，依序閱讀用紅筆圈起來，比利認為比較可疑的部分。

10/13

剛開學不久，馬上又被同一群人給纏住，把我當作垃圾看待，到底要我怎樣，難道非要我死掉不可嗎？不過當我想到，只要再過不到一年的時間，我就可以永遠離開這裡，我就高興的快要瘋掉了。

今天非常的奇特，我在網路上遇到了一位，和我一樣迷戀古弗薩克文的人，本來以為他只不過是個業餘的，大概是玩了很多相關電玩，一時興起研究的動機，沒想到他古弗薩克文的造詣非常的高，終於找到一位知己了，而且他網站的代號就叫Wunjo，果然是終極的古弗薩克文研究者。

Wunjo明天約我在上線聊天，我已經好久沒有和其他人聊天了，希望不會讓Wunjo覺得我很無趣。

Blank jj

「看樣子，這是兇手第一次和Wunjo搭上線。」琳達心裡想著，然後再接下去看。

10/14

今天下課，被同一群人嘲笑，這些可惡的Thurisaz，又再次笑我爸媽是瘋子，算了、算了，我今天就不去理會他們了，讓他們自己笑掉大牙吧！

晚上九點，Wunjo果然沒有食言，他在線上等我，我們聊天聊得非常的愉快，他說我古弗薩克文研究得很透徹，其實我沒有他所說那麼的好，但是我真的很開心，好久都沒有像現在這樣了。

Wunjo好像對我有興趣，也約好明天再聊天，難道幸運之神，真的降臨在我的身上？

和Wunjo一直聊天聊到半夜，真想就這樣一直聊下去，然後不用再面對明天可能發生的事情，要是這樣該有多好啊！

Blank jj

接下來幾頁都是在寫閒談的內容，全部都沒有什麼異狀，琳達就快速閱讀後，然後接下去看比較重要的一張。

10/31

一年一度的萬聖節又到了，大學裡有舉辦萬聖節派對，但是我一點也不想過去，因為我和Wunjo約好了，要一起過萬聖節，而且他說他有很重要的事情，一定要和我聊聊，所以我非常樂意的答應了，反正這樣剛好有理由，不用參加這場噁心的派對。

Wunjo告訴我，去年他和他的女友分手了，昨天他看到她在一家商場外，和她現在的男友在接吻，Wunjo氣得快要發瘋，本來想要走過去海扁對方，但還是忍了下來，Wunjo還告訴我那個女孩和情敵是誰，看樣子Wunjo真的把我當作他的好朋友，連私事通通都告訴我，我真的好開心哦！

既然Wunjo是所怨恨的人，我也一併恨他們，這就是我對朋友的支持，那個女孩我就叫她Laguz，至於那個情敵，我就叫他Dagaz，哈哈，剛好可以很貼切的形容啊！

Blank jj

琳達閱讀接下來的內容，兇手開始和Wunjo發展出詭異的關係，但是始終都沒有見過面，他們倆對所有的人，尤其是Laguz和Dagaz，更是恨之入骨，有好幾次，他們有提起想要殺人的動機。琳達繼續閱讀下去……

4/10

天啊！我真是不敢相信，Wunjo竟然約我出來見面，這下該怎麼辦呢？當他看到我時，會不會嫌棄我的長相？會不會覺得我不得體？他真的會喜歡這樣的我嗎？看樣子，我今天別想好好的入睡了。

我一直再猜測，這一切是不是只是個玩笑，沒有想到，這美夢居然成真，我也可以找到真愛嗎？照目前看來，答案是肯定的。

終於有人站在我這一邊，我想我再也不會孤獨了。那些可惡的Thurisaz，全都下地獄去吧！我只要有Wunjo這個朋友就足夠了。

Blank jj

4/22

今天終於和Wunjo見面了，他跟我想得一樣，是一個不錯的人，而且對我相當的好，還幫我準備一些食物，是他親手製作的三明治，讓我感覺相當的窩心，更讓我加深對他的好感。

很可惜，我沒有準備什麼好東西送給他，臨時想到包包裡面，有一個我自製的骷髏人吊飾，就將這個不起眼的東西送給了他，沒有想到，Wunjo非常的喜歡，甚至直接就掛在他的包包上，哦，我實在是太愛他了。

我們兩人肩並著肩，走在黑暗的小路上，身旁沒有半個人，他偷偷的在我耳邊，小聲的說出『你是我最好的朋友』這句話，到現在我想起來，那溫暖的感覺，仍久久不散。

我決定了，他現在就是我人生的目標，因為全世界只有Wunjo最瞭解我，而且他也曾對我說，他和我之間有著特別的情感，我一定會好好的守護著這份情感，直到我死去的那一天。

Blank jj

「難道這些都是兇手所想像出來的嗎？未免也太過真實了。」琳達心裡這樣想著。琳達繼續閱讀下去，很快就讀到日記的最後一張。

5/21

終於到了最重要的時刻，我和Wunjo一起走向永恆的日子。

Wunjo告訴我，既然這個世界已經容不下我們，我們就把這個世界給毀滅吧！讓那些壞人，全部都得到應得的報應，我們所做的事情，是一件好事，把這個世界多餘的垃圾清除，但是必須得要殺死其他不相干的人，但是這都是他們應得的。

最後我們也會消失在這個殘酷的世界，我想這個世界沒有我們，並不會有什麼變化，所以我們要帶走一些人，讓所有的人都知道，他們所做的事情，對我們有什麼影響，讓他們自食惡果，讓他們搞不清楚狀況，就直接的死亡，一起毀滅吧！可惡的Thurisaz，一起毀滅吧！

Wunjo雖然我們不知道彼此的名字，也說好見面不過問個人的私事，但是我真的希望來世，我可以知道你所有的一切，真正的認識你。

我們一起離開，這個令我們憎恨的世界吧！謝謝你Wunjo，讓我體會什麼叫愛，我愛你Wunjo，我真心的愛你。

Blank jj

最後寫上本名強納森・喬斯，整本日記宣告結束。

「我很想知道，強納森・喬斯所言之Thurisaz，到底是那些人，可是我相信那些學生，一定大部分都已經畢業了，這樣就更難查起，只能從畢業紀念冊上，找到一些蛛絲馬跡。」琳達說。

「我也覺得雖然找到Wunjo是何人比較重要，但是相對而言，Thurisaz反而比較好追查起，所以從找到Thurisaz是誰，更能知道對於兇手的一些內情。」比利・羅斯同意琳達的想法。

「那麼我來負責找Thurisaz，而你則負責調查網址，我們兩人分工合作，一定可以更快找到證據的。」琳達說。

「真的很感謝妳的幫助，但是妳還有妳自己的工作要忙，我不好意思麻煩妳。」比利・羅斯說。

「你這樣說實在是太見外了，我一直都相信還有另一位兇手，在事情沒有水落石出之前，我有這個責任，去追查任何的線索，不論是在工作上，或是身為朋友，我都應該盡力的幫忙啊！更何況，這件事情，跟我有很大的關係，如果沒有完全結案，我就不能夠完全放心。」琳達說。

「好吧！那麼一有什麼消息，就立刻通知我。還有千萬不要做任何危險的事情，如果有什麼不對勁，也要馬上通知我，知道嗎？」比利・羅斯緊張的說。

「好啦！我又不是小孩子，我會好好照顧自己的。」琳達笑說。

「我知道，但是還是要小心一點。」比利・羅斯說。

餐廳老闆娘又從櫃台後方走出來，手上拿著兩個大盤子，步伐非常的穩健，身手相當的靈敏，朝著他們走過來。

「兩份主廚精選套餐，兩位請慢用。」老闆臉上堆滿笑容說。

「謝謝。」琳達說。

「咦，小姐感覺妳好像有些面熟，啊！請問妳是不是第七頻道的新聞記者？」老闆娘問說。

「沒有錯，我的確是第七頻道的記者，我是琳達・艾菲爾。」琳達回答說。

「之前我有看你報導的那篇新聞，就是有關校園屠殺事件的新聞，當時我還非常擔心影帶播出來，會不會太過暴力，但是幸好，電視台都把那些不堪入目的影像，全都打上馬賽克，但此新聞還是令人震驚。」老闆娘說。

「對呀！真的是令人感到悲痛的一天。」琳達說。

「妳知道嗎？我的兒子也是上屆的畢業生，我一聽到消息時，還嚇了一大跳，馬上打電話給我的兒子，還好我的兒子當時已經逃離現場，真是不幸中的大幸。」老闆娘說。

「老闆娘，請問妳的兒子認不認識那位兇手？」比利・羅斯趕緊問說。

「他不認識那位兇手，但是曾經聽過有關他的傳言，我的兒子都會告訴我一些校園發生的事情，因為我和兒子感情非常的好。」老闆娘說。

「可不可以請妳回想有關兇手的傳聞呢？」琳達問說。

「好的，你們等一下，我叫我的兒子出來，直接跟你們說。」老闆娘說。

「喂！兒子啊！出來一下吧！客人有事情要問你。」老闆娘答應他們的要求，然後朝著櫃台後方大聲的喊叫著，過了大約一分鐘，有一位身穿圍裙，腰圍有一圈肥肉的男子，慢慢的走了過來。

「媽媽，有什麼事情，需要那麼大聲的吼叫嗎？」老闆娘兒子一臉不悅的說。

「你過來，第七頻道的記者，琳達・艾菲爾，想問你有關校園屠殺案的兇手，他之前在校時的傳聞，你可以幫我告訴她嗎？」老闆娘對著她的兒子說。

「哦！妳要問有關強納森・喬斯的事情，之前學校曾交代我們，不准和記者談論此事，但事情都已經過了那麼久，我想現在應該算是解禁了，可是我不知道說這些事情，會不會有什麼問題？」老闆娘的兒子正在考慮要不要說。

「你現在說這些事情，不會有什麼問題，我絕對不會把你的名字公布出來，我們只不過對這些事情有些好奇，並不會將你的言論隨意的變成新聞內容，請你放心的告訴我們吧！」琳達馬上解除他內心的疑慮，很肯定的對著老闆娘的兒子說。

「兒子，沒關係啦！你就說出來吧！」老闆娘不耐煩的對著兒子說。

「好吧！我對強納森・喬斯的印象很模糊，因為他跟我不是同個科系，但是關於他的謠言，倒是耳熟能詳。我聽別人說，強納森・喬斯的父母親是瘋子，曾經殺過人，還曾經住進精神病院，然後他遺傳到他父母親的基因，也是十足的瘋子，總是喜歡研究巫術，有一次有人宣稱，中了他所設下的魔咒，然後生病三天不能下床，大部分的學生都不敢和他說話，有一些甚至會故意用言語攻擊他，但是他好像都無動於衷，有些人說，他的靈魂已經賣給了魔鬼，所以早就沒有靈魂了。」老闆娘的兒子說：「我所聽說有關強納森・喬斯的事情，大概就是這些了。」

「那麼常常用言語攻擊強納森・喬斯的人，你知道是那些人嗎？」琳達繼續追問下去。

「哦！就是西澤市最有勢力的那一幫人，大家都不太敢招惹他們，其中最主要的狠角色，就是瑪格麗特・狄更斯・道森，妳也知道，她的父親就是鼎鼎大名的佛西斯・道森，還有她的兩個好姊妹，泰瑞莎・畢克，她的父親就是赫赫有名的喬・畢克，和艾咪・坎貝爾，她還沒有畢業前，就已經在從事模特兒的工作，長得非常的美，身材非常的火辣，另外還有保羅・畢格羅，他是泰瑞莎・畢克的男朋友，是個仗勢欺人的傢伙。他們幾乎天天在找強納森・喬斯的麻煩，可能因為他都不反抗，所以覺得好玩吧！我曾經有親眼看到過一次，但是我馬上就走開了，因為我也不想惹上麻煩。」老闆娘的兒子說。

「那麼強納森・喬斯有比較親近的朋友嗎？」琳達問說。

「我猜他大概是沒有朋友，因為我從來沒有看過他跟任何人說話。」老闆娘的兒子說。

「那麼他在學校的成績及表現如何呢？」琳達問說。

「對不起，這個我就不知道了。」老闆娘的兒子說。

「真的是很謝謝你，還有老闆娘，謝謝你們告訴我們這麼多的事情，你們人真的是太好了。」琳達說。

「那裡，能跟客人聊天，讓客人們高興，本來就是應該的。」老闆娘說。

「如果沒別的事，我要回廚房去了，很高興和你們對話。」老闆娘的兒子結束對話後，就又慢慢的走回原來的地方。

「對了，校園屠殺案，不是已經結案了嗎？為什麼你們還那麼有興趣呢？」老闆娘問說。

「純粹只是好奇而已啦！」琳達裝作不在意的說。

「好吧！我還有別的事要處理，如果還有什麼我幫得上忙的事情，或是有什麼東西還想要加點的，就儘管叫我吧！」老闆娘說。

老闆娘順道就把兩個空的咖啡杯給收走，並且始終保持著微笑，迅速的整理著其他餐桌上被使用過餐具，看起來幹勁十足，當所有桌面都變得非常乾淨後，她才又回到櫃台的後方。

琳達和比利停止討論此事件，並且開始品嚐起美食，看樣子他們聊了那麼多話，肚子也變得很餓了，於是他們就把之前緊張的對白，都給暫時拋到腦後，畢竟食物是生命的動力來源，再緊急的事情，也不能夠忘記補充能量，更何況他們兩人闊別那麼長的時間，是應該多多珍惜現在相聚的時光。

「比利，你不要吃得那麼急，慢慢吃才能有助消化。更何況現在已經是晚上九點了，其他的重要的事情，等明天再去煩。」琳達說。

「對不起，這是我的壞習慣。」比利・羅斯笑說。

「哎！其實我也有工作狂的傾向，無時無刻都把工作放在心上，我也知道這樣對身體不好，但是如果放下工作不管，反而會更加的焦慮，不知何時才能真的放鬆。」琳達說。

「我跟妳有同樣的感覺，總是在忙碌，不知道要如何，才能完全把工作放掉。」比利・羅斯說。

「也許等到這個事件完全水落石出，我們才能夠真正鬆口氣吧！」琳達無奈的說。

「希望有這麼一天的到來。」比利・羅斯說。

「我有預感，相信很快就會有結果的。」琳達樂觀的說。

慢慢的品嚐完美食之後，他們倆非常有默契的，看著彼此的面容相視而笑，然後開始搶著要付帳，結果在比利・羅斯的堅持之下，先行一步付完款項，兩人隨及離開小餐廳，就在道別之後，他們抱著愉快的心情，結束這場晚餐之約，各自回到居住的處所，迎接明天新的挑戰。

5

富利金俱樂部，是西澤市有錢人的聚會場所，裡頭設備一應俱全，擁有全市最豪華的酒吧、娛樂間、溫水游泳池、高爾夫球場、米其林二星主廚所開設的高級西餐廳，還有合法的小型賭場，只有手持黃金貴賓卡、具有千萬身價，或是知名度相當高的人士，才有資格可以隨心所欲的進出這裡。

琳達想要進到富利金俱樂部，找尋可能是Thurisaz的人，但是這裡拒絕接受媒體進入採訪，所以一開始琳達就吃了個閉門羹，被門口的警衛給阻擋下來，不准她進入，但是知道琳達的個性的人，就會明白她不可能會因為這麼一點小挫折，而放棄掉任何一個調查的機會，她一定會設法想出解決的辦法。

果不其然，琳達發現在富利金俱樂部外頭的花園廣場中，有一些人正在悠閒的吃著豐盛的早餐，其中有個她認識的人也在人群之中，就是知名的節目主持人及記者，艾瑞克・福林先生，他左手握著黑色的鋼筆，在振筆直書中，琳達趕緊跟他揮了揮手，並且大聲喊出他的名字，艾瑞克・福林聽到琳達的聲音，就快速的走向門口，明白的告訴警衛，琳達是他的朋友，但卻一直等到琳達對警衛保證不會有任何拍攝的動作，再經過親自登記簽名及核可證照後，警衛才終於放她進來，實在是有夠嚴格的審核。

「啊！艾菲爾小姐，妳到富利金俱樂部來，是想要來這裡用餐嗎？我告訴妳，這裡的蘋果派，好吃的不得了，妳可以過來和我一起品嚐，我請客哦！」艾瑞克・福林說。

「你的好意，我心領了。」琳達說：「我來這裡是為了要找人，有幾個問題想要當面詢問。」

「妳想要找誰呢？這裡的會員，我多半都認識，如果妳願意的話，我可以幫妳引見。」艾瑞克・福林說。

「太好了，我要找的人是瑪格麗特・狄更斯・道森，前輩你認識她嗎？」琳達說。

「哦！我認識呀！但是妳找她要做什麼呢？她可是一位非常難相處的大小姐，她現在人就在俱樂部裡，也可以說她幾乎就是住在俱樂部裡。」艾瑞克・福林說。

「我想問她一些事情，前輩，你現在可以幫我引見嗎？」琳達說。

「可以是可以啦！但是其實我跟她不算太熟，所以我幫妳引見之後，我就直接走人，沒有辦法陪妳，請妳見諒。」艾瑞克・福林說。

「謝謝你，但是她真的有那麼可怕嗎？連前輩都無法招架。」琳達說。

「別說了，我們現在就走吧！但是我先提醒妳，千萬不要沒事招惹她，她對人可是不會手下留情。」艾瑞克・福林說。

「謝謝你的提醒，我會小心的。」琳達說。

琳達跟隨著艾瑞克・福林，一同走進富利金俱樂部金碧輝煌的大廳，挑高的純白壁面上，有著無數座的立體浮雕，金色邊框造型的天花板，鑲上了彩繪的古典壁畫，更顯出建築物的優美，四面支撐的樑柱，使用希臘神廟風格的條紋型白色大理石柱，石柱旁各有一個藝術石像，讓人感覺就像身處古蹟之中，有種肅然起敬的感覺，看不出來這裡真的是一家休閒俱樂部，就算說這裡是五星級飯店，也不會有人否定。

穿過櫃台旁邊的大拱門，來到素有盛名的俱樂部交際廳，那裡有超級豪華的吧台，想要喝什麼酒類及飲品，絕對是應有盡有，吧台前方中央廣場有著可供休息的座位區，旁邊則是三間隱密的VIP包廂，專門提供給企業家聚會，或是特定人士使用，琳達和艾瑞克・福林正往其中一間包廂走過去。

「要申請入會一定很不容易，看看這些豪華又時尚的設計，就可以知道為什麼會要求這麼多了。」琳達說。

「對啊！要不是有力人士推薦我入會，我根本沒有機會加入，但是我告訴妳，一旦妳真的進入此地時，小心，這可是會上癮呢！」艾瑞克・福林說。

「我想也是。」琳達說。

「好了，我們到了，這就是瑪格麗特・狄更斯・道森出沒的地方，她的專用包廂，請妳好好的深呼吸，因為我們就要進去了。」艾瑞克・福林說。

「好的，我想我準備好了。」琳達說。

「請問道森小姐在嗎？」艾瑞克・福林說。

「你是誰呀？我現在正在用餐，沒空理你。」有一個女人的聲音從門內透出。

「我是艾瑞克・福林，妳知道的，我是第一頻道的記者兼節目主持人。」艾瑞克・福林說。

「哦！原來是愛說教的老頭，有什麼事情？」那個女人沒有禮貌的說。

「我今天來，是要跟妳介紹一位我的同業，琳達・艾菲爾小姐，她有一些事情，想要跟妳當面聊聊，妳方便開門嗎？」艾瑞克・福林說。

「哦！有新朋友，好吧！看在你的面子上，我就開門了，請等我一下。」那個女人沒好氣的說。

就在過了大約十分鐘之後，包廂的門終於打開了，映入眼簾的空間，並不是想像中的小包廂，而且稱這個地方叫包廂，好像太對不起這個地方，應該要把它叫做公主的私人套房才對，因為裡頭不但有四張大型的沙發、56吋液晶電視、兩張大床及全套的衛浴設備，甚至還有一座戶外的按摩浴池，豪華的程度簡直令人難以想像。

公主的私人套房裡，總共有三個人，全部都是女性，她們都隨意的坐在沙發上，眼睛直盯著陌生人看，她們身上穿戴的都是名牌，鞋櫃裡也堆滿了上百雙各式名牌的皮鞋，名牌包包就更不用說了，就像垃圾般的隨處亂丟，可見她們的生活極盡奢侈之能事。

「我來跟妳們介紹，這位就是琳達・艾菲爾，是第七頻道記者。」艾瑞克・福林說。

「嗨！妳們好！」琳達說。

「……」她們三位大小姐，完全不理會琳達的示意，沒有一位有任何的反應。

「琳達，坐在正中間的就是瑪格麗特・狄更斯・道森小姐，左邊的則是泰瑞莎・畢克小姐，右邊的則是艾咪・坎貝爾小姐。」艾瑞克・福林說。

「好了老頭，她有什麼事情會直接說，不用你在這邊囉嗦，你可以走了。」瑪格麗特・狄更斯・道森還是一樣沒禮貌的說。

「琳達，接下來就交給妳了，請小心應對。」艾瑞克・福林看了看右手腕勞力士指針上的時間，然在耳邊小聲的說。

「好啦！我走了，不用送了。」艾瑞克・福林對小姐們說，然後就快速的離開了包廂。

「嗯……，妳可以坐在那邊的沙發，然後有什麼事情就趕快說，我們可是非常忙的。」瑪格麗特・狄更斯・道森說。

「謝謝，我的確有件重要的事情，想要詢問各位。請問妳們認識強納森・喬斯這個人嗎？」琳達說。

「當然認識啊！他是個恐怖的變態加瘋子。」艾咪・坎貝爾激動的說。

「妳幹嘛問這個，理由何在啊？」瑪格麗特‧狄更斯‧道森不高興的說。

「妳也知道，我是一位記者，但是妳不知道的是，我還是一位作家，我現在要寫一本書，內容是描寫校園屠殺案的始末，需要聽聽各位對於兇手本人的看法。」琳達將預先想好的台詞說出。

「那麼這樣做，對我們有什麼好處呢？」泰瑞莎‧畢克說。

「第一，我會把妳們的名字寫在書裡，可以讓妳們知名度大增。第二，如果這本書出得成，我會考慮在新書發表會時，讓妳們在媒體前曝光，更可以增加能見度，這樣如何啊？」琳達說。

「聽起來，挺不錯的，我正需要增加一些知名度呢！」艾咪‧坎貝爾說。

「那麼妳想要知道些什麼？」瑪格麗特‧狄更斯‧道森問說。

「當然是聽聽看妳們對於強納森‧喬斯的一些看法，麻煩妳們詳細的告訴我，妳們對他的瞭解，好嗎？」琳達說。

「好吧！妳就儘管問，我們會回答的，只要不要花太久的時間，就可以了。」瑪格麗特‧狄更斯‧道森說。

「謝謝，那麼請問妳們覺得強納森‧喬斯這個人如何？妳們知道他為什麼會犯下這起命案呢？」琳達問說。

「我記得我看到他的第一眼，我就覺得他這個人非常的噁心，全身的打扮簡直醜到了極點，讓我很想朝他肚子狠狠的踹上一腳，把他踢到我看不到的地方，我才會感到安心。至於他為什麼會犯案，這我就不得而知了，也許他真的發瘋了，也說不一定。」艾咪‧坎貝爾說。

「我倒是覺得，既然他的父母都是瘋子，他早就應該被踢出校門才對，留他在這裡簡直把我們陷於危險之中，妳看事情果然就發生了吧！我強烈的覺得，他是真的有毛病，才會做出這種事情來的。」泰瑞莎・畢克說。

「所以當初我們那麼排斥他，是非常的有道理的，校方早就應該將他掃地出門，但遲遲不做任何的處理，看吧！果然出現大問題，可見我們多有先見之明呀！」瑪格麗特・狄更斯・道森說。

「妳們什麼時候知道，強納森・喬斯的父母有精神疾病？還有從哪裡得知的呢？」琳達問說。

「我們是在大學一年級下學期的時候，就得知此訊息，就是我……」瑪格麗特・狄更斯・道森對著琳達講話到一半時，突然間就停止說話了。

「哦！很抱歉，我不能夠透露消息從哪裡取得，但是我們知道這個消息來源，是非常的可靠，因為我們與強納森・喬斯是同年級，早就發現他有一些問題，在加上消息中所描述的人，和強納森・喬斯不謀而合，所以就判定此消息絕對真實，而且現在事實證明，他的確是貨真價實的瘋子。」瑪格麗特・狄更斯・道森說。

艾咪・坎貝爾和泰瑞莎・畢克，兩人在旁邊點頭如搗蒜，非常同意瑪格麗特・狄更斯・道森的說法。

「那他有對妳們做出什麼不敬的事情嗎？」琳達問說。

「他哪裡敢對我們做出什麼不敬的事情，他怕我們都來不及了。而且幾乎全校學生都知道他的事情，他哪敢這麼明目張膽的和我們對抗啊！」艾咪・坎貝爾說。

「那妳們知道他的課業成績如何呢？」琳達問說。

「哦！他是典型的書呆子，成績好的不得了，但是會讀書有什麼用呢？聰明的瘋子也是瘋子，都應該進精神病院，不過他現在人應該在地獄吧！」艾咪・坎貝爾說。

「哈哈哈……」三位好姊妹們，一同大笑了起來。

她們一笑，就笑到無法停止的地步，再加上她們幾個人，邊笑還邊在一旁竊竊私語，又引爆更多的笑點，一直笑了大約三分鐘左右，才能稍稍停止。琳達面對眼前的情況，只能呆坐在一旁，靜靜看著三位大小姐的脫序行為。

「哎呀！艾菲爾小姐，妳到這裡那麼久了，我們居然沒有問妳要不要喝點東西，真的是太不敬了，妳要不要喝一些特調的飲料呢？」瑪格麗特・狄更斯・道森問說。

「謝謝妳的好意，道森小姐，但是不用麻煩了。」琳達說。

「好吧！但是我自己倒是想要來一點呢！姊妹們，妳們有想要喝的東西嗎？」瑪格麗特・狄更斯・道森說。

「好呀！就點上次喝的那一種。」艾咪・坎貝爾說。

「那麼泰瑞莎妳要喝什麼呢？」瑪格麗特・狄更斯・道森問說。

「跟妳們一樣的，就行了。」泰瑞莎・畢克說。

於是瑪格麗特・狄更斯・道森拿起身旁的電話，向外面吧台點了三杯龍舌蘭，服務生迅速的將飲料送進包廂，態度相當的謹慎，就像在伺候女王一般，絲毫都不敢怠慢。

「這裡的服務相當的不錯，不愧是頂級的俱樂部。」琳達說。

「這是當然的，因為我爸是這裡的股東之一，我們在這裡一切都是免費的，酷吧！」瑪格麗特・狄更斯・道森說。

「的確非常的不賴。我並不想要破壞妳們的興致，但是我還有一些問題，想要再請教妳們。」琳達說。

「儘管放馬過來吧！」艾咪・坎貝爾說。

「妳們知道強納森・喬斯最要好的朋友的誰呢？或是他跟誰比較親近呢？」琳達問說。

「這種人怎麼會有什麼朋友，我從來就沒有看過他和誰有交流。比較親近的人，大概只有大學的教授吧！」瑪格麗特・狄更斯・道森說。

「那妳知道是那一位教授呢？」琳達問說。

「就是史學教授唐・羅倫貝爾，他常常說強納森・喬斯，是符號學的天才，所以他在唐・羅倫貝爾教授所開設的課程，叫做『進階符號學』，成績往往都是名列前茅。」瑪格麗特・狄更斯・道森說。

「那麼他們的關係一直都很好嗎？」琳達問說。

「一開始是非常的不錯，但是他到了大三的時候，就常常沒有理由的翹課，幾乎快要被當掉，但是唐・羅倫貝爾最後還是網開一面，如果我是教授，我一定不會這麼輕易就放他一條生路。」瑪格麗特・狄更斯・道森說。

「道森小姐，妳怎麼會知道這些事情呢？」琳達問說。

「因為我跟強納森・喬斯曾經是同班同學，所以我才會知道。」瑪格麗特・狄更斯・道森說。

「才怪，妳那時候明明就很迷戀唐・羅倫貝爾教授，他的一舉一動妳都瞭若指掌，不是嗎？」艾咪・坎貝爾說。

「喂，我都已經訂婚了，不要在那裡亂說話，好嗎？」瑪格麗特・狄更斯・道森有些生氣的說。

「對不起嘛！瑪格麗特，請妳原諒我。」艾咪・坎貝爾說。

「算了、算了，反正這些都已經是過去式。」瑪格麗特・狄更斯・道森說。

「唐・羅倫貝爾，真的是非常受學生們歡迎的教授，對吧？」琳達說。

「豈只是受歡迎，他簡直就是學生們的偶像，只可惜聽說他已經有女朋友了。」泰瑞莎・畢克說。

「原來是這樣呀。」琳達說。

琳達想起上次與唐・羅倫貝爾見面的情形，直到現在，都還覺得十分的難為情，當時甚至恨不得挖個洞躲起來。

「哦！對了，請問妳們認識露西・艾格波特嗎？」琳達突然想到比利・羅斯，然後問說。

「我們怎麼會不認識她呢？她是討厭的校園記者，我們連提都不願意提起她這個人。」瑪格麗特・狄更斯・道森不悅的說。

「可是露西・艾格波特不是已經失蹤一年多了嗎？妳們有任何覺得可疑的地方嗎？」琳達說。

「妳不是要問有關校園屠殺案的事情嗎？幹什麼要問那個人啊？」瑪格麗特・狄更斯・道森不耐煩的說。

「艾菲爾小姐，露西・艾格波特這個名字對我們而言，就像是條被禁止說出的咒語，拜託妳別再問下去了，否則瑪格麗特會非常不高興的。」泰瑞莎・畢克說。

「好吧！我不會再問妳們這個問題了。」琳達說。

「做得好，艾菲爾小姐。」艾咪・坎貝爾說。

「那麼我再問妳們一個問題，妳們應該也是上屆的畢業生，對吧？那妳們參加畢業典禮時，有看到什麼不尋常的事情嗎？」琳達問說。

「我們的確是上屆的畢業生，但是我們並沒有參加畢業典禮，因為剛好泰瑞莎他們家辦了一場時尚派對，我們決定一同出席，而且我爸也說，可以不用到畢業典禮會場，他會派人到現場幫我領取畢業證書，所以恰巧躲過這場災難。」瑪格麗特・狄更斯・道森說。

「嗯，我已經問完所有的問題，非常感謝妳們的配合。如果我還有疑問時，可以再過來詢問各位嗎？」琳達問說。

「沒有問題，隨時歡迎妳來。」瑪格麗特・狄更斯・道森說。

「再一次謝謝妳們，還有恭喜妳道森小姐，祝妳新婚愉快。」琳達說。

「謝謝妳。」瑪格麗特・狄更斯・道森喜孜孜的說。

忽然間，門外響起急促的敲門聲，一位陌生男子，在沒有答應之下，就逕自進入包廂之中，琳達被他冒失的舉動給嚇了一大跳，但其他人則是一副見怪不怪的表情，冷靜的看著進來包廂的人。

「瑪格麗特，我告訴妳，妳爸爸現在正在俱樂部裡，他現在要見妳，請妳現在就過去。」陌生男子劈頭就說。

「保羅，我之前不是有跟你說，要等我們回答後再開門，你看你嚇到客人了。」泰瑞莎・畢克說。

「哦！失禮了，不好意思嚇到妳了。」陌生的男子說。

「艾菲爾小姐，這位是我的男朋友，保羅・畢格羅。」泰瑞莎・畢克對著琳達介紹說。

「保羅，這位是新聞記者兼作家，琳達・艾菲爾小姐。」泰瑞莎・畢克向她的男友介紹說。

「哦！妳好。妳知道嗎？我也是一位作家，很高興在這裡遇見同行，妳是寫什麼類型的書呢？」保羅・畢格羅問說。

「保羅，不要煩她。」瑪格麗特・狄更斯・道森說。

保羅・畢格羅聽到瑪格麗特・狄更斯・道森對他發出的命令，馬上乖乖的停止，不敢再說任何的話。

「艾菲爾小姐，妳現在有空嗎？」瑪格麗特・狄更斯・道森說。

「目前並沒有什麼其他的計畫。」琳達說。

「好的，因為我想把妳介紹給我爸爸認識，也許會耽誤妳幾分鐘的時間，可以嗎？」瑪格麗特・狄更斯・道森試探性的問說。

「好的，我答應妳的邀請。」琳達說。

「太好了，我們就一起過去吧！保羅，我爸現在人在哪裡？」瑪格麗特・狄更斯・道森說。

「他現在人在賭場的ＶＩＰ室內，我現在就帶妳們過去。」保羅・畢格羅說。

於是在場所有人，都跟隨著保羅・畢格羅離開了私人包廂，他們搭乘高爾夫球車到俱樂部花園廣場，再搭乘俱樂部所提供的接送專車，前往富利金花園酒店。

6

比利・羅斯闊別一年半，再度來到西澤市警察總局，穿過厚重的旋轉門，那寬廣的大廳盡收眼底，與他的記憶一致，還是同樣難以親近。當他走到警局的櫃台時，駐守的員警，被從門口突如其來的冷風，害得直打哆嗦，口中不斷地吐出白色的氣息，雙手不停的搓揉，就像隻正在大快朵頤的松鼠，臉頰膨脹成一個大毛球，不斷顫動著全身的皮毛，模樣相當的可笑。

「嗨，羅斯幹員，好久不見了，請問你來這裡，有何貴幹啊？」肯恩員警放下手中的熱飲，熱切的說。

「你好，肯恩員警，怎麼櫃台只有你在看守，其他人呢？」比利・羅斯說。

「其他人都在樓上，因為樓下大廳比較寒冷，所以他們都躲到樓上去了。」肯恩員警說：「那些可惡的傢伙，要不是我打賭輸了，否則此刻在樓上取暖的人，就會是我肯恩大爺了。」

「我今天來到這裡，是想要請教局長一些事情，已經事先電話通知，請問局長現在有空接見我嗎？」比利・羅斯對肯恩無聊的笑話不予理會，直接說出來訪的目的。

「我馬上打電話確認一下。」肯恩員警說。

肯恩一拿起電話，就滔滔不絕的跟電話另外一頭的員警交談著，先是大肆的抱怨了一番，然後才說到了正題，過了大約三分鐘左右，才終於掛掉電話，然後態度從容的喝了一口熱可可，最後才把比利・羅斯請到櫃台前，告訴他詢問的結果如何。

「局長說他現在很忙，有個重要的會議要開，請你大約再等一個小時，局長才有空接見你。」肯恩員警說。

「好吧！那麼我就在這裡等著。」比利・羅斯面不改色的說。

「那個……，羅斯幹員，如果你不嫌棄的話，可以坐在我的旁邊，這裡有台暖氣機，可以稍微暖暖身子哦！」肯恩員警說。

「謝謝你，肯恩員警。」比利・羅斯說。

然後他就繞過櫃台，走到肯恩員警身旁的空位，立刻坐了下來，暖氣機就在櫃台的下方，正對著比利・羅斯的雙腳，讓他感覺身子漸漸暖和起來。

「對了，上次跟你在一起的那個人，就是有著美麗紅色頭髮的小姐，她是你的女朋友嗎？」

肯恩員警說。

「嗯，我跟你還不熟，我不想回答這個問題。」比利・羅斯說。

「好的，沒關係，我不是故意要探你的隱私。」肯恩員警說：「我告訴你，她是我喜歡的那一型，但我相信她一定很難追得到。」

「嗯……？」比利・羅斯皺著眉頭發出不悅的聲音。

「因為她可是個大忙人，每次我在看新聞時，都可以看到她的報導，我想她一定都把工作放在第一位，其他的事情一概都不以理會吧！」肯恩員警說：「所以想要跟她交往，一定相當的辛苦，必須得要體諒她常常超時工作。」

「嗯……？」比利・羅斯依舊發出不悅的聲音。

「不過聯邦調查局的工作，常常也是二十四小時待命，跟記者的工作有得拼。」肯恩員警說。

「是的，的確是要二十四小時待命。」比利・羅斯說。

「那麼你的生活一定過得相當的精采。」肯恩員警說。

「自己決定的生活，就要勇敢承擔下去。」比利・羅斯說。

「老兄，你這個人實在有夠酷的，你說話一向都那麼的簡潔有力嗎？」肯恩員警問說。

「我不喜歡說一些無關緊要的事情。」比利・羅斯說。

「原來是這樣啊！」肯恩員警說：「那麼你想要來一杯熱可可嗎？是我剛剛才泡好的哦！」

「謝謝你，不用了。」比利・羅斯說。

肯恩員警自討沒趣看著沒有反應的比利・羅斯，然後再倒一杯熱可可到自己的馬克杯中，自顧自的盯著門口看，無聊的心情全寫在臉上。比利・羅斯則忙著在內心裡構思，接下來所要處理的事情，盤算著要用什麼方式取得局長的信任。

等待的時間早已超過預定的一個小時，但仍然沒有一點消息，比利・羅斯開始覺得有些焦急，可是人在屋簷下哪有不低頭的道理，所以他依舊很有耐心的繼續等待著。

很快的，等待時間已經超過二個小時，就連肯恩員警也覺得不大對勁，還非常好心的幫忙打電話再次詢問，但仍然沒有任何的消息。比利・羅斯再也咽不下這口氣，想要直接跑上樓，向局長問個明白，但是被肯恩給阻止了。

「羅斯幹員，不要那麼衝動，你也知道局長非常討厭聯邦調查局的人，但是如果你就這麼樣跑上去，可能連一點合作的機會都不可能了，請你一定要三思。」肯恩員警說。

「好吧！那麼麻煩你再通報一次，說我已取得聯邦調查局的認可，請局長務必配合調查。」比利・羅斯稍微冷靜下來，然後說。

「好的，我馬上幫你通報。」肯恩員警說。

通報完，大約過了十分鐘，總算獲得了局長的同意，於是比利・羅斯就向肯恩道謝之後，便從容的往警察局長辦公室走去。

警察局長還是跟往常一樣，板著一張嚴肅的臭臉，把站在門前的比利・羅斯，當成是個隱形人似的，明明就已經看到他進來，卻當作沒有發現的樣子，完全沒有任何的動作，雙手交叉著，緊盯著桌上的文件，但是仍用眼角餘光，觀察著眼前的這位不速之客。

「貝利局長，你好。」比利・羅斯說：「那麼久不見，你還是那個老樣子，不喜歡聯邦調查局，來干涉西澤市的案件，對吧？」

「你既然都明白這個道理，那你為什麼還要明知故犯呢？」局長說。

「我也不想這麼做，但是上級命令，總不能不予理會吧！」比利・羅斯說。

「這次又有什麼事情？」局長說：「如果是關於西澤大學校園屠殺案，那麼我必須請你回去，此案已經終結，沒有必要再調查。」

「很遺憾，這次的調查，與校園屠殺案無關，而是另有其他的原因。」比利・羅斯說。

「那麼到底是什麼事情，麻煩你仔細的說明白，好嗎？」局長問說。

「我只能告訴你，本次調查的目標，是針對西澤市的建設案，至於詳細的內容，我現在無法透露，還希望局長配合，並且幫忙保密。」比利・羅斯說。

「那你希望我怎麼配合呢？」局長問說。

「希望你能夠調動一些人馬來協助我辦案，最好是貴局最引以為豪的網路犯罪偵察小組中的成員，並且讓我獨自指揮特別小組，運用貴局中的高科技電腦系統，來找尋犯罪的資料及證據。」比利・羅斯說。

「你憑什麼要我完全的配合？難道是調查局裡，沒有人才了嗎？」局長酸溜溜的說。

比利・羅斯聽到局長所說的話時，本想當面就予以駁斥，但是想起琳達之前曾告訴他，要如何讓局長心甘情願配合的說辭，然後他就模仿琳達說話的口吻，對著局長說：「其實貴局人才濟濟，如果這次案件處理得宜，全國警界都會知道，原來西澤市警局，有如此先進的犯罪偵察系統，想必會得到不少的免費宣傳，而且這次的案子，我並不會一人居功，我會以合作的方式進行，大家功勞各半，相互得利，何樂而不為呢？」

「嗯，這個提議的確不錯，但是我希望你能夠信守承諾，不要到了最後，又再來反悔。」局長說：「還有不可以有任何的隱瞞，資訊全部都要公開，一定要先讓我知道調查結果，這樣子我才願意配合。」

「沒有問題，我絕對信守承諾，將真實調查的結果，先行告知於你，但在調查尚未明朗前，我不會妄加揣測。」比利・羅斯說。

「好的，我答應你的要求，我請其中一名組員，帶你參觀網路犯罪偵察小組的工作區域，請你在凶殺組外稍待片刻，他會對你說明所有細節。」局長說。

等待不久，就有一位身穿白襯衫，戴著厚重黑框眼鏡的男子，走向比利・羅斯，經過相互確認身分後，那位男子就帶領著比利・羅斯，走到網路犯罪偵察小組的特別區域，所謂的特別區域，就位於市警總局的地下室二樓，但是需要透過電子刷卡系統，及指靜脈掃描機，內部人員才得以進入，可見管制十分的森嚴。

那位白衣男子，在入口感應門前，將專屬的電子卡片交給比利・羅斯，並且將他的指紋輸入系統之中，當所有的手續都辦理完成時，比利・羅斯就正式成為專案小組的直屬長官。

他的第一道命令，就是要求小組成員全面動員，追蹤可疑網址的發源地，並且盡力找尋使用者，及其他相關的任何蛛絲馬跡，一有斬獲時，就會立刻向比利・羅斯本人報告，不過因為是大範圍的調查，每一個ＩＰ逐次查詢，需要花費相當多的時間，但是比利・羅斯不放棄任何一個線索，所以決定親自坐鎮監督，二十四小時都待在此地，打算來個長期抗戰，沒有找到答案前，絕不離開崗位。

7

搭著俱樂部的專車，琳達及千金小姐們，到達富利金花園酒店正門口，他們才剛下車不久，就有飯店主管親自接見，一開口就是馬屁連篇，還有三名保全一路護送他們到達ＶＩＰ室，琳達覺得自己好像是什麼達官顯要一般，但感覺不是非常的自在。

賭場位於酒店的二樓，室內設計的風格，走的是七〇年代復古風，天花板有許多圓形的霓虹燈，地板則是在透明的壓克力板下，設有七彩的圓型ＬＥＤ燈，會隨著時間而變換顏色，相當具有渲染力，再加上不停地播放著熱情的樂曲，讓人彷彿置身拉斯維加斯的感覺。

飯店主管引領他們走特殊的通道，可以直接到達ＶＩＰ室，避開所有的人群，這是只有少數人士，才能擁有的特別優待。

兩位保全人員，將ＶＩＰ室的大門打開，恭迎他們進入，琳達發現包廂裡面，就像是富利金賭場的縮小版，無論是賭輪盤、玩21點、擲骰子……等，所有的東西應有盡有，專屬於富有的人士使用，想必他們賭博下注的金額，一定非常的龐大，所以沒有辦法和一般會員同桌競技，可能怕沒有人有這種膽量，敢隨便就一擲千金。

在最裡面的賭桌上，知名建商佛西斯・道森先生，正在忙著玩德州撲克，身旁就是名牌服飾創辦人喬・畢克先生，還有兩位不知名的男士，看他們的籌碼多寡，就知道目前最大的贏家，是道森先生身旁的一位年輕的男子，琳達仔細的觀察，發現他們竟然以一注100美元現金為底，簡直是超級大玩家。

「瑪格麗特，我的女兒，妳終於來啦！我有一些事情要告訴妳。」佛西斯・道森說。

「你好，畢克先生，你好，畢格羅先生。嗨，親愛的，你怎麼也在這裡？」瑪格麗特・狄更斯・道森說。

喬・畢克和畢格羅先生，向瑪格麗特・狄更斯・道森點頭示意，而那一位年輕的男子，對著瑪格麗特・狄更斯・道森淡淡的笑了一下，什麼話都沒有對她說。

「爹地，有什麼事情，難道不能在電話講嗎？」瑪格麗特・狄更斯・道森說。

「重要的事情，當然還是要當面講。」佛西斯・道森說：「哦！妳的朋友們也來啦！女兒，這一位是？」佛西斯・道森說。

「哦！對了，她是我今天才認識的新朋友，琳達・艾菲爾，她是第七頻道的新聞記者，也是一位作家，她現在正在寫一本新書，是有關西澤大學校園屠殺案，因為我也是上屆的畢業生，所以她今天才會特地來訪問我，我想把她介紹給你認識。」瑪格麗特・狄更斯・道森說。

「原來是這樣啊！艾菲爾小姐，妳真是了不起，竟然能身兼二職，而且妳還這麼的年輕，就能在富利金俱樂部活動，我能請問妳，妳是透過什麼關係，才能進入此地的？妳父親是那位顯要人士？」佛西斯・道森問說。

「謝謝你的誇獎，其實我是因為艾瑞克・福林的關係，才能夠順利進入此地的。」琳達說。

「我知道他，他就是那位有名的主持人，對吧？」佛西斯・道森說。

「是的。」琳達說。

「非常好。既然妳難得來到這裡，那麼乾脆來跟我們賭一局吧？妳會玩德州撲克嗎？」佛西斯・道森問說。

「抱歉，我並不常玩德州撲克，況且我也沒有本錢賭博，我看我還是在一旁觀戰就好了。」琳達說。

「不要擔心錢的事情，我這裡有一萬美元的籌碼，就送給妳當見面禮，請妳坐下來陪我們玩一局，那位小子已經贏了我不少錢了，妳就過來幫忙換一換磁場，如何呀？」佛西斯・道森問說。

「我看妳還是答應我爸的要求，否則他會不高興的。」瑪格麗特・狄更斯・道森靠近琳達小聲的說。

「好吧！就讓我試試看。」琳達說。

「太好了。」佛西斯・道森說。

等到所有人都就定位，賭場人員才開始發牌。
琳達放下100美元的『大盲注』後，拿到兩張牌，一張是梅花2，另一張則是梅花4，真是爛透了的牌，但是她心裡想說，既然都已經付了100美元，就乾脆繼續賭下去。牌桌上所有的人，都跟進但是不加注，賭場人員先發出『公牌』兩張，分別是紅心A、梅花3，佛西斯・道森馬上就加注一千美元，陌生的年輕男子也馬上跟進，其他人則都蓋牌，在這時，琳達就好像敢死部隊般，毫不猶豫的跟進。

接下來賭場人員所發的牌，是一張梅花6，琳達再一次的略過，輪到佛西斯・道森時，他又加注一千美元，而那位陌生男子，考慮了一下子，然後也跟著加注，琳達思考一陣子之後，認為如果再拿張梅花牌，也許就有機會從谷地翻身，所以她也加注了。

第四張『公牌』已發出，是張黑桃A，此牌一出，琳達開始擔心自己的勝算，在牌面上可以很明顯的看出，她的勝率已經變得相當的低，但是佛西斯・道森竟然一口氣下注五千美元，讓累計金額高達一萬一千五百美元，琳達猜想他一定至少有一張A，所以才會那麼豪氣的下注，但是那位陌生的年輕男子，居然也跟著加注了，此舉使得琳達開始有些緊張。

琳達快速的分析，如果他們其中有人手牌中有A，然後又有一對，那麼就會變成葫蘆，這樣的話，光是同花或是順子，是沒有辦法贏的，但是如果接下來的牌是梅花5的話，就有可能變成同花順，那麼就要另當別論了。可是不管怎麼說，琳達的勝率實在太低，到底要不要跟進，這是相當難下的決定，但考慮到了最後，琳達還是決定要跟進，拿最後一張牌做為賭注，完全是豁出去了。

最後一張牌終於要發出，琳達緊張的屏息以待，結果終於出爐，她的直覺果然沒有錯，這一張牌真的就是梅花5，琳達內心相當的喜悅，但在表情上完全沒有顯露出來，而且並沒有再加注。

佛西斯・道森看到第五張牌發出來之後，便非常有自信的喊了ALL-IN，把剩下的籌碼全都掃入『賭池』中，氣勢相當的驚人，就連坐在對面的琳達，也都被他的氣勢給震懾，但是那位陌生的年輕男子，卻不受佛西斯・道森的影響，也跟著喊出ALL-IN，真的是勇氣十足。

琳達就憑著她所拿的一手好牌，理所當然也跟進，而接下來就等著開牌。

在牌桌上的人們，態度都十分的輕鬆，好像一點都不在乎這些鉅款，就像是在做一件稀鬆平常的事情，不像琳達本人，看著堆積如山的籌碼，手還有一些顫抖，屏氣凝神等待著揭曉的那一刻。

結果出爐，佛西斯・道森和那位陌生的年輕男子，同樣拿到Ace一張加一對的葫蘆牌面，琳達的牌面則是同花順，勝過他們兩位，贏得了所有的籌碼，總金額已經超過琳達一整年的薪水。

「艾菲爾小姐，妳真的不常玩德州撲克嗎？因為我真的看不出來，原來妳如此的有膽量，竟然敢放手一搏，實在令人佩服。」佛西斯・道森笑著說。

「我是真的不常玩，這也許只能算是幸運吧！」琳達說：「道森先生，這裡所有的籌碼，其實不應該歸我擁有，所以我想把這些籌碼通通還給你，畢竟是你借給我本金，我理當歸還。」

「艾菲爾小姐，這是我送給妳的禮物，當然可以全部拿去。」佛西斯・道森說：「沒有一位送禮的人，會喜歡自己所送的禮物，被收到禮物的人當面退還吧？」

「但是這麼貴重的禮物，我沒有辦法理所當然的收下，還是請道森先生將這些錢留下來吧？」琳達說。

「我生平第一次看到，居然有人要把到手的錢退回，真是開了眼界。」佛西斯・道森說：「好吧！既然妳堅持，我就暫時收下來。」

「但我有一個請求，不知您可否接受我的詢問，道森先生？」琳達鼓起勇氣問說。

「沒問題，儘管問。」道森先生心情大好的回答。

「太好了。」琳達說：「我聽令嬡說，西澤大學事件發生時，她與朋友並沒有參加畢業典禮，因此躲過劫難，請問那場派對是早就安排好的嗎？」

「沒錯，到現在回想起來，如果當時沒有這場派對，女兒有可能命喪黃泉，想到我就感到害怕。」佛西斯・道森點點頭說。

「也拯救了西澤市所有政商名流的小孩，相信他們一定也很感激您，對吧？」琳達問說。

「這沒什麼只是湊巧罷了。」佛西斯・道森笑說。

「請問我可以將這個故事，寫進我的小說嗎？有關校園屠殺事件的細節。」琳達問說。

「歡迎，但記得不要寫太多虛構與不相干的事情。」佛西斯・道森說。

「好的，請各位允許我先行離桌，我不想因此耽擱各位玩牌的時間。」琳達說。

「妳要走啦！我都還沒有跟妳介紹我的未婚夫，給妳認識呢。」瑪格麗特・狄更斯・道森指著那位陌生的年輕男子說。

「我的名字是傑西・史考特，很高興認識妳。」那位陌生的年輕男子說。

「他是我爸的法律顧問，我們今年就要結婚了。」瑪格麗特・狄更斯・道森笑著說。

「非常恭喜你們。」琳達說。

這個時候，保全人員從門外捎來信息，交到佛西斯・道森的手中，在讀完訊息後，他突然臉色一變，收起原來的笑容，對傑西・史考特使了個眼色，接下來就站起身來，對著琳達說話。

「艾菲爾小姐，我們還有一些重要的事情要聊，就不送妳了，歡迎妳下次再來富利金俱樂部。」佛西斯・道森說。

「很高興認識你，道森先生。」琳達說。

琳達充滿疑惑離開富利金賭場，然後搭乘著專車，回到俱樂部大廳，正當她快要走到大門口時，就看到唐・羅倫貝爾對她熱情的打招呼，然後快步走到琳達的身邊，看起來滿心歡喜的樣子。

「怎麼這麼巧，讓我在這裡遇到妳。」唐・羅倫貝爾說：「妳怎麼有辦法，能夠到這種戒備森嚴的地方呢？」

「我有一位朋友是這裡的會員，所以我才能夠順利進來此地」琳達說：「那你呢？你又是怎麼進來的，難道你也是個富家子弟嗎？」

「妳瞧我這副德行，怎麼可能是位富家子弟，不要說笑了。」唐・羅倫貝爾說：「我也是有一位朋友是這裡的會員，所以我才得以進入此地。」

「對了，我有一些事情，想要和你聊聊，你現在有空嗎？」琳達問說。

「我很高興，妳能主動約我，但是非常的抱歉，我已經跟別人約好了，可以改天再聊嗎？」唐・羅倫貝爾說。

「好吧！既然你有事要忙，那麼就改天再聊。」琳達說。

「那我要怎麼聯絡妳？」唐・羅倫貝爾問說。

「我給你我的手機號碼，等你有空的時候，再打電話給我。」琳達說。

「好的，那麼改天再見了。」唐・羅倫貝爾說。

「改天再見。」琳達說。

在道別之後，琳達總算得以離開這極為奢華的富利金俱樂部，告別這個不屬於她的世界，返回公司完成今日的新聞稿，為了理想埋首於工作之中，忘掉那來得快去得也快的金錢遊戲。

8

凌晨二點多，在西澤大學工地附近，出現一台黑色的休旅車，一個形跡詭異的人從車上下來，打開後車廂，就把一個大型的包裹丟到地上，那個人努力搬運著地上的巨型物品，但是此物品好像相當的沉重，單靠他個人是無法徒手抬起它，於是他就用拖行的方式，一路將此物品拖到無人的工地之中，還用鏟子在工地裡挖了一個大洞，將此物品埋入洞裡，並且刻意將洞口填平，讓其他人看不出來，這裡有被挖掘過的痕跡，然後他就迅速地把工具收好，發動車離開工地。

早上八點一到，佛西斯・道森和傑西・史考特，便一同前往市長官邸，當他們抵達時，喬・畢克及市長邁克・瓊斯，他們早已恭候多時了，當市長一見到他們，就馬上繞到他們的後方，把房門給帶上，並且命令官邸內其他的不相干人士先行迴避，甚至准許他們休假一天，當他把全部市府雇員刻意支開之後，市長才放心的坐下來，與佛西斯・道森等人對談。

「聽說有一位聯邦調查局的幹員，正在調查我們的計畫，是不是真有此事？」市長激動的說。

「是的，你沒有聽錯，我有可靠的消息來源，可以證實這件事情。」佛西斯・道森說。

「聯邦調查局是怎麼知道的，我們明明就處理相當的隱密，不可能會出現漏洞。」市長說。

「這件事情，我會做全盤的調查，但是首先要先瞭解，現在聯邦調查局手中掌握些什麼，還有他們到底知道些什麼，也許只是空穴來風，所以我們現在先不動聲色，見機行事為妙，以免打草驚蛇。」佛西斯・道森說。

市長突然站起身來，然後離開沙發，走到酒櫃的旁邊，雙手交疊放在胸前，並且緊張的來回踱步，他的名牌皮鞋在木製地板上不斷的敲擊，發出吵雜的聲音，至於佛西斯・道森，卻是穩如泰山的坐在位子上，還笑著品嚐剛泡好的頂級大吉嶺紅茶，完全不理會市長慌亂的行為，就像什麼事情都沒有發生一般。

「邁克你放心好了，絕對不會有事的。」佛西斯・道森說。

「你怎麼能夠如此的肯定？」市長說。

「相信聯邦調查局手中一定沒有確切的證據，所以只派一位幹員來調查，我們只要做好現在應做的事情，我保證，你們完全不會被發現。」佛西斯・道森說。

「好吧！事到如今，我也只能相信你。」市長說。

「必要的時候，你可以動用市長的權力來干涉，但是現在我們先按兵不動，因為目前他們仍不知道，我們已經發現他們在調查，等到事情曝光之後，再處理也不遲。」佛西斯・道森說。

「但是如果我們被問起時，該怎麼辦？」喬・畢克說。

「千萬不要迴避，要避重就輕的回答，或是想辦法蒙混過去，不過，我想現在他們暫時還不會詢問我們，必定都是等到他們掌握些證據時，才會有所動作。」佛西斯・道森說。

「我同意道森先生的說法，我會先去探探情況，等到有進一步消息時，就會立刻告訴你們，並且早一步防範。」傑西・史考特說。

「這樣我就放心多了。」市長說。

市長走回原來的座位坐下，順手拿起一根古巴雪茄含在嘴裡，並用另外一隻手，拿起打火機點火，正準備吞雲吐霧時，房門啪啦的一聲打開，那轟然的巨響，讓房間裡所有人，都迅速朝著同個方向查看，市長則被聲音嚇到失神，點燃的雪茄不慎掉到他的西裝褲上，沒多久就被雪茄燙到哇哇大叫，佛西斯・道森在反射神經的驅使下，竟然把手上的熱紅茶潑在市長身上，讓市長又受到二度傷害，市長痛到站了起來，惡狠狠的瞪著門口那個魯莽的人，至於那個突然闖入的人，原來就是亨利・畢格羅。

「你這個冒失鬼，難道你不懂得要先敲門嗎？」市長非常生氣的說。

「對不起，因為事態緊急，所以顧不了那麼多了。」亨利・畢格羅說。

「到底有什麼事情，你就直說吧！」佛西斯・道森說。

「完蛋了，剛剛在西澤大學的工地現場，有工人挖到一具屍體，然後就立刻通知我，我知道事情的嚴重性，所以馬上就趕過來告訴你們。」亨利・畢格羅說。

「偏偏在這個時候，發生這種事情，真是糟糕啊！」佛西斯・道森說：「那麼你有告訴工人別張揚嗎？」

「那是當然啦！我已經請工地主任先把屍體給藏起來，並且不讓其他不知情的工人看到，然後等我的指示再做處理。」亨利・畢格羅說。

「你做得很好。」佛西斯・道森說：「等到傍晚，工人們都下班之後，你馬上到工地，再一次告訴工地主任，請他無論用什麼方法，要讓那些看到屍體的工人閉緊嘴巴，然後你就把屍體運到安全的地方，千萬不要讓其他人發現，知道嗎？」

「那麼哪裡才是最安全的地方呢？」亨利・畢格羅問說。

「我不知道，你自己看著辦。」佛西斯・道森說：「只要是不會被人發現的地方就行，還有一定要你自個兒處理，絕對不可以假手他人，我想你應該自有分寸。」

「哼！苦差事都是我在做，你們只會說風涼話。」亨利・畢格羅心裡想著。

「好的，放心交給我，我一定會處理好的。」亨利・畢格羅說。
「記得一定要小心謹慎，如果被發現，我們一切的努力，都會瞬間化為泡影，你知道嗎？」佛西斯・道森說。
亨利・畢格羅點頭示意後，就匆匆忙忙的離開，其他人則數分鐘不說話，腦袋裡都在思考著，該如何面對眼前的問題。
「你想大亨利他會把事情處理好嗎？」喬・畢克問說。
「我們也只能相信他了。」傑西・史考特說。
「該死的，希望聯邦調查局的人不會發現，要不然就真的玩完了。」市長說。
「怎麼會有屍體在工地之中，難道這會跟校園屠殺案扯上關係嗎？」佛西斯・道森說。
「不管怎麼樣，先等到建案完成之後，再把屍體交給警方來處理吧！」傑西・史考特說。
「還是我們直接把屍體處理掉，也許可以更快解決問題。」佛西斯・道森說。
「我想我們還是看情況再做處理好了，免得節外生枝，反而弄巧成拙。」喬・畢克說。
「也許你是對的，那麼先將屍體妥善藏匿，為第一優先考量，等到時候到了，我們再討論接下來該如何善後。」佛西斯・道森說：「傑西，就請你幫忙調查那位幹員的底細，還有為什麼這該死的屍體，會在此時出現。」
「請你們放心，我一定不會讓各位失望。」傑西・史考特說。
這場聚會很快就結束，他們各自回到工作崗位，但一直揮之不去的是，內心深藏的不安，正在他們之間擴散開來，信任何時會瓦解，沒有人有把握，只剩下利益還連結著他們，一旦失去彼此之間的利益時，他們還會像現在這般以友相稱嗎？就不得而知了。

9

西澤大學校區被封鎖線給團團圍住，隔開圍觀的民眾，及校方組成的抗議隊伍，媒體大軍當然也不會錯過，他們此行的目的，都是因為西澤大學今天就要正式走入歷史，每一棟大樓的每一個角落，都被裝置了炸藥，除了歷史悠久的鐘樓之外，全部都將要被炸藥給炸成碎片，只要按下一個小小的按鈕，所見的一切就會馬上消失殆盡。

但是這場爆破秀，卻沒有任何一位重要人士到場，畢竟炸毀一所百年歷史的大學，並不是一件光彩的事情，沒有人會為自己所做出的毀滅，還留下話柄給世人傳頌，所以只有包商畢格羅先生一人獨撐大局。

「麻煩請各位待在封鎖線後，聽從員警的指揮，待會就要炸毀大樓了，請各位千萬不要靠近。」亨利・畢格羅雙手持著擴音器，對著所有人說。

「你這個卑鄙的建商走狗，你知道你在做什麼嗎？混蛋。」其中一位抗議人士大叫說。

「請各位不要太激動，本次拆除計畫，是於法有據的，請各位接受這個既定結果。」亨利・畢格羅說。

「喂！你這個大胖子，滾下台去。」又有另一位抗議人士嘲弄的說。

「請不要做人身攻擊，好嗎？」亨利・畢格羅指著罵他的人說。

「怎麼樣，你怕了嗎？死胖子！」那位抗議人士還是繼續訕笑的說。

亨利・畢格羅把頭轉向另一方，不理會對方的言辭，但是從他的表情裡看得出來，他非常的生氣，整個臉變得像隻煮熟的章魚般鮮紅，雖然臉上的青筋都快要爆出來了，卻依然裝做不在意。

「再過十分鐘，就要引爆了，請各位不要跨過封鎖線，若擅自進入禁區，後果自負。」亨利・畢格羅說。

琳達・艾菲爾也在記者群裡，現場做實況連線轉播，幾乎每過幾分鐘，就要向攝影棚連線一次，讓她忙得不可開交，但仍然要注意現場的各種情況，防範不可抗力的事情發生，確保攝影機如實將畫面拍攝下來。

她同時來回不停地轉動著雙眼，想要好好的注視著她母校的一草一木，因為這將是她最後一次欣賞校園的美景，然而在不久之後，所見的一切只能變成回憶，幫助她追憶起往日的時光，無論想起的是好的或是壞的。

「記者所在位置，就在西澤大學花園廣場，再過不到十分鐘，西澤大學就會被預設的炸藥給炸毀，現場擠滿前來觀看的民眾，市警局也派來大批警力，維持現場安全。」琳達說：「我們現在要詢問一位現場的民眾，他是西澤大學最後一屆的學生，請他說說看對於廢校的看法。」

「我當然是反對廢校，因為等於我讀了一所不存在的學校，這樣對於學生未來的出路，一定會造成負面的影響。」那位學生說：「再說把這麼美麗的學校炸毀，到底是為了什麼？雖然學校是老舊了一點，但是不致於要廢掉它，難道不能花錢改建嗎？」

「謝謝你的回答，我們現在將畫面交給在攝影棚的主播。」琳達結束這次的連線報導。

「琳達，等一下三分鐘之後，還要再度現場連線，現在妳就先休息一下吧！」攝影記者對著琳達說。

「謝了，你要喝杯熱茶嗎？我有多帶一個杯子哦！」琳達對著她的搭擋說。

「太好了，我的手都快要被凍僵了。」攝影記者說。

琳達將熱茶遞給她的搭擋，自己則坐在SNG車上，從包包裡拿出筆記本，寫下現場所見的情況，並且加以註解，然後喝一口熱茶，隨後便準備接下來的連線，回到攝影機前面。

「琳達，現在現場的情況如何？可以麻煩妳為我們說明一下？」攝影棚內的主播問說。

「好的，現場抗議民眾仍不斷地鼓譟，建築包商負責人亨利・畢格羅先生，原本是站在靠近群眾的臨時看台上，但是基於安全的考量，他不再直接與民眾對話，隱身於看台的後方。」琳達回答說：「還有，再過三分鐘左右，就要開始爆破，我會持續來為各位追蹤接下來的情況，先把鏡頭交給攝影棚內。」

琳達又再次走回到SNG車上，此時她的手機鈴聲響起，琳達納悶到底是誰，會在這個時候打電話來，一看來電顯示，原來是比利・羅斯打來的電話，琳達就暫時把筆記本擱在一旁，輕輕的把手機拿起來接聽。

「比利，好久沒有你的消息，我還以為你發生什麼事情了呢！」琳達說。

「抱歉，我最近都一直待在警局裡，忙著調查一些事情，而且在網路犯罪偵察小組的區域範圍內，是沒有辦法收到訊號的，所以我並不是故意要讓妳擔心。」比利‧羅斯說。

「那麼你今天打電話給我，有什麼事情嗎？」琳達問說。

「我聽警局裡的人說，今天是西澤大學要被爆破拆除的日子，我相信妳一定不好受，畢竟那裡有著不好的回憶。」比利‧羅斯說。

「謝謝你，我就知道你了解我。」琳達笑說。

「那麼等妳採訪完，可以到老地方見面嗎？」比利‧羅斯問說。

「好的，我也有些事情想對你說。」琳達內心突然激動的說。

「妳需要我，我隨時都在。」比利‧羅斯溫柔的說。

「我現在準備要繼續連線報導了，待會見。」琳達盡力壓抑情緒說。

「待會見……」比利‧羅斯說。

琳達匆忙的把手機放下，拿起印有電視台名稱的麥克風，再次走到鏡頭前，注意著攝影記者的手勢，然後開始她的連線報導。

「是的，再過不到一分鐘的時間，就要開始爆破了，所有的大樓都會一起化為粉塵，在現場許多人都已經戴上口罩，是為了防止過多的粉塵被吸入人體，造成身體的不適。」琳達對著鏡頭說。

當鏡頭轉到後面的背景時，只見原本三棟一體的教學大樓，就從柱子的地方開始裂開，發出非常巨大的聲響，然後建築物就像被流沙捲入一般，大樓一層接著一層的陷入水泥沙裡，天橋也攔腰折斷，最後樓頂跟著其他樓層一同粉碎，其過程並花不了多少時間，但是就從此刻開始，西澤大學正式消失在這世上，被人類自私的行為所毀滅，令人不甚唏噓。

「各位可以看到，教學大樓已經應聲倒塌，而同時行政大樓、學生宿舍以及圖書館，都已灰飛煙滅，雖然爆破中途有稍微停滯一下，整體而言，算是相當的成功。所有的媒體皆應道森建設的要求，只能在這一個角度拍攝，但確定的是，西澤大學這個名稱，已成為大家的回憶。」琳達說：「現場不少民眾，皆因此而落淚，畢竟西澤大學曾經是最受大家喜愛的地方，就讓我們對西澤大學說最後一聲再見，並且永遠的懷念它。第七頻道新聞記者，琳達・艾菲爾，在西澤大學工地現場所做的報導。」

報導結束後，琳達不知道為什麼想起了小李，眼神變得銳利，內心更加堅定。

琳達開車來到小餐廳時，天色已經變暗，比利・羅斯依約在餐廳裡等她，坐在他們熟悉的老位子上，琳達不知道為什麼顯得格外緊張，遲遲不敢向前，就隔著一段距離，默默的望著那個她朝思慕想的心上人。沒多久時間，比利・羅斯就發現琳達的身影，立刻站起身來，請她來到自己的身邊，那燦爛的笑容，是非常難得一見，由衷發自內心的喜悅，就連旁人都能感受到那股熱情，就像是一種心領神會的魔力。

「好久不見了，妳過得好嗎？」比利・羅斯笑容滿面的說。

「很忙，但很充實。」琳達說。

「妳有件事情想跟我說，那到底是什麼呢？」比利問說。

「我最近發現一些線索，而那些線索指向西澤市三大家族，雖然目前沒有切確的證據，但有些事情不太尋常。」琳達說。

「是什麼事？」比利問說。

「你知道在校園屠殺案後，哪些人是既得利益者？」琳達說。

「第一個是副市長，因為市長下台而補位，然後就是佛西斯・道森，道森建設負責人，亨利・畢格羅建築包商，喬・畢克品牌行銷專家。」比利逐一回答說。

「沒錯，但沒想到他們的關係比我想像的還要親密，他們一定隱瞞些什麼。校園屠殺案發生當天，他們的子女剛好全都不在校園內，就像是刻意計畫好的，但只是一種直覺。」琳達說。

「我也這麼認為，還需要再花時間調查，但妳千萬要小心，那些人可不是好惹的。」比利擔心的說。

「我明白。」琳達點點頭。

看著對面的那個人，琳達看出了他的憔悴，這麼多年來持續的尋找妹妹的下落，吃盡了多少苦頭，但比利從來沒有在她的面前喊苦，獨自背負著巨大的壓力，著實令人感到心疼，琳達想要給他更多，卻沒有理由能夠給予，只能在身旁默默的守候，期望事情快點落幕，讓他逐漸快樂起來。

可是這樣的關係能持續到什麼時候，琳達心裡卻有些遲疑，因為害怕失去現有的一切，所以就不敢貿然地下決定，只希望能夠保持現況就好，並不打算想得太遠，讓心情順其自然，希望時間永遠停留在這一刻。

晚餐結束後，琳達直接開車回家，跟平常一樣，她將車子停在離家不遠的路旁，然後走到家門口，距琳達家不遠的地方，有一位男子鬼鬼祟祟的站在樹影後看著琳達進入家門，然後他就拿起口袋中的手機，不知在聯絡什麼人，隨後就小心的開車離去，留下一根尚未熄滅的香煙，仍然不斷地在燃燒著……。

死亡的邀請函

1

琳達滿臉睡意按掉煩人的鬧鐘，拖著沈重的步伐走出房間，經過一番梳洗之後，一邊打著哈欠，一邊走到廚房打開冰箱，從垃圾食物堆中，翻找出土司、起司及生鮮蔬果，想要為自己準備一份三明治，琳達把一大堆東西翻出後，就直接轉身，熟練地伸出左手，按下咖啡機的開關。

不久，琳達手機傳來一則未知來源訊息，要她去查看自己信箱內的郵件。

「這是市長的邀請函？」琳達看著信件封面說。

「是西澤大學紀念館建成後，第一次供人參觀，但是全程不准媒體拍攝，只有少數幾位記者可以參加，而且所有具有攝影功能的電子器材，都不准帶入會場。」琳達說：「我想他們可能不希望內部裝潢設計，提早被媒體曝光，所以保密到家吧！」

「這場晚宴所有的政商名流都會到場，這也就表示，亨利・畢格羅、佛西斯・道森以及喬・畢克三人一定也在邀請之列。」琳達說：「我可以趁機探聽情況，查明事情的真相。」

「明天晚上八點，請務必攜帶邀請函。」琳達照著信件內容說。

2

比利・羅斯全身無力的攤在警局的沙發上，全因為將近3個月的時間，他投入相當多的努力，調查琳達交給他的神祕網址，卻仍然一無所獲。至於西澤大學建設案方面，因為公務人員行政作業程序緩慢，申請的土地相關資料遲遲沒有送到，導致調查進度嚴重落後，而且他在這段時間，仔細觀察市府方面的動作，並沒有任何可疑之處，所以就無法進一步澄清，其中是否有不法的犯罪行為。

比利・羅斯休息不久，就拖著沉重的身體，往網路犯罪偵察小組的電腦室走去，他的小組成員迎面而來，手中拿著一疊資料，然後匆匆忙忙把比利・羅斯給叫住。

「長官，你申請的資料已經送來了，我現在就送到你的辦公室。」給資料的小組成員說。

「謝謝你，我來拿就可以。」比利・羅斯說：「調查網址的進度，現在進行的如何？」

「幾乎全市的電腦ＩＰ都快要調查完畢，包含網路位元（Network bits）和主機位元（Host bits）部分，皆進行完整的交叉比對，只剩下一小部分，還沒有調查完成，大約還要幾個小時，程式才能澈底讀取相應的位置。」給資料的小組成員說。

「好的，辛苦你了。」比利・羅斯說：「如果幾個小時後，有查到資料時，請你馬上通知我，好嗎？」

「是的，長官。」給資料的小組成員說。

比利・羅斯捧著一大堆資料，前往他的臨時辦公室。雖然美其名叫臨時辦公室，其實這裡原本是一間小倉庫，裡頭堆滿了大量的雜物，比利・羅斯為了能夠長時間待在網路犯罪偵察小組中調查，就親自將這裡給整理一番，把不必要的東西丟掉，並且擺了一張桌子和一張椅子，還有一個簡單的睡袋，就成為一間臨時辦公室。

在堆積如山的資料中，比利・羅斯一件件仔細比對，其中亦包含前任市長的建設案，以及相關的訴訟資料，令他感到好奇的是，讓前任市長沾上污名的貪瀆筆記本，憑空的出現在前任市長家，卻又消失於無形，資料上面記錄的原因是，運送途中意外燒毀，真是令人匪夷所思。

比利・羅斯繼續詳讀資料，發現加入西澤大學土地投標的公司，總共也只有兩間參加，得標的道森集團，僅以高於底標二萬美元的價格得標，簡直就是以優惠的價格拿到此建案，另一家『奧丁股份有限公司』，則是以低於一萬美元些微之差而落敗。令人感到奇怪的是，此建案推動後，跟著公路也一併改道，這裡也就會變成是必經之路，所以在此地建設，必定是有利可圖，但是卻只有兩間公司參與投標，未免也說不過去，難道沒有公司願意投資此地？還是此投標案並沒有公開？

關於奧丁股份有限公司的資料，上面記載的相當少，只有公司名字、投標金額、負責人，還有公司的地址、電話而已，不足以得到所需的資訊，於是調查此公司的相關資料，瞭解這家公司更詳盡的細節，顯得有其必要性，並可藉此排除一些疑問，應設定為現階段的調查重點。

「長官，抱歉打擾了。」給資料的小組成員，再度出現，對著比利．羅斯說。
「王安迪，有什麼事情嗎？」比利．羅斯問說。
「長官，全市網路ＩＰ調查的結果已經出來了。」王安迪說。
「那麼找到發訊的位置了嗎？」比利．羅斯問說。
「並沒有找到發訊位置，而且根本就一無所獲。」王安迪說。
「怎麼可能？我已經確認過很多次，就是這個網址，不會錯的。」比利．羅斯說：「你確定西澤市的所有網路ＩＰ都調查過了嗎？」
「是啊！都已經調查完，除了……，應該不會有的。」王安迪說支支吾吾的說。
「除了什麼？你就直接說下去。」比利．羅斯問說。
「除了警局這裡之外，其他都已經調查完畢。」王安迪說。
「嗯……。」比利．羅斯說：「那麼可以請你幫忙，祕密地調查警局網路ＩＰ嗎？」
「什麼？沒有得到局長的同意，是不能私自調查。」王安迪說。
「我已經得到警察局長的完全授權，我相信內部調查應該不會有問題，但是太明目張膽調查，可能會造成反效果，所以等調查完畢後，我會親自向局長報告情況，這樣才是最好的選擇。」比利．羅斯說：「所有資料內容，我希望只有你我二人知道，並且要努力保守資料的祕密，就麻煩你調查了。」
「好吧！不過一旦出了什麼事，我可不負責哦！」王安迪說。

「別擔心，萬一真的有什麼狀況，我會自己頂下來的。」比利・羅斯說：「對了，可以請你也順便幫忙調查一間公司，公司的名字叫做奧丁股份有限公司，我需要此公司的詳細資料。」

「哎，這可真是苦差事啊！事情一件接著一件來，誰叫我當初選擇踏入這一行呢？」王安迪抱怨的說。

「好了，別一直唉聲嘆氣，誰叫你是電腦天才，而且身為超級天才，就應該背負更多的使命，不是嗎？」比利・羅斯說。

「長官，你就別在吹捧我了，我現在馬上就去調查。」王安迪說。

「記得一有結果……」比利・羅斯話說到一半，王安迪就馬上接話了。

「……就立刻通知你，我知道了，長官。」王安迪說。

比利・羅斯對著王安迪微笑一下，就繼續埋首於資料中。

時間過得很快，轉眼之間就到了傍晚五點，比利・羅斯看了看手錶，然後起來動一動筋骨，又馬上坐回原來的座位，翻一翻桌上的資料，拿起身旁的馬克杯，裡頭是已經冷掉的咖啡，比利・羅斯不管冷咖啡有多難喝，還是一口氣把它喝完，但他的眼睛卻始終沒有離開過資料，看樣子今天沒有把這堆資料看完，他是不會輕易休息的。

駐守櫃台的員警肯恩，通過電子門，直接走到比利・羅斯的臨時辦公室，把一包東西放到他的桌上。

「這是什麼？」比利・羅斯問說。

「有人送東西來給你，我不知道是什麼，你打開來看看就知道了。」肯恩傻笑說：「這裡還有一封信，跟這包東西是一起的。」

比利・羅斯接過了那封信，立刻就將信件打開來看，內容如下：

比利：

我用第六感猜測，你今天晚餐大概又打算不吃，對吧！這樣對身體非常不好哦！所以我擅自幫你做主，買了一些吃的，不知合不合你的味口。

還有我今天要去參加市長舉辦的私人晚會，地點是在西澤大學紀念館，所有的權貴人士都會到場，是個調查的好機會。

之前我跟你提起過，或許今天就可以水落石出，事情到底是真是假，相信很快就會有答案。

如果你吃不完所有的東西，可以請組員一起享用，祝你有個愉快的夜晚。

琳達・艾菲爾筆

比利・羅斯高興的打開袋子，裡面有各式各樣的食物，有一整盒甜甜圈、兩大瓶果汁、兩桶炸雞、十幾個大漢堡及一大袋的薯條，看著這些食物，他餓了很久的胃，馬上蠕動了起來，發出飢餓的吼叫聲。

「這麼多的東西，我一定吃不完的，難道她把我當作是大胃王？」比利・羅斯苦笑的說。

於是比利・羅斯就把食物分給小組成員，大家看到這一大堆的食物擺在桌上，紛紛過來取用，並且開始說笑，就好像是在開派對般，讓他們暫時忘記工作的辛勞，稍微可以放鬆一下。

「長官，你為人真是大方，謝謝你請我們吃東西。」王安迪高興的說。

「我才要感謝你們這些日子以來的努力，雖然目前還沒有看到成果，但是我相信不久之後，一定能將案情調查得水落石出，還請各位多多配合。」比利・羅斯說。

所有的成員皆舉杯表示同意，在他們疲憊的臉上，也增添了一些笑容，讓他們又開始充滿了幹勁，比利・羅斯見到他們活力十足的樣子，心中則暗暗在感謝琳達，感謝她的細心及體貼，為他拉近與小組成員的距離。

比利・羅斯吃過了一點東西之後，就自個兒默默的走回臨時辦公室，又繼續埋首於資料中，但每當他想起琳達的容顏，就忍不住內心的悸動，恨不得馬上飛到她的身邊，可是此案沒有完結，他永遠無法放下心中的那塊石頭，也無法割捨親情的羈絆，所以他又再次背叛他自己的心，將所有的情感推入無底洞裡。

3

晚上八點一到，琳達就已經站在西澤大學紀念館前。西澤大學紀念館，是原來舊的鐘塔和新建築物共構而成，外觀看起來有些不協調，鐘塔是外牆斑駁的磚紅色尖塔，而新建物則是巨大的透明方塊，頗有世代交替的味道。以前的鐘塔是前後兩個大門，大門所使用的材質，全是用原木製作，如今大門雖然還是設在同一處，但已將後門給封死，現在只有一個出入口。

琳達來到紀念館的入口，正巧遇到瑪格麗特・狄更斯・道森和她的朋友們，一開始她們還很有禮貌的對她打招呼，然後瑪格麗特・狄更斯・道森看了看琳達的禮服，擺了一副不以為然的態度，跟她的朋友們交頭接耳對話，隨後就直接進入會場，不再理會琳達。

「難道穿的不是名牌的禮服，就會被人看不起嗎？」琳達心裡不是滋味的說，但是她很快就不去想這個問題，依然高興的進入會場。

「小姐，妳的邀請函？」服務人員說。

「在這裡。」琳達說。

「小姐請進，等一下大會開始後，大門會暫時關閉，如果有什麼東西忘了拿，現在就要回去拿，然後請在十分鐘內回來，還有請勿攜帶電子攝影器材，如果被發現違規拍攝，就會立即請違規者離開。」服務人員說。

「為什麼大門要關閉？這樣不是很不方便？」琳達問說。

「因為這是私人聚會，而市長本人也會親自蒞臨，基於安全因素，所以不希望其他未受邀請的人進入。」服務人員說。

琳達雖然心裡感到有些不對勁，但仍然選擇進入紀念館。

穿過大門不久，就看見鐘塔的中央有一迂迴向上螺旋梯，琳達遵循著指示向右轉，到達鐘塔和新建物的連接處，通過這個連接處，就是晚會的主要場地，豪華的一樓大廳，在大廳中央有個室內的噴水池，環繞著噴水池，是圓形的吧台，噴水池的後方，有樂團正在演奏動人的樂曲，而舞台的兩側，有金色典雅的弧狀樓梯，通到特別設計的樓中樓，琳達正想要走上去看看，就被主持人的聲音給分散了注意力。

「各位好朋友們，很榮幸邀請各位加入這場盛宴，我們的主辦人邁克・瓊斯市長，有非常重要的事情要處理，你們也知道，他總是忙著為全體市民謀福祉，所以請原諒他的粗心，無法及時到達此地。」佛西斯・道森說。

台下觀眾被佛西斯・道森的一番話，引起一陣哄堂大笑，似乎他們根本不在意，市長有無準時到場這件事，純粹只想來這裡看熱鬧。

「你們現在所處的空間，牆面將會掛滿西澤大學回憶的相片，而循著樓梯向上，那個樓中樓的部分，則會擺放西澤大學歷年來所得的獎章，及運動項目的各種獎盃、獎狀，讓所有的市民，得以懷念過去的美好大學生活。」佛西斯・道森說。

台下觀眾聽到此話，紛紛鼓掌叫好，如雷的掌聲讓空間產生了迴響，大片玻璃顫動，發出非常微小又奇特的聲音。

「現在請各位盡情的享用美食、美酒，還有樂團帶來的美好的樂章，大約再過數十分鐘之後，市長就會現身和大家見面，並且帶領大家進行接下來的活動，敬請耐心等待。」佛西斯．道森說：「最後，本人希望各位都能夠玩得開心，盡情的歡樂吧！」

台下觀眾又給予佛西斯．道森一個熱烈的掌聲，讓他面子十足的下台，然後音樂又再次響起，所有人跟著節奏擺動，氣氛相當的熱絡。琳達並沒有隨著群眾起舞，反而靜靜的走到樓上，在這個比較空曠的地方，居高臨下仔細地觀察周遭的情況，尤其是那三位權威人士的動向，更是觀察的重點。

「堂堂的琳達．艾菲爾記者，為什麼要自己躲在這裡呢？」唐．羅倫貝爾冷不防的從背後出現，然後笑著說。

「其實我並不喜歡這種吵鬧的場合，但是身為記者，什麼場合都要能適應，對我來說真是一大考驗。」琳達無奈的說。

「哦！真是難為妳了。」唐．羅倫貝爾說。

「那你又是為何到這種場合來？」琳達問說。

「前西澤大學校長，叫我看在他的面子上一定要到場，我實在推辭不掉，所以才會出席。」唐．羅倫貝爾說。

「原來是這樣啊！我還以為前校長討厭建商，因為他們害他失去了工作，照理來說，應該不可能到場才對。」琳達說。

「我本來也是這樣認為，但是西澤大學紀念館，對我們來說頗有意義，反正再怎麼不滿，學校也已經被拆除，就只能先將負面情緒放下。」唐・羅倫貝爾說。

「嗯，你還真是看得開。」琳達說。

「既然我們都在這裡了，要不要跟我一起跳隻舞呢？」唐・羅倫貝爾問說。

「我想我還是不要好了。」琳達說。

「為什麼呢？難道你討厭我嗎？」唐・羅倫貝爾問說。

「對不起，我不是故意拒絕你，我是真的不大會跳舞。」琳達說。

「原來是這樣啊！那麼我就教妳怎麼跳舞，就在這裡跳，如何啊？」唐・羅倫貝爾說。

「可是我事先警告你，如果我不小心踩到你的腳，你可不要生氣。」琳達說。

「沒關係，我的腳是鐵打的，不怕妳用力的踩。」唐・羅倫貝爾笑說。

「好吧！但是不可以笑我跳得難看哦！」琳達說。

「我發誓，我絕對不會笑你。」唐・羅倫貝爾說：「更何況我用受傷的腳，跳起舞來也好看不到哪去。」

琳達雖然不想將自己跳舞的醜態顯露出來，但是實在無法拒絕唐・羅倫貝爾的邀請，最後只好硬著頭皮隨著音樂起舞，可是跳起來就像身上有跳蚤的狗，害得唐・羅倫貝爾忍不住笑出聲來。

「喂！你不是答應過，絕對不會笑的嗎？」琳達說。
「對不起，我已經很努力忍耐了。」唐・羅倫貝爾說。
「算了，我還是不跳了。」琳達說。
「那我們坐下來聊天好嗎？」唐・羅倫貝爾問說。
「太好了，只要不跳舞就好。」琳達說。
他們走到樓下的吧台，各點了一杯香檳，坐在噴水池邊聊天。
「最近這幾個月，一直都聯絡不上你，你在忙些什麼事呢？」琳達問說。
「哦！我的確是有事情要忙，每天都忙著找新的工作。」唐・羅倫貝爾說。
「那你找到新工作了嗎？」琳達問說。
「目前有找到一、兩個教職的工作，但是待遇都沒有之前的工作好，我正在考慮，要不要接這些工作。」唐・羅倫貝爾說。
「有機會就試試看吧！也許在這些工作中，可能有一個是更適合你的工作，正在等著你呢！」琳達說。
「只不過如果真的接下工作，這就表示又要準備搬家，我好不容易才適應這裡的環境，說什麼也是難以割捨。」唐・羅倫貝爾說。
「嗯……羅倫貝爾先生。」琳達說。
「什麼事？」唐・羅倫貝爾問說。

「我想要問你一件事情，是我之前一直想問你的問題，我知道你聽了一定會不高興，但是我還是要問，就是有關強納森・喬斯的事情。」琳達說：「聽說你曾經是他的最親近的老師，為什麼後來漸行漸遠？你是不是發現了什麼異狀？」

「妳的猜測是正確的，我真的不想回答這個問題。」唐・羅倫貝爾說：「因為我不想破壞這美好的夜晚，好嗎？」

「拜託你，這件事情很重要。」琳達說。

「可是不都已經結案了，還有什麼需要調查的事情？難道妳認為有什麼可疑的地方嗎？」唐・羅倫貝爾問說。

「是的，我的確是認為有可疑的地方，而且還有證據，可以證明我的說法。」琳達說。

「我們到隱密的地方再說，會比較安全。」唐・羅倫貝爾突然臉一變的說。

唐・羅倫貝爾不等琳達同意，就抓住琳達的手，想要把她帶到樓上，琳達被他的舉動嚇了一跳，就在這個時候，主持人佛西斯・道森又再度拿起麥克風與大家對話，在場所有的人都往舞台方向前進，想要仔細的聽佛西斯・道森所說的話，於是就擋住了他們兩人的去路，所以他們只好乖乖的待在原地，聽聽看佛西斯・道森到底要說什麼？

「各位朋友們，我們的市長因為公務繁忙，確定不能來陪伴大家。」佛西斯・道森說：「但是節目還是要照常進行，才不會辜負市長的苦心，所以現在請各位朋友們前往三樓，我們準備了驚喜要給各位，請依邀請函上的號碼入座。」

聽到佛西斯・道森這一番話，所有的人紛紛前往三樓，琳達順應著人群動向，並且小心的觀察著唐・羅倫貝爾，而唐・羅倫貝爾則是一臉嚴肅，眼神充滿著憂鬱，但也順從的往同一方向走，最後跟著大家進了電梯。

「嗨！艾菲爾小姐，這件紫色的晚禮服，非常的適合妳，讓妳全身好像都在發光似的。」艾瑞克・福林不知從哪裡出現，然後對著琳達說。

「嗨！前輩，謝謝你的稱讚。」琳達說：「你猜接下來的活動，將會是什麼驚喜呢？」

「雖然我探聽消息的本事神通廣大，但是這一次，我並不知道他們葫蘆裡在賣什麼藥。」艾瑞克・福林下意識看了看左手腕上的勞力士然後說。

「我也猜不出來會是什麼，可能要我們看什麼稀奇的東西吧！」琳達說。

「我才不管他們要幹嘛，不過我倒是非常高興妳也來了，否則一直看到這些達官貴人，我全身就不舒服。」艾瑞克・福林說。

「其實我也是呢！」琳達說。

琳達與艾瑞克・福林聊著聊著，轉眼間就到達三樓，電梯門一打開，正面對的是一扇金色的大門，旁邊有指示寫著『放映室』三個字，所有人都很有秩序的通過大門，並且依照規定的號碼入座。

放映室裡有許多的紅色沙發椅，由上往下的排列整齊，走道還有一個個寫著號碼的小燈，讓人能輕易的找到位置，就像是高級電影院的等級，令人感到十分的舒適。

琳達找到自己的座位，正準備要坐下時，唐・羅倫貝爾從背面伸出一隻手，放在琳達的肩膀上，並在她的耳邊輕聲的說一句話，叫她等會兒一定要跟他獨自會面，琳達點點頭表示同意，唐・羅倫貝爾才安心的就坐。

琳達的座位是在比較高的位置，所以就發現到，其實放映室裡的空位還很多，但是為什麼不把人群集中一些，這樣不是比較公平嗎？琳達心裡十分的納悶，但是後來仔細想想，也許主辦人希望相同階級的人坐在一起，才不會產生問題，或許是基於這個考量吧！

過沒多久之後，燈光就完全變暗，而白色的螢幕上，開始投射出影片的標題，【西澤大學的開始與結束】，原來是西澤大學的紀錄片，將西澤大學完整歷史描述的十分詳細，不知道他們什麼時候開始拍攝，但是這的確是頗具意義，琳達看了看身旁的陌生人，他們好像都因為影片的內容，而感動落淚，畢竟西澤大學也陪伴人們百年之久，失去時當然會傷心難過，這是理所當然的事情，琳達也想起當年她還是大學生時，那些美好的種種回憶，心裡也有些酸酸的，人生總是有起有落，而唯一不變的是過去的點點滴滴。

雖然三十分鐘的紀錄片不算長，但感動卻一直延續下去，直到燈亮後的那一刻，還仍在思想的漩渦中，那揮之不去的想念，使得人們的反應變得遲鈍，直到尖叫的聲音響起，人們才從夢中被狠狠的敲醒過來。

4

放映室裡所有的人，都往發出聲音的地方看，只見泰瑞莎・畢克一臉驚恐的站著，一隻手發抖的指著角落的位子，好奇的人們，明明知道可能會有危險，但仍抵擋不了偷窺的慾望，反而往她所指的方向走，等到第一批人首先見到情況之後，被嚇得倒退三步，把後頭的人給絆倒，現場一片的狼藉。

琳達從最後面的位子，一口氣跑到前面，睜大眼睛望著同一方向，一具腐爛見骨的屍體出現在她的眼前，而這屍體衣著穿戴完好，就像是有人刻意幫忙一般，在昏暗的燈光下，如果不仔細看，還不知道這是一具死屍，而且連一點屍體腐壞的臭味都沒有，真的是非常的奇怪。

現場沒有人敢靠近屍體一步，但擁有豐富社會新聞經驗的琳達，不畏眼前的駭人景象，她用一隻手摀住口鼻，另一隻手則用來察看屍體身上，有無可辨識身分的物品，結果在屍體上衣的口袋中發現一張紙條，打開來一看，上頭寫著一個古老的符號「ᛚ」，琳達頓時皺起了眉頭，因為她心裡明白，這就是古弗薩克文，而那個符號讀做Laguz，看著這個符號，琳達想到一個恐怖的事實，但在她的心中卻不希望這件事情成真。

「艾菲爾小姐，妳發現了什麼嗎？」坐在前排的佛西斯・道森問說。

「我發現屍體身上有一張紙條。」琳達說。

「上頭寫了些什麼？快點告訴我。」佛西斯・道森說。

琳達靜靜的不出聲，佛西斯・道森又再問一次，琳達還是不回應，佛西斯・道森突然沒來由的火氣直達腦門，氣憤的用力推了她一下，儘管如此，琳達依舊是不回應，這讓佛西斯・道森更加惱火。

琳達心中的知道，現在不是攤牌的時候，不能讓其他人知道太多事情，否則就無法得知更多的資訊，也無法明白他們涉案的程度有多深，以及到底有多少人涉案，所以現在只能裝作完全不知情，這樣對人身安全也比較有保障，畢竟敵暗我明，還是小心為妙。

「我們是不是應該先報警？道森先生。」艾瑞克・福林問說。

「哦……，對、對，我馬上就請服務人員幫忙報警，各位請不要擔心，請先留在這裡等著，我保證絕對不會有事的。」佛西斯・道森說。

「我才不管你怎麼說，發生這種事情，還要我們留下來，太不合理了，我要先回去。」艾瑞克・福林說。

艾瑞克・福林推開搞不清楚狀況的人們，準備搭乘電梯離開，其他人聽到艾瑞克・福林所說的話，紛紛趕著與他搭上同一台電梯，快速的離開放映室，只剩下琳達・艾菲爾、佛西斯・道森、瑪格麗特・狄更斯・道森、傑西・史考特、喬・畢克、泰瑞莎・畢克、亨利・畢格羅、保羅・畢格羅、艾咪・坎貝爾、唐・羅倫貝爾十個人在現場。

「艾菲爾小姐，妳是不是在隱藏些什麼，快點告訴我，這是什麼意思？」佛西斯・道森大聲的問說。

「她不知道這是什麼，你就不要再逼迫她了，由我來告訴你答案吧！」唐・羅倫貝爾說：

「這是古弗薩克文，是最古老的北歐文字。」

「請問你是哪位？」佛西斯・道森問說。

「我在西澤大學還沒有被摧毀時，曾經擔任史學教授的工作。」唐・羅倫貝爾說：「非常的感謝你，讓我失去我的工作。」

「哦，原來是這樣啊！」佛西斯・道森說：「那麼上面寫了些什麼？可以請前教授告訴我們嗎？」

「這個符號是ᛚLaguz，最基本的意思是水，也是生命的創始地海洋。」唐・羅倫貝爾說。

「這是什麼鬼東西啊？」亨利・畢格羅說。

「不要隨便亂罵，這可是神的語言，小心會有報應的。」唐・羅倫貝爾說。

在沒有預警之下，燈光忽然瞬間熄滅，放映室陷入黑暗之中，只聽見人們驚慌的叫聲，及身體互相碰撞的聲音，過了短短幾秒後，等到聽見類似機器發出的咔啦一聲，緊急電源就在這個時候開啟，大家才慢慢放鬆警戒的心情。

「瑪格麗特，妳沒怎樣吧？」佛西斯・道森扶起自己的女兒，然後對著她說。

「爸爸，我沒事。」瑪格麗特・狄更斯・道森說。

「到底是怎麼樣？難道保險絲燒壞了嗎？」喬・畢克說。

「不可能呀！線路都是全新的，不會這麼快就不堪負荷。」亨利・畢格羅說。

「難道是有人在故意搞怪？」保羅・畢格羅說：「或是像恐怖小說的劇情一樣，有殺人魔想要把我們全部都殺光？」

「拜託，請你不要亂講。」傑西・史考特說：「你看，你把泰瑞莎給嚇哭了。」

「對不起，我不是故意要嚇妳，寶貝。」保羅・畢格羅對著泰瑞莎說。

喬・畢克聽到這席話，馬上斜眼凶狠的瞪著保羅・畢格羅，他的眼神好像在說：『少吃我女兒的豆腐』，讓保羅・畢格羅立刻閉嘴。

「好了，大家都別鬧了，只不過是跳電而已，別大驚小怪。」佛西斯・道森說：「傑西，麻煩你去看看總開關，把燈光給調回來。」

「是的，道森先生，我馬上就去。」傑西・史考特說。

「等一下，你獨自去太危險了，讓我陪你去，可以嗎？」唐・羅倫貝爾說。

「好的，就麻煩你了。」傑西・史考特說。

兩位男士一同離開放映室後，其他人都在原地等待，除了佛西斯・道森、喬・畢克、亨利・畢格羅三人，他們悄悄的走進影片播放室裡，像是要商談重要的事情，而他們的對話似乎不能讓其他人聽見。

「好了，有誰可以解釋，為什麼會發生這種事呢？」佛西斯・道森說：「還有明明是邁克邀請我們參加晚宴，為什麼他連個人影都不見呢？」

「不要問我，我也是一頭霧水。」喬・畢克說：「你就直接問大亨利，問他為什麼沒有把屍體處理好？」

「我明明就把屍體隱密的藏在宿舍裡，照理來說，屍體應該早已連同宿舍一起給炸毀，不知道為什麼會跑到這裡來，真是有夠邪門的。」亨利・畢格羅說：「如果要怪就怪市長大人，沒事幹嘛要舉辦派對？把所有的人都叫來這裡，結果竟是發生這件怪事。」

「也許是某一位有心人士，想要趁機陷害我們。」佛西斯・道森說。

「難道會是市長大人幹的嗎？」亨利・畢格羅問說。

「笨蛋！當然不可能會是他幹的，他跟我們在同一條船上，你記得嗎？」佛西斯・道森說：「既然屍體被其他人發現，就不可能再隱藏下去，我們就裝作什麼都不知道，推給警方來處理，反正我們的計畫已經成功，這一點小事影響不了我們。」

「我也認為沉默是最好的辦法，等到我們回去之後，再想想其他的對策吧！」喬・畢克說。

「等我的女婿把電源給搞定後，我們就立刻結束晚宴，所有人一起到樓下，我會當著大家的面，告訴服務人員發生什麼事情，然後請他代為報警，等到警察處理過後，我們分別到富利金俱樂部相談，這樣清楚了嗎？」佛西斯・道森說。

「好的，我同意。」喬・畢克說。

「但如果做筆錄花太多時間，那還是要會面嗎？」亨利・畢格羅問說。

「這是當然呀！你難道不知道，這是件很嚴重的事情，一定要好好處理，知道嗎？」佛西斯・道森說。

「好的，我明白了，不管多晚都要到。」亨利・畢格羅說。

「現在我們到外面，安撫各自的兒女，並且儘量別讓其他人起疑。」佛西斯・道森說。

三位權貴人士，商量完畢後，就一起從影片播放室裡出來，但此時放映室內所有的人都不見蹤影，只剩下那具屍體還在原地，但已被人用外衣給蓋住，他們三人緊張的離開放映室，找尋自己不聽話的兒女們，最後終於在一樓找到他們，但除了到電源室的那兩人，還有琳達・艾菲爾之外，其他人全部都站在大門口，神情看起來相當的慌張，只見保羅・畢格羅的手上拿著一張椅子，正用力的砸向大門，但似乎是無功而返，大門不但沒有任何損傷，椅子反而都散掉了。

「你們在幹什麼？」佛西斯・道森問說。

「爸爸，我們本來準備要回家，結果大門已經被鎖上，完全打不開，怎麼辦呢？」瑪格麗特・狄更斯・道森說。

「非常的奇怪，服務人員怎麼沒有待在這裡，你們有到警衛室看看嗎？」佛西斯・道森問說。

「艾菲爾小姐已經去那裡察看，她馬上就會回來。」艾咪・坎貝爾說。

「樂團、外燴、酒吧的人員怎麼都消失了？還有剛才離開的那群人呢？你們有看到他們嗎？」喬・畢克問說。

「因為停電的緣故，所以電梯沒有辦法使用，我們一路從樓梯走下來，都沒有看到其他的人。」艾咪・坎貝爾說。

「不要擔心，我們大家都在這裡等著，也許只要再等一下子，就有人來幫我們開門。」佛西斯・道森說：「還有，不要再嘗試用椅子敲擊大門，這可是用強化防彈玻璃製成，就算花一輩子也打不破。」

無技可施的人們，只好待在微弱的燈光下，看著時間一分一秒的流逝，有的人選擇攤在椅子上動也不動，有的人則是無聊的在附近四處走動，但就是沒有人有心情說話，透明的牆面把無盡的黑夜帶了進來，讓昏暗的空間更顯得可怕。

5

琳達獨自一人離開人群，走到位於四樓的警衛室，正巧旁邊就是電源室，從遠遠的地方看過去，電源室的門並沒有緊閉，還從門縫冒出大量的濃煙，琳達見到這個情況，趕緊跑到電源室門外，察看到底發生什麼事情，結果看到兩位男士正忙著用滅火器救火，濃煙把他們的臉都染黑了，雖然經過他們的努力搶救，終於將大火撲滅，但是電源室幾乎付之一炬，總開關及電腦系統都被燒得面目全非，留下牆面上一片的焦黑。

「所有的東西都燒毀了，看樣子沒有辦法將電源恢復。」傑西・史考特說：「乾脆我們就先回去吧！待在這裡也沒有什麼辦法。」

「明明是新的設備，為什麼會無故起火，真的是非常的奇怪。」唐・羅倫貝爾說。

「也許在施工上，有什麼瑕疵吧！」傑西・史考特說。

「這就不得而知了。」唐・羅倫貝爾說：「照理來說，你應該比我還瞭解，因為你是為他們工作的人。」

「我也不是每件事情都瞭若指掌，畢竟我只不過是一位小小的雇員，所知相當的有限。」傑西・史考特說。

「我真是不明白，你那麼的聰明又有才華，你的成就一定不僅於此，為什麼要浪費時間，為那些權貴人士賣命？」唐・羅倫貝爾問說。

「你太抬舉我了，我並沒有什麼本事，能得到道森先生的提拔，已經是難能可貴了。」傑西・史考特說。

「艾菲爾小姐，妳怎麼會來這裡？」唐・羅倫貝爾說：「小心妳的腳步，不要被殘餘的火焰給燙傷了。」

「我想我們應該要仔細調查電源室裡的物品，看看有沒有什麼可疑的地方。」琳達說。

琳達掃視火場，發現一個金屬鈕扣和一個部分融化的瓶蓋，她立刻將線索收起來，邊思考火災發生的原因。地上還有大量的白色粉末，看起來並不像餘燼。除了電源總開關系統外，室內其他地方並沒有受到太大波及，這也令人懷疑或許並非單純電線走火。

「難道妳認為起火的原因不單純嗎？」唐・羅倫貝爾問說：「還是妳有什麼其他的看法呢？」

「樓上屍體的出現，不就是非常可疑的事情，所以我覺得應該要好好的確認，才能夠判定起火的原因。」琳達說：「而且我們現在暫時無法離開這裡，有必要好好的調查，這是身為新聞人的使命。」

「妳說暫時沒有辦法離開，這是什麼意思？」傑西・史考特問說。

「紀念館大門已經關閉，沒有辦法從內部開啟，只有服務人員身上才有鑰匙，況且大部分人都沒有帶手機，有些人的手機則是留在服務人員那裡，所以也無法對外聯絡。」琳達說：「我先調查這裡，可以請你們其中一位，到隔壁警衛室看看服務人員在不在，並且請他幫忙開啟大門嗎？」

「那麼我去找服務人員，等一下再跟你們會合。」傑西・史考特說。

「就麻煩你了。」琳達說。

琳達及唐・羅倫貝爾，兩人繼續努力翻找灰燼中遺留下來的東西，一同找尋蛛絲馬跡，雖然他們抱著懷疑的角度來調查，但是他們內心深處，卻不希望真有什麼可疑的事件，最好真的是電線走火，否則萬一不幸發生事情，可就會陷入進退兩難的地步。

「等一下，這是什麼東西？」琳達好奇的指著電源室角落置物櫃裡，一只差點被燒焦的大袋子說。

「不知道，那麼我們一起打開來看。」唐・羅倫貝爾說。

唐・羅倫貝爾本想輕輕的將袋子上的拉鍊拉開，但因為袋子遇熱後，金屬製的拉鍊整個變形，所以他只能使出全身的力氣，用力的把拉鍊往下拉開，就在拉開的一剎那，袋子裡面的東西，因為地心引力的作用，直接壓在唐・羅倫貝爾的身上，害得他重心不穩，差一點就要跌倒。

「這是什麼東西，怎麼會那麼重。」唐・羅倫貝爾說：「我的天啊……。」

琳達仔細一看，那個壓在傑西・史考特身上的東西，竟然是西澤大學校長的屍體，在他的脖子的地方，還看得到明顯的繩子勒痕，這就表示校長之死，絕對是他殺造成，琳達看到這個情況，開始覺得自己真不該來這裡，要不是因為對此宴會有無比好奇心的緣故，才會讓自己身處在此種情形之中，怪不了別人。

唐・羅倫貝爾把校長的屍體輕輕的擺在地上，然後一句話都不說，只是默默的盯著屍體看，似乎像是想起什麼事情般，呆立在一旁，但是他的嘴巴緊閉，不願意將心情透露出來。

琳達則忙著搜尋校長身上的東西，結果她在校長的長褲口袋裡，發現另一張紙條，跟樓上女性屍體身上的紙條一樣，也是用古弗薩克文書寫，而這次的符號是ᛗ Mannaz。

「羅倫貝爾先生，我又發現一張字條。」琳達說，然後她就把手上的紙條交到唐・羅倫貝爾的手中。

「什麼，妳在哪裡找到的？」唐・羅倫貝爾立刻回神的接過紙條，然後對著琳達說。

「就放在校長的口袋裡。」琳達說：「這個符號代表的是什麼意思呢？」

「這個符號是ᛗ Mannaz，意思是人類，也是代表個人行為的意思。」唐・羅倫貝爾回答說。

「你看這兩張紙條上的符號，會不會有什麼關聯？」琳達問說。

「這是兩個獨立的字，看不出來有什麼關聯性。」唐・羅倫貝爾說：「除非它代表的意義，是被用在塔羅牌的功用上，否則只是單純的一個字而已。」

「你剛才在晚宴上，有看到校長在會場中嗎？」琳達問說。

「晚宴剛開始不久有看到他，之後就沒有印象了。」唐・羅倫貝爾說。

「我開始有些害怕，現在的處境似乎有點危險。」琳達說。

「妳不用害怕，因為我會保護妳。」唐・羅倫貝爾說。

「根本不知道是誰幹的，要怎麼能夠早一步防範呢？」琳達自言自語的說，似乎沒有聽見，唐・羅倫貝爾對她所說的話。

「相信我，我絕對不會讓妳受傷。」唐・羅倫貝爾裝出英雄人物常有的表情，信心滿滿的說。

「謝謝你，我感覺比較安心了。」琳達突然意識到對方所要傳達的訊息，帶著些許尷尬的說。

琳達把兩張紙條小心的放到自己的皮包裡，然後跟著唐・羅倫貝爾離開電源室，傑西・史考特剛好正從警衛室出來，服務人員就跟在他的身後。

「太好了，你找到那位服務人員，這下子我們就可以順利脫困了。」唐・羅倫貝爾說。

「你們有找到什麼線索嗎？」傑西・史考特說。

「我們發現前西澤大學校長的屍體，被放在置物櫃中的袋子裡，他是被人給勒死的，在他的身上發現一張紙條，就跟樓上屍體口袋內的紙條一樣，是用同種文字書寫而成。」琳達說。

「我們最好趕快下樓，儘快離開這裡。」傑西・史考特說。

「我同意，我們快走吧！」唐・羅倫貝爾說。

他們從鐘塔的樓梯下來，走得相當的急促，琳達感覺到恐懼悄悄的蔓延開來，雖然沒有人直接表現出畏懼之情，但是人類肢體的動作卻透露了一切。

「你們有沒有聽到奇怪的聲音？」琳達突然停下腳步說。

「我沒有聽到，你們有聽到嗎？」唐・羅倫貝爾說。

「我也沒有聽到。」傑西・史考特說。

「難道是我聽錯了嗎？」琳達說：「抱歉，也許我是幻聽了。」

「沒關係，我們趕快走吧！」唐・羅倫貝爾說。

他們又繼續往下走，等到快走到二樓的時候，這次換成是傑西・史考特聽到聲音，他馬上叫大家立刻停下腳步，果真聽到微弱的鈴聲，從二樓電梯那裡傳來，四個人循著聲音，來到二樓電梯口，發現紅色的緊急求救燈是亮著的，而這就是聲音的源頭。

琳達馬上接起緊急對講機，但是完全沒有任何聲音，這令她覺得情況非常的不妙，於是就請服務人員將電梯門打開，但是他並不知道鑰匙在哪裡，也不知道要如何打開，在沒有辦法之下，只好靠原始的蠻力來解決問題，結果大家費了九牛二虎之力，才得以將電梯門開啟一點點小縫，但在開啟的同時，有大量味道怪異的氣體從門縫中竄出，並發出非常微細的聲音，頓時讓四人感到有些頭暈不舒服，才趕快把電梯門給關閉，躲在遠處不住的咳嗽。

「電梯裡面一定有人被困住了，但是電梯內充滿了不知名的氣體，要怎樣把受困者救出來呢？」琳達說。

「我看被困在裡面的人，大概是凶多吉少。」唐・羅倫貝爾說：「照停電的時間推斷，大約已經超半個小時，被困在無法正常呼吸的環境裡，要存活根本是不可能。」

「我們先到一樓將大門打開，讓所有人出去，然後趕快報警，結束這一切，才是最好的選擇。」傑西・史考特說：「不要貿然行動，否則反而會造成另一種危險，徒然使自己陷入困境而已。」

「嗯，我覺得你講得很對，我們還是趕快離開這裡，免得發生更多的危險，況且樓下還有人在等待，先讓大家都脫困，才能改變現在的情況。」琳達說。

他們剛從新大樓二樓的樓梯走下來，每人臉上充滿著疲憊的神情，至於待在一樓的人們，一看到他們平安回來，就立刻圍上前，極積的詢問現在的情況，強烈的行為表現出，迫不及待想要離開紀念館的樣子。

佛西斯・道森見狀便從前方玻璃牆附近，慢慢走到他們的跟前，從他的神情看起來，明顯是相當的不悅，其他人看到佛西斯・道森走過來，立刻表現出畏怯的態度，還特別讓出一條路來給他通過，好像他們都知道，等一下會發生什麼驚天動地的事情似的。

「為什麼他媽的燈還沒亮？而你們就這樣的回來了，有沒有責任感啊！」佛西斯・道森極度憤怒的說。

「等一下，我們又不是你的僕人，幹什麼這樣罵人。」唐・羅倫貝爾生氣的回答說。

「對不起，因為電源室失火了，設備全部都被燒毀，所以沒有辦法將燈光調回來。」傑西・

史考特說。

「那麼火已經撲滅了嗎？」佛西斯・道森說。

「已經撲滅了。」傑西・史考特說。

「傑西，你何必跟這種人解釋啊！我當初並沒教你這樣的處事道理。」唐・羅倫貝爾說。

「他是我的女婿，我叫他做什麼都是應該的，你這個外人才最好不要干涉。」佛西斯・道森說。

唐・羅倫貝爾氣到不想說話，雙手叉腰背對著大家，佛西斯・道森則一副事不關已的樣子，完全不把唐・羅倫貝爾的態度放在心上，反而還暗自詆毀對方，完全不認為自己有做出什麼不禮貌的行為，反倒是覺得唐・羅倫貝爾真是個愛大驚小怪的傢伙。

「喂！那個服務人員，快點幫忙開門，我們被困在這裡很久了，現在就要離開這裡。」佛西斯・道森不客氣的說。

服務人員點頭示意，然後就走到大門口，其他人也緊緊跟在他的背後，只見服務人員從口袋裡拿出一張電子卡，輕輕的從感應位子上用力一刷，立刻就發出『嗶嗶』的聲音，紅色小燈瞬間亮起，表示刷卡並沒有成功，服務人員又再度刷一次卡，但是還是沒有成功，這可讓佛西斯・道森在旁邊看得非常心急，於是他就一把搶過服務人員手上的電子卡，自己親自嘗試一次，卻依然還是沒有成功，佛西斯・道森氣得把電子卡重重的摔在地上，表達內心的氣憤。

「這是怎麼一回事，難道我們真的要被困在這裡一整夜嗎？」佛西斯・道森氣急敗壞的說。

「可能是感應系統壞掉了。」服務人員說。

「爸爸，不要擔心，我相信在我們之前離開的人，一定會幫忙報警，也許只要再等一個小時，就會有人過來處理。」瑪格麗特・狄更斯・道森說。

「不可能有別的人離開這裡，我只有讓其他舉辦晚宴的工作人員出去，然後就把大門給鎖上，除非有我幫忙開門，否則應該任何人都無法出去才對。」服務人員說。

「這就表示其他人並沒有離開，那麼他們現在到底在哪裡呢？」保羅・畢格羅說。

「告訴你們一個壞消息，剛才我們在電源室滅火時，發現西澤大學校長的屍體，就陳屍在一旁的置物櫃中，經過粗略的研判，他是應該是被人給活活勒死。」琳達說：「還有，我們發現有人被困在電梯裡，本想要打開電梯救人脫困，但是電梯井內充滿不知名氣體，我認為在我們之前離開的那些人，現在全部都還待在電梯內，身在如此情形之下，很有可能都已經窒息而死了。」

「到底是誰做出這種事情？」艾咪・坎貝爾害怕的問說。

「既然沒有人可以離開這裡，這就表示兇手還在這棟建築物裡，或是在別的地方有出入口，我建議大家一起行動找出口，不要讓任何一人落單，這樣才能知道兇手在不在我們之中。」琳達說。

「紀念館絕對只有一個出入口，因為這裡是我一手打造，不可能會有其他漏洞可以進出。」亨利・畢格羅說。

「有沒有可能經由通風管，或其他管線進出呢？」喬・畢克問說。

「不可能，這棟建築為了美觀及設計的質感，所以管線都故意隱藏在牆壁內，或天花板上，而且通風管的口徑都相當的小，一般大人是絕對擠不進去。」亨利・畢格羅說。

「那鑰匙呢？會不會不止只有一副，所以兇手可以隨意進出呢？」泰瑞莎・畢克問說。

「我確定只有一副，因為來不及做個人化設定，所以只有一張不限身分的電子卡。」佛西斯・道森說。

「我覺得在不知道誰是兇手之前，我們一定要待在一起，這樣才能保障大家的安全。」琳達說。

「可是，一起行動太過緩慢，我建議三到四人一組，澈底來調查這個地方，看看有沒有其他的人還待在這裡，並且測試現有通訊設備是否能使用，以及尋找其他的出口。」唐・羅倫貝爾說：「我認為我們絕對不能守株待兔，要正面迎擊，這樣才能靠自己的力量逃脫，否則我們會先被自己的壓力給打敗。」

「我們用投票來決定，是要大家待在一起，還是分成三組，請各位一定要想清楚。」傑西・史考特說。

最後的結果，四位女性們選擇待在一起，七位男士則選擇行動，所以在少數服從多數之下，眾人決定讓四位女性調查比較安全的一樓，佛西斯・道森、喬・畢克、亨利・畢格羅三人，則負責調查二樓及三樓，唐・羅倫貝爾、傑西・史考特、保羅・畢格羅和服務人員四人，則負責調查四樓及頂樓。

「大家一定要小心，不要跟組員走散，萬一發生任何的事情，要馬上發出聲音，讓所有的人知道，然後再到大廳會合，瞭解了嗎？」佛西斯・道森說。

「爸爸，一定要這樣分開調查嗎？我們難道不能等到早上再行動嗎？」瑪格麗特・狄更斯・道森說。

「乖女兒，妳放心好了，絕對不會有事的。」佛西斯・道森說「妳們一定要好好照顧我的女兒，千萬不要讓她離開妳們的視線，知道嗎？」

「道森先生，我保證，絕對不會讓她一人落單。」艾咪・坎貝爾說。

「泰瑞莎，妳也要小心。」喬・畢克說。

「我會的。」泰瑞莎・畢克說。

經過道別及再次確認之後，他們正式分開行動，女生組從大門及鐘塔一樓開始調查，權貴三人組，則從鐘塔二樓及樓中樓開始調查，年輕男性四人組，則是以四樓為主要調查重點，三方共同努力，抱著顆忐忑不安的心，為自己及所有受困的人，尋找一條生存的活路。

6

鐘塔一樓大門口前，瑪格麗特・狄更斯・道森不斷地重複著同一動作，持續用電子卡嘗試打開大門，但是不管她怎麼努力的刷卡，還是沒有辦法解開這個電子鎖，朋友們都勸她早點放棄，但她還是非常的執著，直到大約過了幾分鐘，依舊無法將門給打開，她就開始灰心喪志，沒有人能夠讓她感到好過一點。

「我恨死這個鬼地方了，怎麼會發生這麼扯的事情，我參加過那麼多場的晚宴，從來沒有像今天這樣，被困住沒有辦法出去，太可惡了！」瑪格麗特・狄更斯・道森說：「早知道會發生這樣的事情，我就不要接受市長的邀請，去他的。」

「瑪格麗特，我們不是說好，要無時無刻保持完美的形象嗎？不要在這個時候破功，我相信等一下就可以離開這裡，你不要擔心啦！」艾咪・坎貝爾說。

「管他什麼形象，妳知道明天是什麼日子嗎？」瑪格麗特・狄更斯・道森說。

「是的，我知道是什麼日子，是妳要跟傑西・史考特結婚的日子。」泰瑞莎・畢克說。

「如果我們被困在這裡一整夜，沒有辦法睡美容覺，也沒有辦法保養皮膚，那麼明天中午婚禮的時候，我一定會是全世界最醜的新娘了。」瑪格麗特・狄更斯・道森說。

「不會的，妳一定是最美麗的新娘，我保證我親耳聽到，就是在拉斯維加斯的教堂裡彩排的時候，連牧師都稱讚妳美如天仙。」艾咪・坎貝爾說。

「就算是如此，如果我們來不及到達婚禮會場，那麼也一切都完了。」瑪格麗特・狄更斯・道森說。

「別擔心，就算明天一早出發都還來得及。」泰瑞莎・畢克說：「也許你那個神通廣大的老爸，早已找到離開這裡的辦法，等一下就可以出去，也說不定啊！」

「為什麼妳們一直在這裡逗留？不是跟其他人說好，我們負責調查一樓，察看有無其他出入口嗎？」琳達說：「一直待在大門口，是無法找到離開的辦法。」

「妳要是那麼的能幹，就讓妳一人調查就好了，我們要待在這裡，別找我們的麻煩。」艾咪・坎貝爾說。

「妳們真的不知道事情的嚴重性嗎？」琳達說：「幕後的兇手很有可能再犯案，每個人都有可能是下手的目標，而且沒有人知道我們被困在這裡，這是非常危險的情況，所以我們應該努力找到脫困的方法，而不是討論明天的問題。」

「長篇大論說一堆，我是有聽沒有懂。」艾咪・坎貝爾說：「我們又沒有得罪別人，所以兇手不會針對我們，反倒是妳，一個老是挖人瘡疤的記者，妳才應該擔心妳自己的安危吧！」

「算了，別說了，我自己去調查，不用勞駕妳們三位千金小姐，請繼續自怨自艾吧！」琳達說。

琳達覺得自己真是愚蠢，竟然異想天開的想要與三位公主們合作調查，簡直就是痴人說夢話，根本是在自討苦吃，琳達仔細想想她們養尊處優慣了，又怎麼會瞭解世間的險惡，更完全不知道現在的情況，琳達忍不住搖搖頭，但在她的內心深處，卻有些許的嚮往，希望自己像她們那樣受人寵愛，不去理會事情的真假與否，完全以自我為中心，或許就不容易神經敏感，也不必把所有的事情都攬在身上，也就不會讓想法總是那麼的悲觀。

但可悲的她非常明白，要讓她變成像三位公主這個樣子，是絕對不可能發生的事情，因為她的一生，都生活在壓力之中，尤其是母親的過世，更讓她不得不堅強起來，所以又怎麼能夠在這種情形下放棄生存的希望呢？琳達握緊了拳頭，告訴自己一定要完成記者的使命，就算是深入險境，也永遠不忘記找尋真相這個不變的承諾，是母親曾告訴她的最後遺言：『真理永恆不變』。

琳達首先來到大門旁的櫃台，就是服務人員查驗有無邀請函的地方，她一次打開所有的抽屜，發現這次宴會的賓客名單及座位表，就放在其中的一個抽屜裡，她用眼睛掃描一遍，並沒有什麼奇怪的地方，而這次晚會似乎沒有任何人缺席，為何她能如此確定呢？因為她看到每人的名字後面空白處，都被刻意標上星星的記號，或許代表的就是出席人數，其中有一顆星星形狀特別獨特，琳達當下並不以為意，就直接把賓客名單放在皮包裡，再往其他可疑的地方察看。

她接下來走到鐘塔一樓螺旋梯的下方，調查擺放在一旁看似相當齊全的消防設備，而此設備真的是重看不重用，形同虛設一般，因為警報系統根本還沒有連線，琳達嘗試著用力的按壓警鈴，但是沒有任何的警報聲響，只是設計來讓人感覺安心而已，實際上一點用處都沒有。

這裡的地板根本沒有仔細的清掃，還殘留著些許的泥土，讓她的高跟鞋上也沾了一些，琳達覺得這樣十分的礙眼，就順手用面紙把泥土從鞋子上頭撥下，等到確定鞋面清理乾淨，並且對周遭再經過大致的調查後，就轉往其他的地方去，至於三位千金小姐則仍在原地，好像都沒有移動過位子，只是一直不間斷的在抱怨現下的一切，琳達沒有再去理會她們，逕自的離去。

不久，琳達來到中央大廳，也就是噴水池所在的地方，那池水清澈見底，流水不停的激起水花，引起陣陣的漣漪，漩渦不停地環繞著，琳達在恍惚之中，想起舊時西澤大學的人工池塘，還有那被鮮血染紅的池水。

琳達盡力擺脫恐怖的回憶後，便開始檢查吧台及中央舞台，但並沒有看到什麼疑點，只有被酒杯充斥的檯面，完全是一片混亂，真不知道為什麼，吧台服務人員會走得如此倉促，連收拾都抽不出時間來，留下會場中髒亂不堪的地板，以及令人難以接近的開胃小菜區，酒味、食物味及新建築常有的氣味交織著，散發出非常詭異的味道，但是不至於到令人感到難過的地步，可是也不會讓人想刻意去注意此氣味，只好等待直到習慣為止。

當一樓幾乎都調查完畢時，只剩下舞台右側的廁所，但她就是遲遲不敢去調查，琳達此時心中充滿著猶豫，為什麼會這樣呢？之前曾經提起過，琳達看過非常多部恐怖片，最常發生事情的地方之一，就是在廁所裡，通常兇手都會躲在這裡埋伏被害人，因為這裡是人們最易卸下心防的場所，讓她不由得害怕了起來，但如果不去澈底檢查，就無法完成調查的使命，真是令她左右為難，最後她決定先求自保，於是就拿起放在地上一只空的香檳玻璃酒瓶，一口氣衝進女廁，迅速把每一扇門打開，確定完全沒有其他人後，她才放心調查廁所裡面的擺設。

女廁裡面沒有對外開設的窗戶，所以空氣的流通，只能靠設置在天花板裡的兩個小型抽風機，但是現時並沒有在運作，可能是受到電源室失火的影響。琳達檢查每一間廁所，把抽水馬桶上方的水箱打開檢查，亦沒有值得注意的地方，然後她站在馬桶上，檢查起抽風機來，但抽風機的口徑太小，只有一隻手指頭可以放進去的寬度，看不出有什麼奇怪的地方，至於廁所裡的其他設備，也都和普通的廁所沒有兩樣，於是她用同樣的方式去檢查男廁所，還是一無所獲，就把手上的酒瓶給放下來，回到新建築的大廳，琳達的一樓調查行動隨及結束。

7

權貴三人組默默的走到鐘塔二樓的經理室門前，因為紀念館還未對外開放，所以尚未選擇負責管理的人員，也就是紀念館館長這個職務還是從缺的，他們三人本來打算派一人出馬上任，但是一直沒有共識，於是就索性避而不談，如今站在經理室外，似乎又造成他們小小的爭吵，不過他們明白，現在更重要的事情就是瞭解現在的情況，為了避免不必要的事端，他們一定得要在事情還沒擴大時，設下停損點，並且最好能夠把事情推得一乾二淨，還能夠順利逃離這裡，這是他們覺得最好的結果。

「你們知道，到底是誰會對我們做出這種事情？」亨利・畢格羅說：「我真的被現在的情況給嚇到，我怕我很快就要精神崩潰了。」

「你真是沒用，才不過發生這點小事，就馬上投降啦！，真是膽小。」佛西斯・道森說：「我個人覺得，因為受邀的佳賓，大部分都是我們的人，有一些是經手建案的市府人員，所以我覺得跟西澤大學建案，絕對是脫不了關係。」

「難道是我們的祕密被其他人發現了嗎？」亨利・畢格羅問說。

「這點我並不知道，不過我們一定要仔細觀察其他人底細，絕對不能讓這件事曝光，這樣你們瞭解嗎？」佛西斯・道森說。

亨利・畢格羅用力的點著頭，表示同意，喬・畢克則是一副若有所思的樣子。

「現在我們還是好好的調查，看看有沒有離開這裡的其他途徑。」佛西斯・道森說。

「就我所規劃的空間而言，應該是不會有其他的出入口，但是因為事出突然，再加上要為彼此小孩的安危著想，所以我倒是想到了一個特別的出入口，只是不知道要怎麼出去。」亨利・畢格羅說。

「那你還不趕快說出來，真是快要被你給急死了。」佛西斯・道森說。

「就是在鐘塔的頂樓，也就是百年古鐘所擺放的位置，那裡並沒有被封死，依然還是開放的空間。」亨利・畢格羅說：「只不過門已經被水泥給蓋住了，還有就算進得去房裡，但是沒有地方可以通到一樓，如果要爬牆下去，實在是非常的危險。」

「就算再危險，也要先試試看，不能像個懦夫一樣，輕易就放棄。」佛西斯・道森說：「我們現在就動身前往，最好不要讓其他人知道，也許他們其中之一就是兇手也說不定，而且人多會壞事，等到這個方案成功了，我們再偷偷帶孩子們上來，跟他們一起逃脫。」

「你真的覺得是我們認識的人做的嗎？但也有可能是外面的人幹的，故意要讓我們混淆視聽，也說不定。」喬・畢克終於打破沉默的說。

「別傻了，你我都知道，這建築物是沒有別的出口，你要我說多少次，你才會相信啊！一定要質疑我的專業嗎？」亨利・畢格羅不爽的說：「這裡有西澤大學最寶貴的資產，當然要好好的防護，絕對不可能讓別人有機可乘。」

「那個最寶貴的資產，該不會是創辦人的黃金雕像吧！我曾經聽說過，只是從來沒有親眼看過。」佛西斯・道森說。

「沒有錯，是西澤大學校長轉交給我保管，本來想在晚會結束後，再告訴你們。」亨利・畢格羅說。

「現在那個雕像在哪裡？」佛西斯・道森問說。

「還沒有正式擺放在紀念館中，我寄放在市長那裡。」亨利・畢格羅說。

「邁克他該不會為了黃金，把我們給出賣了？」喬・畢克說。

「應該不至於，因為那個雕像的價值雖然高，但仍比不上市長一年的薪資，除非他瘋了，否則我想應該不會發生這種事情。」亨利・畢格羅說。

「好了，別再說了，我們趕快把事情解決，等到逃出之後，要怎麼講都沒關係。」佛西斯・道森用不耐煩的語氣，催促他們快點前進。

他們放棄調查紀念館的二、三樓，反而先到達鐘塔的頂樓，來到被水泥封死的門前，他們三人努力的想要把門給撞開，但畢竟他們年紀也不小了，根本沒有辦法將門打開，佛西斯・道森氣憤到失去理智，竟然用腳去踹古老的石牆，只見石牆細縫中有小石子掉落，但依舊屹立不搖，反倒是佛西斯・道森曾經犯過痛風的腳，就在此時又發作起來，真是得不償失。

「喔！該死的，我的膝蓋又開始痛了。」佛西斯・道森將手用力的磨擦自己的膝蓋，痛得哇哇大叫。

「你還好吧！現在我們該怎麼辦呢？」亨利・畢格羅問說。

「你沒事幹嘛把好好的門給封閉，真是有夠愚蠢。」佛西斯・道森非常生氣的說。

「還不是因為你想要設全區空調，我才會把門給封閉。」亨利・畢格羅說：「而且是你告訴我，一定要將現代化設備完全更新，我完全是照著你設計圖的規劃施工，現在你倒是怪到我的頭上來啦！」

「你好大的膽子，敢跟自己的老闆大小聲，你不要命了嗎？」佛西斯・道森震怒的說。

「反正我們很快就會沒命，我也不想再忍耐下去了。」亨利・畢格羅把心裡的怨恨，給一口氣的罵完：「每次都只會污辱我，你要知道，如果沒有我亨利・畢格羅，在背後幫你收拾殘局，你早就完蛋了，所以你才是真正愚蠢之人。」

「大亨利，你被開除了。」佛西斯・道森說：「等我出去以後，就正式跟你解除契約關係，你以後就不用再跟我們混了。」

「你知道嗎？我很樂意，我早就該這麼做了。」亨利・畢格羅一臉不屑說。

「拜託，你們不要在這個時候吵，現在情況尚未明朗，應該要好好合作，才能渡過難關呀！」喬・畢克說。

「老喬，我想你也應該早就受不了被人控制，對不對？」亨利・畢格羅急於找人站在他這一邊，於是直接對喬・畢克說。

「你們都是我多年的好友，看在往日的交情上，就別吵了，更何況我們都有必須保守的祕密。」喬・畢克說。

「既然你提到這話題，我倒是有件事，非要問一問你。」佛西斯・道森說：「本來我打算單獨跟你確認，但既然大家現在要講真心話，那麼我就直接問你。老喬，你是不是把我們的祕密告知ＦＢＩ，所以ＦＢＩ才會派幹員來調查？」

「什麼，是真的嗎？」亨利・畢格羅訝異的說。

「你是從那裡聽說的？這根本就是在玷污我的人格，你千萬別相信。」喬・畢克激動的說。

「我的私人秘書親自告知我，她宣稱有線人調查到，你曾經透過公司員工，在外地出差時，寄過一疊資料到ＦＢＩ的總部，是不是真的只要仔細調查會就知道，你別想騙我。」佛西斯・道森說。

「是不是真的，請你的線人和秘書出來當面對質，馬上就會有答案，只要我們出得了這裡，你就知道我沒有做過這件事。」喬・畢克不悅的說：「但是你竟然不信任我，還安排線人來調查我，真是讓我失望。」

「很可惜的是，他們兩個都死了。他們皆受邀來此宴會，並且同時搭上了死亡電梯，可以說剛好死無對證，不過只要我出得去，我還是調查得到。」佛西斯・道森說：「我一開始的出發點，並不是因為不信任你，而是不相信你身旁的人馬，我擔心會有什麼閃失，並不是針對你個人。」

「我已經失去對你的信任，既然你不相信我，那麼等到我們離開這裡之後，就各走各的路，互不侵犯。」喬・畢克說。

「哼！你是不是也在我身邊設下眼線？請你老實說吧！」亨利・畢格羅沒好氣的問說。

「是又怎樣，反正他也死了，而那個人就是你的首席工地主任，他也在受邀的名單中。」佛西斯・道森說。

「什麼！我不管了，我現在就要離開這裡，我再也待不下去了。」亨利・畢格羅生氣的說，然後他不理會喬・畢克的勸說，就自個兒離開頂樓，他們兩人則待在原地，靜靜的不說話，正思考下一步路該如何走。

8

四位年輕男性，在權貴三人組之後，動身來到四樓，他們彼此沒有什麼互動，也沒有很強烈的合作意願，更不知要從何調查起，再加上身為一個男子漢，絕對不能在遇到危機時表現懦弱，本來是想要各走各的路，但是教授堅持基於安全的顧慮，所以大家最後還是決定兩人兩人分頭進行，約定一個小時後，再次集合於四樓樓梯間，然後再一起調查鐘塔頂樓。

服務人員滿臉倦容的點頭表示同意，他和保羅・畢格羅兩個人，負責搜尋四樓鐘塔內的資料庫及廁所，傑西・史考特及唐・羅倫貝爾師徒二人，則是負責調查警衛室及能源室，當四個人劃分好區域後，就各自往不同的地方前進。

「傑西，你發現服務人員時，他當時人在幹什麼？」唐・羅倫貝爾等到兩人確定單獨之後，對著傑西・史考特問說。

「你一定不會相信，服務人員竟然在椅子上呼呼大睡，真的是非常的誇張。」傑西・史考特說。

「你難道不會覺得很奇怪，他神經大條到沒有發現隔壁失火，真的是令人難以理解。」唐・羅倫貝爾說。

「你的意思是說，你認為服務人員有嫌疑嗎？」傑西・史考特問說。

「這是合理的懷疑，因為當我們在都在放映室時，只有他有時間可以動手腳，你說是不是呢？」唐・羅倫貝爾說。

「但就是他一路帶領我們上樓，而且他把放映室門關上後，就待在門旁，直到影片快要播完五分鐘前，他還跟道森先生示意，然後才離開放映室，之前服務人員不是也提及過，他後來到樓下依照安排，請其他服務人員離開，那他怎麼有時間動手腳呢？」傑西・史考特說。

「這我就不清楚了，但我還是覺得他很可疑。」唐・羅倫貝爾說。

「那我們就小心注意他的一舉一動，看看他是不是真的有問題。」傑西・史考特說。

「這就是為什麼，我會讓他去調查其他地方，因為這樣我們才能仔細調查警衛室，看他有沒有留下什麼證據，可以證明他是兇手。」唐・羅倫貝爾說。

「那麼我們就先去調查警衛室吧！」傑西．史考特說。

「不過為了小心起見，我看你就先在門口幫忙把風，讓我自已進去查看。」唐．羅倫貝爾說：「如果有人過來，就馬上叫我。」

「我在入場時，服務人員將我的手機暫時沒收保管，我曾經問過他，手機放置的地點，他說手機全都放置在警衛室的大抽屜裡，可否請你順便幫忙找尋，如果找到手機，我們就有機會可以對外聯絡。」傑西．史考特說。

「好的，我會盡全力去尋找。」唐．羅倫貝爾說。

兩人小心翼翼打開警衛室的大門後，傑西．史考特就站在電梯和入口斜角處把風，唐．羅倫貝爾就一人進入警衛室，而直接映入眼簾的是，大型的電子監視螢幕，但是系統似乎還沒啟動，螢幕呈現黑壓壓的一片，所有的電子操作按鈕，也都沒有任何的功用，看樣子保全系統還沒有完全設置完成。

唐．羅倫貝爾打開疑似存放手機的抽屜，但是裡頭什麼東西都沒有，讓他更加深服務人員的嫌疑，接著他小心翼翼將所有可能藏東西的地方，都非常仔細的搜查一遍，例如：沙發、櫃子及冰箱，但皆一無所獲，找不到任何的證據，可以應證他的懷疑，只能帶著失望暫時離開此地。

「有找到手機嗎？」傑西．史考特問說。

「沒有，服務人員分明是在騙人，那裡什麼東西都沒有，就連電話也不通。」唐．羅倫貝爾說。

「那麼這樣不就沒有辦法向外界聯絡了？」傑西・史考特問說。

「希望其他人可以找到另外的方法，不過，我們還不能這麼快就放棄希望，再接著去下一個地方調查看看吧！」唐・羅倫貝爾說。

他們又再次來到位於隔壁的電源室，這次換成是唐・羅倫貝爾在外頭把風，由傑西・史考特負責調查。

「記得如果發現任何可疑的事物，一定要立刻讓我知道。」唐・羅倫貝爾說。

「明白了，我一定會見機行事。」傑西・史考特說。

傑西・史考特在被大火燒毀的電源室裡，調查尚未完全被破壞的剩餘器具，只見電錶上的指針已經完全停止，表示現在所使用的電源全來自於備用的電源，在高科技的電錶上，還有顯示出備用電源所剩下的時間，只有短短五小時而已，如果沒有辦法在這五小時內離開此地，就只能在黑暗中任人宰割，更何況兇手的目的到底是什麼、還有兇手現在身在何處都不知道，那要如何才能自保，更是一個令人恐懼的問題。

當傑西・史考特一進入這個房間，就一直感覺有些不對勁，所以他在剛開始調查時，總覺得好像少了什麼東西，然後當他用力的開啟，倒在地上被燒得面目全非的置物櫃，突然回憶琳達曾對他說過的話，想起原來在置物櫃旁邊，被人殺害的西澤大學前校長屍體呢？怎麼可能會憑空消失了，他嚇得馬上離開電源室。

「怎麼了？你為何臉色發白，一副活見鬼的樣子？」唐・羅倫貝爾問說。

「校長的屍體不見了。」傑西・史考特驚魂未定的說。

「你在說什麼！不可能呀！」唐・羅倫貝爾說，然後他自己到電源室親自確認虛實，果然沒有發現屍體的蹤影。

「怪了！真的非常的邪門，這裡又沒有其他的出入口，難道屍體自己會跑不成？」唐・羅倫貝爾說。

「我看我們先離開這裡，跟其他人會合，再想想對策。」傑西・史考特說。

「好吧！我也覺得還是不要太冒險，反正我們也調查完畢，就先回去吧！」唐・羅倫貝爾說。

一堆問號在他們心中打轉，現下的心情到底是害怕還是困惑，抑或是兩者兼有，完全得不到一個正確的解答，純粹是內心交戰時刻。面對事件發生，就人類心理而言，最快產生的情緒就是否認，隨之而來則是猜忌，就連具有邏輯分析的理性人，都有可能走向猜疑的道路，就算曾經擁有對彼此的信任感，也會隨之動搖。就這樣帶著些許猜忌與不安的思緒，兩人回到了四樓的樓梯口。

9

服務人員使用放在腰際上的鑰匙，準備將重要的資料保管室打開，但沒有想到，門鎖竟然早已遭到破壞，傳統的門鎖果然是不堪一擊，現在只須用手輕輕一推就可開啟，雖然感覺裡頭可能存在著危險，但是他們依舊走進房間，大概是認為，既然有兩個大男人在此，還有什麼好害怕的。

當他們走進房內，就看見部分資料散落一地，堆滿尚未歸檔的文獻，若大的空間竟無立足之地，著實讓保羅．畢格羅及服務人員吃足了苦頭，不是差點被資料給絆倒，就是陷入資料堆中，移動步伐非常困難。保羅．畢格羅當下看到這種情況，本想一走了之，但是又覺得待在外頭比待在這裡更加麻煩，索性就倒在資料堆上，動也不動的準備小憩一下，服務人員見狀卻什麼也不敢說，獨自一人進行調查。

「喂……，那個誰，我忘了你的名字。」保羅．畢格羅說：「你不用那麼努力調查，乾脆過來休息一下吧！走來走去快煩死人了。」

「我想我還沒有告訴你，我叫什麼名字吧？」服務人員有些不悅的說。

「那你要我叫你什麼？要我隨便幫你取小名嗎？還是就叫你服務人員呢？」保羅．畢格羅沒好氣的說。

「我的名字是威爾森．泰勒，不要叫我服務人員，我今天是第一天當班，不算是正職人員。」威爾森．泰勒說。

「等一下，你說你名字是威爾森．泰勒，不會是那個成衣大王泰勒家族吧？」保羅．畢格羅問說。

「沒有想到還有人記得這個頭銜呀！哎，我真的不想再被提起。」威爾森．泰勒說。

「奇怪，你們家不是很有錢嗎？為什麼會流落到這步田地？」保羅．畢格羅好奇的問說。

「你應該有看過新聞，關於我父母親發生的車禍意外。總而言之，成衣工廠被其他企業家買下，我還是得要為自己的將來打算。」威爾森・泰勒說。

「那你可以再創業呀！為什麼去做這種工作？」保羅・畢格羅疑惑的問說。

「什麼這種工作，服務人員的工作也是個正當的工作呀！」威爾森・泰勒不高興的說。

「算了，我不明白，也不想去瞭解，只要你不要再在我面前晃來晃去了，可以嗎？」保羅・畢格羅說。

「你難道不打算逃出去了嗎？」威爾森・泰勒問說。

「你別小題大作了，我向你保證，只要到了明天早上，一切都會恢復正常，我的司機會來接我，然後大家都能得救，所以根本不會有事，現在就讓我好好睡一下，我昨天整晚沒睡，不要想歪了，只是睡不著覺，如此而已。」保羅・畢格羅自顧自的說，之後就什麼都不管的倒頭睡在資料堆上。

威爾森・泰勒搖搖頭，心裡默默的覺得自己怎麼這麼倒楣，竟然跟他同一組，不過很快的，他便不再理會保羅・畢格羅，然後決定按照字母順序，將所有文件都大略檢查一遍，雖然這是頗艱難的任務，但總比沒事做到處亂想來得好。

滿坑滿谷的文件，像是述說著西澤大學起落的老教授，彷彿記得每一位曾經在此讀書的學生，及他們的所有表現和紀錄，為了緬懷過去，而將腦中的記憶完整的撰寫成冊，然而過去的一切，皆藉著文件而再次復活，就像一篇生動的歷史故事，讓人忘記自己身在何方，那種奇妙又恍如隔世的感覺，威爾森・泰勒也深刻感受到。

「這些是歷年來的畢業紀念冊和校刊，我想一定是從圖書館搬來的。」威爾森・泰勒自言自語的說：「但是好像不是很齊全，似乎是漏掉了幾屆。」

「還有一些活動的照片集，這幾張好像有點古老，都泛黃了。」威爾森・泰勒自言自語說：「原來西澤大學以前沒有教學大樓和花園廣場，那裡原來是穀倉和農田，果然是歷史悠久。」

「這些珍貴的史料，竟然被人隨意堆放，難道這裡藏有什麼祕密嗎？」威爾森・泰勒說。

「夠了，別再說了，你一直說話，叫我怎麼睡得著。」保羅・畢格羅說。

「抱歉，因為這些資料有些非常難得看到，一不小心就太過投入了。」威爾森・泰勒說。

「算了，反正我也睡不著，就過來幫忙調查好了。」保羅・畢格羅說：「還有什麼沒有調查的地方呢？」

「我現在只調查完左邊的書架，那麻煩你幫忙調查另一個書架。」威爾森・泰勒說。

保羅・畢格羅挪動他龐大的身軀，底層的資料被磨擦的沙沙作響，發出令人感到不悅的聲音，花了很長一段時間，他才從地上爬起來，緩慢的開始起，那個他所認為單調又無聊的調查活動，然後一直維持翻找的動作，大約持續差不多十分鐘。

「到底還要調查多久呀？一直看這些無趣的東西，我都快要發瘋了。」保羅・畢格羅說。

「最好還是全部都看過一遍比較保險。」威爾森・泰勒說。

「去他的，我要離開這裡了。」保羅・畢格羅說。

「既然你想離開此地，那麼就請你先幫忙調查隔壁的廁所，我待會再跟你會合，好嗎？」威爾森・泰勒問說。

「你算什麼東西，竟然敢命令我，我要去哪裡是我的自由，不用你來管。」保羅・畢格羅激動的說，然後就直接離開資料室。

在資料室外，保羅・畢格羅獨自一人站在窗戶旁，他本想把窗戶打開透透氣，但是這窗戶似乎無法開啟，後來他才想起他父親曾經提起過，這裡是使用全空調系統，不可能有活動窗戶，所以他只好點根煙，消一消心中的不爽快。

大約休息了幾分鐘，保羅・畢格羅突然覺得有些內急，大概是稍早在派對上喝多了，他本想忍一忍就算了，但是後來實在憋不住，於是他想都沒想就走進廁所，一個箭步跑到小便池旁，來個爽快的大解放，之後他對著化妝鏡，擺出一副很帥氣的樣子，還對自己的倒影微笑，就像一個十足的大傻瓜。

就在他自我陶醉的同時，他聽見除了水聲之外，還有另外一個奇怪的聲音，從其中一間廁所門內傳來，保羅・畢格羅突然感到渾身發毛，貼著牆壁來到離門口到較近的角落，他蹲下身來察看，但是廁所內並沒有人，於是他鼓起勇氣把門給踹開，一個黑影快速閃過，保羅・畢格羅瞬間倒在地上……。

10

在四樓的樓梯間等了許久的兩人，正納悶為何另外兩人的動作如此緩慢，明明已經到了約定的時間，卻不見任何的人影，唐・羅倫貝爾本想親自到資料室和廁所，確認他們是否還在此樓層調查，但卻遭到傑西・史考特阻止，他覺得還是照約定辦理，這樣才比較安全，而且他們並不知道其他人何時會出現，萬一他們離開了，但是另外兩人找不到他們，意外很有可能會發生，最好的方式就是以靜制動，不要太過貿然行事。

兩人靜靜的等待，時間一分一秒的流失，煩躁的心情讓人感覺相當難受，此時緊急電源卻開始在閃爍，使得唐・羅倫貝爾再也無法耐心等下去，便執意要往資料室走去，傑西・史考特沒有辦法說服他，只能跟著他一同離開樓梯口，但是他們才剛離開不久，館內不知何地，突然傳來一陣男性淒厲的尖叫聲，他們立刻停下腳步，向四周張望，想要掌握聲音的方位，但因為館內回音聲極大，讓他們無法辨認聲音的確切發源位置。

「發生什麼事了？難道有人遇害了？」威爾森・泰勒從資料室內跑出來，一看到他們就說。

「現在還不知道發生什麼事，我們快到樓下察看吧！」唐・羅倫貝爾說。

「保羅・畢格羅人呢？」傑西・史考特問說。

「他沒有跟我在一起，我不知道他在哪裡。」威爾森・泰勒說。

「什麼，我們不是說千萬不要分開行動嗎？」唐・羅倫貝爾說。

「我也知道呀！但是他不聽我說話，我也沒辦法呀！」威爾森・泰勒說：「不過，他在離開前，我有請他幫忙調查四樓的廁所，說不定他會在那裡。」

「那麼我們先一起去察看，確定他是不是真的在廁所。」唐・羅倫貝爾說。

三人表現出非常鎮定的樣子，一同走進小道裡的公共廁所區，他們一打開男廁的大門，就發現保羅・畢格羅他整個人倒在地上，他們見狀馬上湊到他的跟前，想要瞭解現在的狀況，沒有想到倒在地上的保羅・畢格羅，忽然爬了起來，把大家都嚇得往後跑。

「你們怎麼都來啦！」保羅・畢格羅說：「我的臉上有沾到什麼東西嗎？為什麼你們的表情那麼怪？」

「我們還以為你被殺害了，沒事不要隨便倒在地上，好嗎？」唐・羅倫貝爾驚魂未定的說。

「哦！我只不過是被一隻大老鼠嚇到，然後不小心跌倒，如此而已，不用大驚小怪啦！」保羅・畢格羅笑說。

「那我們所聽到的尖叫聲，又是從哪裡傳出來的呢？」傑西・史考特說。

「我看我們還是回到一樓，也許樓下有人發生事情，正需要我們幫助。」威爾森・泰勒說。

「那我們一定要一起下樓，千萬不要分開，好嗎？」唐・羅倫貝爾說。

「好啦！好啦！真是膽小……」保羅・畢格羅小聲嘀咕說。

「你說什麼？」唐・羅倫貝爾生氣的說。

「好了，我們走吧！」傑西．史考特說：「保羅，不要再惹事生非了。」

他們順著鐘塔樓梯回到了一樓，卻發現一樓竟然沒有半個人留在這裡，他們的心情變得更加緊張，於是他們在一樓到處尋找，依舊沒有發現人的蹤影，直到傑西．史考特聽到二樓平台上，有人說話的聲音，他們一起上樓察看，發現所有的人都聚集在此，臉色看起來非常的不對勁。

三位千金小姐在一旁表情沉重，且頻頻的拭淚，看到他們走過來了，卻是一副有口難言的樣子，佛西斯．道森似乎受到很大的驚嚇，雙手交疊並且無意識的緊抓著手臂，身子微微的發抖，喬．畢克則別過頭去，好像拒絕看什麼東西的樣子，琳達則站在大型展示櫃前，正在盯著什麼東西看，她慢慢回過頭來看著他們，眼上彷彿還帶著恐懼的淚光。

「琳達，我們剛才在樓上有聽到叫聲，發生什麼事了？」唐．羅倫貝爾問說。

「我爸在哪裡？你們怎麼都不說話了？快點告訴我呀！」保羅．畢格羅非常激動的說。

琳達緩慢的離開大型展示櫃，四個人當場被眼前的景象給嚇傻，只見地上流滿鮮血，展示櫃中露出了一雙人腿，上半身包含左手，全都被卡在展示櫃中，不知道為什麼，強化玻璃將亨利．畢格羅的頭夾住，頸部險些被完全切斷，他雖然努力掙扎，甚至連原木的桌子上，都可看見用指甲抓出的痕跡，但因為動脈大量出血，不用多久的時間，便回天乏術，而這就是致命的死因。

「爸……，到底是誰做出這種事？我一定要將他碎屍萬段。」保羅．畢格羅號啕大哭的說。

現場的所有人，竟無人敢出聲說任何一句話，恐懼已經悄悄的降臨這裡，因為不知道對方的想法，所以感到陌生且害怕，沉默讓彼此感覺孤立無援，認為再也無法相信任何人，腦袋中除了求生的意識，其餘的都完全不剩，人性的最後一道牆，就快要被衝破了，而理性則是最後的一道防線。

「大家請冷靜，現在既然我們都在現場，我建議先不要搬動屍體，然後我們將調查結果統整，看看是否可能有外來人士涉入，或是有任何可疑的地方，這樣我們才能瞭解現在該如何行動。」琳達說。

「我同意艾菲爾小姐的說法，那麼我想先由調查一樓的人開始說明，然後在依序往上，各位一定要將所發現的任何可疑的事項，跟大家說明白，讓我們能很快的理出頭緒來。」唐・羅倫貝爾說。

「我調查一樓，並沒有發現任何出入口，甚至連廁所也沒有窗戶，只有利用抽風機來維持空氣流通，但是抽風機的通風口很小，一般人不可能進出。」琳達說：「而且防火設備並無連線功能，所以無法藉由警報系統來脫困。」

「那麼三位小姐，妳們有所發現嗎？」唐・羅倫貝爾問說。

「我們三個一直都待在大門口，在那裡並沒有任何的發現。」瑪格麗特・狄更斯・道森說。

「對了，我在畢格羅先生身上找到一張紙條，這張紙條跟之前一樣，被寫上了符號。」琳達把紙條拿給唐・羅倫貝爾，然後對著大家說。

「嗯，這次的符文是ᚢ Uruz，字面上的意思是古代野牛，跟之前的紙條有何關聯呢？」唐・羅倫貝爾思考著說。

「線索完全連不起來，不知道這到底有何用意？」琳達說。

「先保留起來，也許之後會有用處，也說不一定。」唐・羅倫貝爾將紙條遞給琳達然後說：

「那麼，接下來換二、三樓，道森先生您有調查到什麼嗎？」

「沒有。」佛西斯・道森斬釘截鐵的說。

「那麼你知道為什麼，亨利・畢格羅他會卡在展示櫃中？難道你們並沒有在一起調查嗎？」唐・羅倫貝爾問說。

「事實上，我們本來是在五樓，因為聽大亨利說五樓有可能的出入口，但是經過調查後，並沒有任何的發現，然後大亨利自己一人離開五樓，之後我跟道森先生就一直待在五樓，沒有下去過。」喬・畢克說。

「這麼說你們並沒有調查二、三樓？」琳達問說。

「是的。」喬・畢克說。

「我跟傑西調查四樓警衛室和電源室，沒有找到存放的手機，所有的通訊及監視設備並沒有任何用處，也沒有看到任何的出入口，當傑西在調查電源室時，發現校長的屍體憑空不見了，然後調查結束後，我們就到四樓的樓梯口，等著跟保羅他們會合。」唐・羅倫貝爾說。

「我發現備用電源已經快耗盡，大約只剩下大約三或四小時的時間。」傑西・史考特說。

「這就表示，我們得要在三小時內設法離開此地，否則只能待在黑暗之中，到時就更難保護個人安全了。」琳達說。

「沒有錯，這是當前非常棘手的問題。」傑西・史考特說。

「有沒有其他的替代電源？」威爾森・泰勒問說。

「如果你這個工作人員都不知道，我們哪裡可能會知道呢？」艾咪・坎貝爾有些不爽的說。

「對這裡最瞭解的人，前校長和畢格羅先生都死了，其他人想必都是第一次來到這裡，我想兇手最先把他們殺害，就是為了不讓我們輕易離開此地。」琳達有些害怕的說。

「嗯，那服務人員，你在資料室有發現什麼嗎？」唐・羅倫貝爾問說。

「不要再叫我服務人員了，我的名字是威爾森・泰勒。」威爾森・泰勒說：「我在資料室發現門鎖早已被人破壞，資料散落一地，大略的調查後，並沒有什麼有用的資料，只有跟西澤大學有關的文件而已。」

「後來我們聽到尖叫聲後，四個人就一起回到一樓，然後才到達樓中樓這裡。」唐・羅倫貝爾說。

「那麼你們都確認彼此沒有離開嗎？」琳達問說。

「保羅・畢格羅，他有離開大約半個小時，後來我們是在四樓廁所發現他，然後才離開四樓到這裡來。」威爾森・泰勒說。

「你們問這是什麼意思，難道你是在懷疑我親手殺了我爸，是嗎？」保羅・畢格羅敏感的大叫說。

「冷靜點，我們只是在討論而已，並沒有人認為是你幹的啊！」琳達說。

「你叫我如何冷靜下來，我爸已經被兇手，用殘酷的方式殺害，要我怎麼相信，你們所說的話是不是真的？」保羅・畢格羅說：「妳的位置離這裡那麼近，也有可能是妳幹的。」

「雖然我是第一個發現屍體的人，但是不代表我有嫌疑啊！」琳達說。

「有人可以證明，妳一直待在一樓？」保羅・畢格羅問說。

「道森小姐她們可以證明。」琳達說。

「剛開始艾菲爾小姐是跟我們在一起，但是後來她獨自去調查的時候，我們就完全不知道她在哪裡。」瑪格麗特・狄更斯・道森說。

「那妳是不是也就有嫌疑呢？」保羅・畢格羅說。

「我知道你現在很難過，但話是不可以亂說，更何況我跟他只見過幾次面，根本就不是很熟，也沒有任何的利益關係，根本沒有理由會做出這種事來。」琳達說。

「好了，別亂猜測了，我們應該繼續調查二樓和三樓，現在只有哪裡沒有被調查過。」唐・羅倫貝爾說。

「對了，一開始在放映室發現的那具女屍，不知道還在不在原處，有必要去檢查看看。」琳達說。

「那麼，這次我建議大家一起去調查，不要有任何人落單，好嗎？」唐・羅倫貝爾說。

「之前就是聽你的建議，說什麼要分開行動，結果畢格羅先生無辜慘死，我說什麼也不會再相信你了。」艾咪・坎貝爾說。

「老師，對不起，我現在只想留在一樓，那裡比較安全。」瑪格麗特・狄更斯・道森用一種奇怪的神情看著唐・羅倫貝爾然後說。

「我也想待在一樓。」泰瑞莎・畢克說。

「我告訴你，我要留在這裡，別想再叫我去調查了。」保羅・畢格羅說。

最後只剩下唐・羅倫貝爾、傑西・史考特、威爾森・泰勒、琳達・艾菲爾四人願意去冒險，其他人全都決定待在一樓大廳，有些人打算藉由酒精，來麻醉恐懼的心情，有些人則完全癱軟在地上，似乎像是信心整個被擊潰。

他們正準備上樓，道森小姐就跟在傑西・史考特的背後，像是有什麼事情要對他說，然後在無預警之下，道森小姐突然一把抓住了傑西・史考特的手，於是其他三人就停下腳步，讓他們未婚夫妻有多一點時間說話。

「傑西，你一定要小心，不要讓我擔心，知道嗎？」瑪格麗特・狄更斯・道森關心的說。

「不用擔心，我馬上就會回來。」傑西・史考特說。

「你既然答應我了，就一定得要辦到哦！」瑪格麗特・狄更斯・道森說。

「我答應妳。」傑西・史考特說。

「道森小姐你放心，我們四個人一起調查，一定不會有問題。」唐・羅倫貝爾說。

「嗯。」瑪格麗特・狄更斯・道森看了唐・羅倫貝爾一眼，表情有些疑惑，然後就轉身離開。

「有人關心感覺真好，對吧，傑西。」唐・羅倫貝爾笑著說。

傑西沒有回答，只是笑著點了點頭，勉強的表現出同意唐・羅倫貝爾的看法，但是另一方面，他同時又催促其他人趕快前進，看他的這個行為，無意間就表現出，他好像不太喜歡其他人過問他的私事的樣子。

四人從鐘塔的螺旋梯上到三樓，直接先到一開始發現女屍的放映室，但是放映室裡幾乎完全漆黑，根本沒有辦法確實的察看，只能藉由門旁緊急電源的微弱燈光，在黑暗中慢慢的摸索。

「請問泰勒先生，難道你的身上連隻手電筒都沒有嗎？這算那門子的服務人員嘛！」唐・羅倫貝爾抱怨的說。

「我也是臨陣磨槍第一天上班而已，根本沒想到會發生這種事，我完全是遵照指示行事，請不要隨便怪罪於我好嗎？」威爾森・泰勒無奈的說。

「那到底是誰給你指示？」唐・羅倫貝爾問說。

「是市長所給的指示。」威爾森・泰勒說。

「提到市長，他今天根本就沒有出席，但是這次私人聚會，原本就是由市長主辦，真不禁令人起疑。」琳達說。

「市長不出席，卻連一個通知都沒有，真讓道森先生和我感到十分的難堪，畢竟現場來的人，多數都是沖著市長的面子而來，幸好大部分的來賓，並不介意。」傑西・史考特說。

「奇怪我明明記得是在第一排沒有錯呀！難道屍體真的消失不見了？」琳達說：「等一下，這張椅子底下好像有奇怪的刻痕。」

琳達在原本放置屍體的沙發椅下，無意間觸碰到一個不規則的刻痕，於是她馬上叫其他人過來，告訴他們她所發現的疑點，然後唐・羅倫貝爾把整張沙發椅墊給翻過來，果然看到了一個非常明顯的刻痕，而且上頭刻的文字也是古弗薩克文，琳達把之前在櫃台抽屜發現的座位表拿出來，將文字記錄在正確的位置上。

「這個刻印的符號，竟然和之前在女屍身上，所找到紙條中的符號完全相同，這就讓我懷疑，會不會在我們所坐的位子上，也會有類似的符號，我想我們應該好好的調查所有的座位，也許會找到一些線索。」琳達說。

「好吧！那我們分開尋找，一發現符號，就麻煩妳幫忙記下。」唐・羅倫貝爾說：「哎！看樣子我們可有得忙了。」

「放映室總共有九排八列，我們就一人分二排，多出來的一列由我負責，各位同意嗎？」威爾森・泰勒問說。

「好的，就這麼辦。」傑西・史考特說。

在調查的過程中，他們陸續找到各種符號，總計有二十四道刻痕，然而令人毛骨悚然的事實是，這恰巧就是現場來賓的總人數，也正好依照座位次序排列，這表示每個人的座位底下，都已有被兇手標記的痕跡，就像是死亡的預告書，幾乎是無人能置身事外，也不知道這災禍何時會降臨到自己身上。

「很明顯的，兇手就是想要將我們全部置於死地，但是這裡的大部分人，我並不熟識，為何我也是兇手謀殺的對象，難道真的是因為校園屠殺案的關係？但那跟校長和道森先生他們又有何關聯呢？」琳達疑惑的想著。

「真是奇怪，這些符號既重複又毫無關聯，到底兇手要表達的是什麼意思？」唐・羅倫貝爾說。

「我並不清楚這符號真正代表的是什麼，不過我想既然兇手刻意依照位置排列，那就表示這絕對不是兇手無意識的刻印，一定有特別隱藏的意義寫在上頭。」琳達說。

「這座位表是誰告訴你要如此安排的？可以請你告訴我嗎？」琳達慎重的詢問威爾森・泰勒說。

「聽說是市長的命令，我是從道森先生那裡接到正式公文書面規定，所以身為員工的我，當然就一定要遵守，這不是我可以決定的事情。」威爾森・泰勒緊張的說。

「我想我們調查完二、三樓後，勢必要好好詢問道森先生，他一定有隱瞞些什麼事情。」琳達說。

他們這行人又調查完三樓的倉庫和廁所後，就準備下樓繼續調查，琳達不斷的研究著那張座位表，想要參透其中的祕密，但還是沒有找到任何的線索，威爾森・泰勒則一直咬著自己的手指，一臉驚恐的表情，唐・羅倫貝爾在調查放映室之後，就再也沒有講過一句話，只是不斷的搓揉自己的雙手，好像是想盡力要讓自己感覺暖和一些。

傑西・史考特也是完全不說話，但與唐・羅倫貝爾不同的是，他反常的一直在流汗，明明室內已經沒有空調來平衡溫度，一般人照理來說應該會感覺到寒冷才對，琳達看到傑西・史考特現在的這種情形，就拿出自己的手帕給他擦汗，心想也許大家都慢慢感覺到，生命似乎正受到無形的威脅，才會出現這些無意識下的動作。

他們快要到達二樓之時，突然聽到某種玻璃製品被砸碎的聲音，他們頓時被迫停下腳步，四人很有默契的互相對望，皆露出非常不安的神情，他們小心翼翼但速度很快的來到二樓樓梯口，但是就僅止於此，沒有人敢先行前進一步。

「畢格羅先生就是在二樓遇害，接下來我們一定要更加的謹慎，我們先計畫，然後再行動。」唐・羅倫貝爾非常小聲的說。

「我覺得剛才的聲音是從經理室傳出來。」威爾森・泰勒猜測說。

「但也有可能的從廁所傳出，萬一剛才的聲音是兇手弄的，如果我們一起調查，一旦我們猜錯地方，就可能會使犯人逃脫，我認為同時調查兩地，才能發揮防堵的效果。」琳達儘量降低音量的說。

「嗯，不過，如果真的發現到可疑之人，一定要發出聲音讓其他人知道，然後只要一聽到聲音，就要馬上前來會合協助，才不會發生危險。」唐・羅倫貝爾說：「那麼就兩人兩一組，我跟泰勒先生一組，傑西你就跟琳達同一組，這樣子的安排可以嗎？」

「既然你都這麼決定了，我當然會照辦。」傑西・史考特說。

「我沒有任何意見。」威爾森・泰勒說。

「就這麼辦，那我跟史考特先生就選擇調查經理室，你們就調查廁所，好嗎？」琳達問說。

「沒問題，那麼我們出發吧！」唐．羅倫貝爾小聲的說。

傑西．史考特一副保護者的姿態，看起來十分有自信的走在前面，沒有一點猶豫也沒有拐彎抹角，筆直的走向經理室，然後他隔著門上的其中一片玻璃框，小心又快速的察看房內一眼，當他覺得好像沒有太大的什麼問題時，便率先開啟經理室的大門進入房內，琳達則是不斷注意著身後的情況，擔心有人會在背後暗算，這又是一個看太多恐怖電影的後遺症。

「艾菲爾小姐，請妳跟在我的後頭一同調查，千萬不要自己行動。」傑西．史考特說。

「好的，況且看到剛才的情況，我說什麼也不敢輕易單獨行動。」琳達說。

「這樣最好，否則我就會不好交代了。」傑西．史考特說。

「這是什麼意思？」琳達問說。

「沒有什麼意思，我只是在自言自語罷了。」傑西．史考特說。

「不過，這辦公室倒是設計的十分雅致，而且這坪數也真夠大，看樣子大約有二十坪左右，我相信一定很多人搶著要坐上著個位子吧？」琳達說。

「這我就不知道。」傑西．史考特邊調查邊說。

在經理室裡，擺放各種高級家家具，清一色都是原木所製，空氣中還有一股淡淡的木頭香味，他們將櫃子和可能存放東西的地方，全都檢查完備，但是裡頭並沒有存放任何物品，看起來是空無一物，應該是不可能有人躲藏在此。

不過在辦公桌後的鑲嵌彩色玻璃屏風，倒是有一大塊破損的地方，像是受到極大的外力造成，玻璃散落到辦公桌上，兩人在這裡仔細的檢查，但仍然找不到任何的線索。

同一時間，唐・羅倫貝爾及威爾森・泰勒也正在廁所調查中，不過在他們兩人的舉止之中，似乎瀰漫著一股不尋常氣氛，他們只自顧自的調查，並沒有說上半句話，尤其是唐・羅倫貝爾，他更是不斷的向威爾森・泰勒投射出怪異的眼神，讓威爾森・泰勒覺得渾身不對勁，但是兩人依舊在沉默中，沒有人願意先主動與對方說話。

「我想問你一句話，請你老實的告訴我，當時電源熄滅之時，你人是身在何處？」唐・羅倫貝爾首先打破沉默說：「還有，你不是說你把手機沒收在警衛室的抽屜中，但是為什麼它會不翼而飛呢？」

「這明明就不止一句話，先生，你的數學有問題哦！」威爾森・泰勒說。

「別耍嘴皮子，難道你心裡有鬼？」唐・羅倫貝爾說。

「我知道你一開始就在懷疑我，何必故意找我問話？但是非常抱歉，我並不是兇手。」威爾森・泰勒說。

「你有什麼證據，可以證明你不是兇手？當所有的人待在放映室，只有你可以自由行動，所以你絕對是有嫌疑。」唐・羅倫貝爾說。

「但是你能保證所有人都是待在座位上嗎？放映室裡一片漆黑，就連在一旁等待的我，都無法完全掌握人們的動向，而你能掌握嗎？」威爾森・泰勒說：「況且我一直待在放映室門外，直到影片快要播完時，我才準備讓其他服務人員離去，因為我知道接下來的晚宴內容，必需要讓其他閒雜人等迴避，這麼做不對嗎？」

「就算再短的時間，還是有可能破壞，更何況你說放映室裡一片漆黑，那麼很有可能就是你將屍體放置於此。」唐・羅倫貝爾說。

「就算我真的將屍體放置於放映室，但我明明就跟你們一起調查四樓，怎麼有時間去殺死畢格羅先生？」威爾森・泰勒說。

「哈哈，我就知道你會這麼說，誰真正看見你跟保羅・畢格羅一起調查，而且保羅・畢格羅他不是有一段時間跟你分離嗎？誰能給你不在場證明呢？」唐・羅倫貝爾說。

「我跟他無怨仇，沒有理由殺他呀！」威爾森・泰勒緊張的說。

「理由，我想只有你自己才知道吧！」唐・羅倫貝爾說。

「那你有證據可以證明我有犯罪嗎？」威爾森・泰勒氣憤的問說。

「證據，等到我們離開這裡之後，自然會找到證據。」唐・羅倫貝爾說。

威爾森・泰勒別過身，再也不回答唐・羅倫貝爾的任何問話，因為他覺得講再多話，無法改變任何事情，也沒辦法證明什麼，但是唐・羅倫貝爾看到這個情形，更加的確定威爾森・泰勒就是殺人兇手。

「喂……，我們發現……，快過來……。」傑西・史考特從遠方呼叫著。

「你聽到了嗎？」威爾森・泰勒問說。

「應該是要我們過去支援，別想趁機落跑，我會牢牢的看緊你，所以你就放棄這個念頭吧！」唐・羅倫貝爾說。

「隨便你怎麼說。」威爾森・泰勒連看都不看對方說。

唐・羅倫貝爾就像警察要逮捕犯人般，硬推著威爾森・泰勒，催促他快點前進，威爾森・泰勒被對方的行為逼得就快要被激怒了，整張臉紅得不像話，用極度生氣的表情，反應出內心的怨恨，但完全改變不了當下的情況，唐・羅倫貝爾用力的反扣住威爾森・泰勒的雙手，不管對方是否不斷的在掙扎，就把他拖到經理室之中。

「奇怪，他們人呢？」唐・羅倫貝爾說。

「快放開我，我警告你，你這個愚蠢的教授，我根本就不是兇手，為什麼你都不相信我？」威爾森・泰勒說。

「安靜，你沒有發現他們不見了嗎？」唐・羅倫貝爾說。

「那就放開我，我會幫忙調查，我保證絕對不會逃跑。」威爾森・泰勒說。

「你要我怎麼相信你？我早就知道是你幹的，因為……，算了……，沒有什麼好說的。」唐・羅倫貝爾說。

「你看，屏風後面開了道門，也許他們就在門裡頭。」威爾森・泰勒指著辦公桌的方向說。

唐・羅倫貝爾推著威爾森・泰勒前進，發現在屏風後居然有道暗門，而這道門完全被人開啟，從裡透出微弱的光，竟是從牆上的油燈所散發而出，然後兩人一同走下階梯進入密室之中，只見身旁有大大小小的木箱，全都整齊的排列，唐・羅倫貝爾好奇的打開來看，發現裡面存放了許多的高級酒，原來這裡是座小型的藏酒窖，裡頭的設備看起來相當的老舊，到處可見灰塵遍佈，推測可能是先人所設計，直到現在才被他人發現，畢竟這是有百年歷史的鐘樓，有這種密室，應該也不算太奇怪。

他們走到密室的最深處，終於看到琳達・艾菲爾及傑西・史考特的身影。

「艾菲爾小姐，你們有什麼發現嗎？」唐・羅倫貝爾問說。

「我們找到這間密室。」琳達說。

琳達觀察這個房間，察覺出不尋常的情形，並為此感到疑惑，她發現此房間內沒有任何可通風的窗戶，但是這裡的空氣竟然一點都不混濁，並足以讓此密閉空間長時間不致產生沼氣，她嘗試敲打著密室內的牆壁，果然在房間最後方的牆角邊，找到了幾個不自然的長條裂縫，經過幾番的思索及琢磨，琳達用力的推動石牆，沒想到石牆居然輕易便開啟，原來這竟是一道密門，並且直接通往一樓。

其他人一臉驚訝的靠過來，完全不敢相信眼前的景象，個個瞠目結舌。最後他們決定，還是先將威爾森・泰勒留在一樓。

11

待在一樓，身受死亡威脅的人們，經過幾個小時的折騰，每個人都被嚇壞了，開始在吧台附近尋找酒類來壓驚，他們將所有高級的香檳都打開，想要借由酒精來麻醉自己，尤其是三位姊妹淘，更是胡亂的猛灌，甚至開始邊吵鬧還胡言亂語，但沒人有心情上前阻止，直到她們突然安靜下來，全身癱軟倒臥在地上，眾人才驚覺不妙。

這時在樓上調查的人們，也正好從密室出來，目睹這一切，趕緊上前幫忙，發現其中兩位當場氣絕身亡，但奇怪的是，從她們面色看起來，未免太過紅潤，身體還散發出淡淡的果香，完全不像是酒精中毒，唯有瑪格麗特・狄更斯・道森尚有一絲氣息，只不過她卻像是陷入重度昏迷一般，怎樣叫喚都無法甦醒。

保羅・畢格羅他蹲在泰瑞莎・畢克身旁，雙手掩蓋住一整張臉，淚水不斷從指縫中流出，佛西斯・道森則看著寶貝女兒，忍不住痛哭失聲，琳達上前小心的檢視，但在她們的身上看不到任何的外傷，有點像是突然的猝死，且她們身上並沒有任何的紙條，跟之前發生的情形完全不同，著實令人感到加倍的恐懼，這來無影去無蹤的殺手。

「她們之前有任何不尋常的舉動嗎？還是她們有接觸到什麼東西？」琳達詢問佛西斯・道森說。

「沒有呀！她們一直都待在一樓，哪都沒去呀！」佛西斯哽咽的說：「她們突然一起倒下，立刻就沒有呼吸，連急救都來不及。我的女兒，妳可要好好的撐下去啊！」

「她們剛才開了一瓶香檳來喝，會不會是這香檳有問題？」保羅・畢格羅流淚的說。

「這香檳我也有喝，為什麼我卻沒事呢？」佛西斯・道森說。

「那就表示並不是酒有問題，一定有其他的原因。」琳達說。

「我想起來了，她們剛才好像有去一趟廁所，難道是廁所裡頭有問題？」保羅・畢格羅說。

「可能性不大，因為我之前就已經仔細的檢查過廁所，如果裡頭真有問題，我應該也會遭殃。」琳達說：「更何況誰會進入廁所，是不可能事先被預設，除非兇手是隨機犯案。」

「到底會是誰幹的？我最愛的兩個人都被殺死了，我發誓，我一定要親手把他宰了。」保羅・畢格羅憤怒的說。

「我想現在我們什麼東西都不要輕易去碰觸，否則一不小心就會中了兇手所設下的陷阱。」傑西・史考特說。

「保羅，不要擔心，我們一定會找到誰是真凶的證據，這只是時間上的問題。」傑西・史考特說：「只不過我認為，為了保險起見，我們乾脆就把可疑的人，先集中在一個房間關起來，留一人在門外看守，這樣既能自由活動也能自保，也許等到天亮，一切就會有結果了。」

「那麼我們就把威爾森・泰勒關在一樓廁所裡，然後其他人則再一次找尋出口，不過一定要有人留下來看守，並且保護好道森小姐，但是要由誰看守呢？」唐・羅倫貝爾問說。

「就讓我來看守，好嗎？因為這樣，我才能夠好好的照顧瑪格麗特。」傑西・史考特說。

「她是我的女兒，應該由我來照顧才對。」佛西斯・道森說。

「理當如此，但您待在這裡實在危險，還是跟大家在一起比較安全，這是身為女婿應該做的事。」傑西・史考特說。

佛西斯・道森感動到無話可說，頻頻點頭表現出內心的感激，並且輕輕的拍著女婿的肩膀，給予他小小的支持，雖然他強烈的壓抑住情緒，沒有多做出其他的表情，可是眼神是不會說謊，用不著言語，且早已透露出他的真意。

唐・羅倫貝爾和保羅・畢格羅把一張沈重的木桌自遠處搬來，琳達又再一次檢查一樓廁所，依然沒有發現任何的異狀，待傑西・史考特把威爾森・泰勒關入廁所之中，而後三位男士將桌子翻過來擋在門外，讓可疑人士無法隨意行動，所有人也因此感到安心，並鬆了一口氣。

「傑西，就請你幫忙看守，我們會花一些時間調查鐘塔五樓，調查結束後，馬上就回來。」唐・羅倫貝爾說。

「不用擔心，我會好好看守。」傑西・史考特說。

傑西・史考特溫柔的將瑪格麗特・狄更斯・道森抱在懷裡，但瑪格麗特・狄更斯・道森還是動也不動，雙手癱軟垂在地上，她銀色的手環因而碰觸到地面，發出清脆的聲響，這一幕令在場所有人感到難過，保羅・畢格羅他更是再度紅了眼眶，但是他強忍住落淚的衝動，刻意把頭別過去，眼睛還是忍不住，往女友倒下的方向看了一眼，但卻裝做什麼都沒有看到。

「等一下，你們有看到畢克先生嗎？」琳達看了看所有人，突然問說。

「沒有，奇怪他剛才還跟我們在一起。」保羅・畢格羅說。

「讓他單獨一人實在太危險，我們一定要快點找到畢克先生，確保他沒有發生任何問題。」唐・羅倫貝爾說。

四人離開一樓，到各個樓層尋找畢克先生的下落，但唯獨樓中樓沒人敢再去調查外，幾乎所有的地方都已查遍，但是仍然找不到畢克先生的蹤影，所有人心情也變得格外的緊繃，正因為他們的思緒完全被死亡所打亂，既不知道他是否遇害，還是他已經找到出口，或是他就是兇手，人們心中不斷的猜測著，而對此感到特別擔心的正是琳達本人，她完全無法信任其他人，不但全身肌肉僵硬的握緊拳頭，一副隨時可以出擊的樣子，且全神貫注的觀察人們的動態，深怕一個不留神，她也可能命喪黃泉。

保羅・畢格羅灰心的坐在地上，似乎哪裡都不想去，只想待在這裡等死，全無一點求生的意識，佛西斯・道森則是兩眼無神的盯著地板，臉上竟有一絲的冷笑，琳達看到此景，雞皮疙瘩全都站了起來，默默的遠離其他人，走到樓梯旁邊。

「難道我們真的就要完蛋了嗎？真的連一點希望都沒有了嗎？」唐・羅倫貝爾說。

「你閉嘴，都是你的爛主意，我們一開始如果待在一起，就不會發生這些事情了。」保羅・畢格羅說：「現在我們死定了，你高興了嗎？」

「難道都是我害的嗎？要不是誰辦了這場死亡宴會，我們才不會被困在這種地方。」唐・羅倫貝爾說話完全不經大腦的說。

「不要再說了，你看道森先生的表情，他已經快要撐不下去了。」琳達小聲的對著唐・羅倫貝爾說。

「他不但害我失去了工作，又害我們被關在這裡，我還需要對他仁慈嗎？」唐・羅倫貝爾故意大聲的說。

「他的女兒才剛受到重傷，你就別再說這些不必要的話了。」琳達依然小聲的說。

琳達才剛剛講完話，道森先生就目露凶光，在大家都沒預警的情況下狂奔過來，一把就抓住了唐・羅倫貝爾的脖子，並且狠狠的把他推向樓梯，想要致他於死地，道森先生的力氣之大，就連唐・羅倫貝爾身上的金色項鍊都被扯出，瞬間斷落在地上，情況一下子變得相當的危急。

眼看兩人就快要摔下去時，唐・羅倫貝爾快速扳開道森先生的手，然後一個閃身就脫困，並且轉身來到道森先生的背後，沒有想到事情發生的太快，就在這個時候，道森先生反而因為重心不穩，竟然就從樓梯上重重的摔下去，所有人連忙伸手想要拉住他，但最後還是來不及阻擋，只能眼睜睜的看著他跌落。

唐・羅倫貝爾一開始只不過是無心的抱怨，怎麼也沒想到會造成這個結果，他當場嚇到臉色發白，然後跟著琳達一起快步跑到樓下，察看道森先生的情況，心中不斷的祈禱著，希望道森先生不會有事，然後暗自咒罵自己，怎麼會讓事情變得那麼糟糕。

佛西斯・道森動也不動面部朝下的倒在地上，牆面上還留有磨擦過的血痕，令人看得觸目驚心，琳達小心的把道森先生翻過身來，此時，血液從被磨破的西裝內滲透出來，他的肩膀受了很嚴重的撞擊，骨頭直接刺穿皮膚，頭部也有些微的瘀血，就表層的傷勢看來，道森先生受得傷並不輕，但是性命總算是保住了，還有微弱的意識。

唐・羅倫貝爾看到他還活著，心情就在這短短的一秒內，便脫離了過失殺人的陰影，他用充滿歉疚的表情看著道森先生，盡力的幫道森先生止血，道森先生卻用極度不屑的眼神瞪著唐・羅倫貝爾，如果眼神可以殺人的話，唐・羅倫貝爾一定已經死了上百次、上千次，但可憐的他，現下卻說不出任何話來，只能任由旁人處置。

「該怎麼辦？要移動他，還是就讓他躺在這裡？」唐・羅倫貝爾問說。

「我認為他並沒有傷到脊椎，應該可以移動他，不過還是要注意他的頭部，避免二次傷害。」琳達說。

「那麼我們就扶道森先生至警衛室，我記得那裡有張長沙發，他待在那裡，應該會比較躺在這裡舒服。」唐・羅倫貝爾說。

「我力氣比較大，就讓我來幫忙吧！」保羅・畢格羅說：「我扶住他的左手邊，教授你就扶住他的右手邊，好嗎？」

「好的，我數到三後，就一口氣把道森先生抬起來。」唐・羅倫貝爾說：「一、二、三……。」

費了九牛二虎之力，終於將道森先生安置在警衛室之中，兩人累得索性就直接坐在地上，大把大把的汗珠從他們的臉上滑落，再也沒有力氣去做其他的事情，道森先生經過這一番折騰，早就痛到昏厥過去，在這樣的情況之下，沒有人有額外的能力，去思考另外一件的事情，以致於過了許久竟無人發現，琳達早已失去蹤影，且至始至終她並未跟在他們的背後，不知身在何方。

12

西澤市警察總局除了少數幾位執班員警外，其他人老早就已經下班，有些人趕著回家吃老婆煮的菜，與妻兒們共享天倫之樂，單身的王老五則是成群泡在酒吧裡，把一整天的不愉快，全都澈底的發洩出來，但是當我們仔細的觀察，卻發現在晚上十二點後，竟然還有人仍待在警局裡，當然不包括被拘留的罪犯，他們是網路犯罪偵察小組的成員，正在不眠不休的工作，其中最勞累的人，就屬已經長達二天沒有入睡的ＦＢＩ幹員比利・羅斯。

比利・羅斯再度被高得像山的資料包圍，卻依舊面不改色仔細閱讀所有的文件，不用很久的時間，資料漸漸的減少，最後終於將桌上的文件完整過目一遍，並且將重點記錄在筆記之中，雖然上頭所記錄的訊息，看起來全都是彼此毫無關聯的線索，但是當他將筆記的次序來回的調整，竟然慢慢從中找到接近問題的解答，可是並不足以成為證據，似乎少了什麼關鍵，比利・羅斯為此感到相當的頭痛，只能反覆的翻閱手中的筆記，尋找消失的連結點。

「這個奧丁股份有限公司，刻意將公司設在英屬維京群島境內，只要設所謂的法定地址，就算沒有實際營業，也可以成立一家公司，且投資時間很短，公司經營的時間，竟然還不到二年，卻能夠得到大型建案的投標權，很明顯就是一家人頭公司。」比利・羅斯心想：「但是幕後的操作人到底是誰？難道真的跟市府人員有關？我想也許大家都有份，只差在涉案的輕重與否。」

「道森建設公司和畢克服飾的資金流向十分混亂，有許多無法損益兩平的地方，不管公司在業務上需要採購再多的物品，也不至於讓兩間極有實力上櫃公司，竟然連續幾年獲利負成長，這些資金的空洞，未免也太大了，讓人不禁懷疑是否有故意掏空公司的嫌疑。」比利・羅斯腦袋裡不斷的推想。

「但是，這跟西澤大學校園屠殺案，及前市長涉及貪瀆案，卻有著非常巧妙的連結，在時間點上算得真的太剛好了，好到讓人覺得就像是有人刻意安排一般。」比利・羅斯微微的抬起頭來，眼睛直盯著天花板，陷入了沉思之中。

在這個時候，王安迪拖著沉重的步伐，頂著兩個大大的熊貓眼，來到比利・羅斯所在的臨時辦公室，從他的臉色看來，充滿著無奈的神情，手裡又捧著一疊資料，勉強用另一隻手禮貌性的敲門。

「長官，抱歉打擾你，最後的資料都已經整理完成，全部放在我手上這個資料夾中，請過目。」王安迪說。

「謝謝你，我相信你應該也累壞了，先回家休息吧！明天才有體力可以再繼續努力。」比利・羅斯說。

「……。」王安迪低頭不語。

「還有什麼事嗎？怎麼不說話呢？」比利・羅斯問說。

「找到了……。」王安迪吞吞吐吐的說。

「找到什麼了？你就直說吧！」比利・羅斯說。

「真是難以啟齒，這麼難堪的事情，真的很難說出口。」王安迪說。

「沒關係，你就告訴我吧！」比利・羅斯說。

「你要我調查那個網址的使用者ＩＰ，結果已經出來了，找到是誰傳出訊息，也知道切確的發訊位置。」王安迪說。

「難道，傳訊息的人就是警局裡的人？」比利・羅斯驚訝的問說。

「算是半個警局裡的人，因為那個人之前還是實習生，令人難以接受的事實是，他還是網路犯罪偵察小組的成員。」王安迪說。

「所有的成員我應該都已經認識，你講的到底是那一位呢？」比利・羅斯說：「你不用顧慮太多，就直接說下去吧！」

「其實那個人你並不認識，他已經很久都沒有出現，雖然那個人並沒有警察的執照，但因為他是局長的姪子，所以一直以來，他都有所謂的特權，可以進出此地，還有專屬的電腦設備，然而局長會這麼做，為的就是想要好好的栽培他，真沒想到竟然會發生這種情形。」王安迪氣憤的說。

「你口中的那個人，到底是誰？」比利・羅斯問說。
「他的名字是威爾森・泰勒。」王安迪說。
「關於他的資訊及近況，可否告知於我？」比利・羅斯問說。
「我跟組員們已經好久沒有見過他，完全不知道他現在的近況，直到上週日，我到教堂做禮拜的時候，有跟他說過話，這時才得知他已經找到其他的工作，如果我記得沒錯，他好像是在西澤大學紀念館當服務人員。」王安迪說。
「西澤大學紀念館？糟糕，那不就是今天舉辦晚宴的地方嗎？琳達會不會有危險？」比利・羅斯心裡焦急的想著。
「這是他近年來所有的網路通聯記錄，我相信對調查一定會有幫助。」王安迪說。
「謝謝你，我的確需要這個資料。」比利・羅斯說。
王安迪將幾張文件交到比利・羅斯的手上，才又拖著沉重的身體，離開臨時辦公室，比利・羅斯接過資料之後，就迅速的將它掃過一遍，但不知為什麼，他的眉頭突然糾結起來，似乎有件事正在困擾著他，他隨及走向離他最近的一部電腦，神情謹慎的就像是在查閱什麼重要資訊，然後當他調查完畢後，就立刻將擱在椅背的大衣穿上，心急如焚的往外跑，火速開車前往西澤大學紀念館。

13

琳達失神看著地上斷裂的金項鍊，記憶突然間全部湧現，她想起西澤大學校園屠殺案兇手身上的別針，兩者的圖案竟然完全一模一樣，更令人感到匪夷所思的事實是，琳達記得比利・羅斯曾給她看過他妹妹的親筆信，在信的最後所繪的插畫，居然就是同一圖案，他們三人到底有何牽連，這個巧合未免也太過詭異，不過就因為如此，也間接讓她明白，唐・羅倫貝爾與此案確實是有關聯，他會來到此地並不是意外。

她把項鍊放入皮包中，因為她認為這件物品是很重要的證物，需要好好的保管，然而在她的腦海裡，卻不斷回想事發之初到現在的所有情況，直覺好像有什麼奇怪的地方，自己並沒有發現出來，而且更讓她感到害怕的是，這個兇手似乎完全掌握所有人的行蹤，那些死亡的人幾乎都是在最適當的時機被殺，所謂最適當的時機，就是既不會被他人發現，且在完美設定的時間點內殺人，兇手竟能完全控制整體下手時間。

雖然看起來就像是隨機行動，但從每位受害者改變行為的時間點看起來，他們都是在極短的時間內改變行動，誰會知道人們下一步會做什麼，除非兇手是在身邊的人，如果不是那麼兇手到底是如何掌握的呢？

「到目前為止，有三個人身上有紙條，對照座位表卻是一點關連都沒有，那麼兇手為什麼要刻意將符文刻在所有人的座位上，難道是有另外的涵義？」琳達心想著：「在三位小姐身上的確找不到紙條，但是那些被困在電梯內的人，身上會不會也有紙條呢？」

琳達帶著一絲的疑惑，走到離所在位置最近的四樓電梯口，除了她一直想要知道電梯內的情況外，也想證實其他人調查的真實性，藉以瞭解更多事情的來龍去脈，她並沒有刻意尋找，但卻沒有想到，就在門旁極為明顯的地方，竟然刻有四個符文。

琳達心想為什麼其他人調查此地時，竟沒有將這個線索提出，正因為如此，琳達更加深有內賊的可能性，但是到底是誰呢？照大家的說辭看來，所有人應該都不是單獨行動，而且就算要單獨行動，一定會被其他人發現才對，那麼只能說兇手的動作十分的迅速，迅速到不會被別人察覺，還是這一切的線索只是個障眼法？

琳達仔細調查刻痕，覺得這字一定是用小型刀具所刻出來的，因為字體非常的細緻，且每字都只有大約三公分的大小，跟在放映室的刻痕相似，應該是同一人所為，並由此可知，兇手在很有自信不被發現的前提之下，非常從容的完成，而這些符文依次分別為ᚱ Raidho、ᛞ dagaz、ᛗ Ehwaz、ᚱ Raidho，其中有一個字是重複的，這又代表著什麼意思呢？

琳達把所有符文抄下後，馬上就又前往三樓的電梯口，心裡想著也許每道電梯門旁都被標上記號，為了著實的做確認，她認為這是有其必要的調查，絕對不能放過任何的可能性。

果不其然，琳達在三樓電梯口也發現了四個符文，上面所刻的符文是ᛗ Ehwaz、ᚱ Raidho、ᚱ Raidho、ᚢ Urua，令人感到非常奇怪的是，ᚱ Raidho和ᛗ Ehwaz兩字多次重複，不知兇手是何用意。

琳達將這些符文抄下來後，接下來則準備動身前往二樓調查，但是二樓的電梯口剛好正對著展覽間，也就是亨利・畢格羅慘死的地方，琳達雖然跑過大大小小的社會新聞，還是無法習慣這種恐怖的場面，但是為了解開符文之謎，只能鼓起勇氣走向展覽室。

通過經理室，然後到達二樓廁所前，琳達刻意放慢自己的腳步，因為再過去就是那可怕的目的地，有必要先穩定好情緒，才得以說服自己不要害怕，那即將呈現在眼前的景象，約莫過了幾分鐘的深呼吸運動之後，琳達以非常平靜的心情走過去，當她的眼睛往展示櫃方向看去時，亨利・畢格羅除了頭顱之外，下半身竟然不翼而飛。

玻璃櫃上還掛著大片死者的皮膚，就像是被人用力硬扯，然後瞬間斷裂所導致，因為形狀是如此的不規則，琳達好不容易忍住嘔吐的衝動緩慢走向前，大量的血跡部分早已乾燥呈現黑色污漬，但是除了此區域以外，卻看不到其他的血跡，照理來說，兇手要搬動屍體，應該會留下腳印或是滴落更多的血液，但是完全沒有任何的變動，屍體就憑空的消失，就和其他兩具屍體一樣，只不過這次卻把頭給留下來。

琳達用左手掩住口鼻，低下頭來仔細觀察屍體頭部以下的表面皮膚，看起來有些乾巴巴的，似乎就快要皺成一團，還發出令人噁心的味道，地面上則留有一些碎屑，琳達小心的拾起來看，卻不知道是什麼東西造成的，但她記得之前並沒有這個東西，如果有她不可能會視而不見。

花了許久的時間，琳達好不容易從血腥的環境跳脫出來，轉身到對面的電梯口，然而沒有些許的意外，這裡的牆面果然也刻有文字，這次的符文是ᚾ Nauthiz、ᛖ Enwaz、ᛁ Isa、ᛊ Sowilo共四字，琳達把符文都抄寫下後，便回頭再次走到經理室門外，但這次她直接走進去，找到較為舒適的位子後，就一屁股坐下去，她來回的翻動手中的座位表，以及上頭所註解的文字，思索整件事情的始末，及在場所有的人，盡力找尋事情的共通點，她現在知道如果要保命，不可能僅靠別人的保護，只有盡早將兇手揪出來，才有生存的機會。

「當面訊問，雖然很不安全，但是這是最快知道實情的方法，而且這次晚宴到場的人幾乎都跟市府團隊有關，所以非得要知道彼此之間的關係，否則很難找出，為何有人要致他們於死地的原因。」琳達心想著：「決定了，就算會遇到危險，也要幹下去，這才是身為一位好記者的做法，就是要以實際行動，來執行所有的任務。」

琳達努力為自己打氣，試圖將恐懼的心情給掩飾住，不再去想一些負面的事情，因為她非常的瞭解自己，如果將所有發生的一切當作是工作，任何事情都能夠迎刃而解，也不會輕易就被情緒給擊敗，這就是身為工作狂的好處，而且這也是她第一次覺得，擁有這樣的性格是件好事。

於是她決定先到一樓詢問傑西・史考特，因為他不但跟道森先生，以及幾位權貴人士走得很近，也應該常跟市政府的人員多有接觸，畢竟他是位律師，有許多的文件資料，都必須跟市政府接洽才能完成，所以他應該會知道不少的內幕消息，詢問他絕對是瞭解情況的捷徑。

琳達匆匆的離開經理室，順著鐘塔內的樓梯往下走，準備再次回到大廳時，情況似乎變得不對勁，她聽見幾聲巨大的聲響，從大廳那裡傳來，嚇得她連忙躲在樓梯後，等到聲音停止一段時間，她才鼓起勇氣走向大廳，此時大廳內沒有半個人影，但地上留有少許的血漬，琳達於是好奇的跟著血漬走，竟然發現傑西．史考特面部朝下倒在噴水池旁。

琳達用力的將他翻過身來，只見他的整張臉被砍得血肉模糊，頭髮也被血液染紅，僅能用身上的服裝來辨識他的身分，死狀相當的淒慘，琳達看到這個情形，忍不住悲痛的心情，大聲咒罵兇手的無情與殘忍，但再也挽不回傑西．史考特的性命。

她仔細檢查屍體，在他身上並沒有發現任何的紙條，也沒有任何可疑的線索，於是她開始把重心放在調查其他地方，她看到廁所的門被人從內破壞，原本用來擋住門的木桌子，倒反的橫躺在地上，並且明顯是缺了一角，看起來就像是有人拿重物攻擊所致，瑪格麗特．狄更斯．道森則消失了蹤影，就連原本放在地上的兩具女性屍體，現在也人間蒸發。

琳達拿起地上的碎木條，這原本是桌子的一隻腳，現在倒成為了防身的用具，她躡手躡腳的走進廁所，突然聽到咔啦的一聲，四周在瞬間變得一片漆黑，由此可知備用電源已被消耗殆盡，再也沒有任何的替代光線，可以對抗由外在入侵的黑暗，這下真的完了，在伸手不見五指的空間中，連走路都有困難，那要如何才能安全的躲過危險呢？更何況連兇手是誰都不知道，難道只能在黑暗中任人宰割嗎？

琳達不顧一切的往黑暗裡四處亂抓，並且慌張的不斷大喊，就在這個時候，她一不小心被自己的腳絆倒，竟然意外的讓她捉住了兇手的腿，雖然被她捉住的那個人，不斷來回抖動他的腳，想要將她給甩開，琳達還是死命不放手，一直到了最後，琳達被兇手用力的踢中頭部，她才放開緊捉不放的雙手，失去意識的倒在地上昏厥過去。

14

比利・羅斯終於趕到西澤大學紀念館，他站在停車場的正中央，朝著紀念館的方向看去，發現館內竟然完全沒有任何的燈光，但停車場內卻還有幾輛車停在這裡，在這些高級加長禮車中，還有音樂從裡頭傳出，可見司機仍待在車內，不過好像正準備要開車走人的樣子，車子已經開始在打方向燈，比利・羅斯連忙走過去，敲了敲車門想要向他們詢問一些問題。

「不好意思，請問一下，宴會已經結束了嗎？」比利・羅斯問說。

「是啊！真是拖得有久的，照理來說，老早就應該結束了，現在我正準備要離開。」司機緩慢的打開車窗，然後對著比利・羅斯說，那位司機明知道車子隔音設備做得很好，他說話後座根本無人會聽見，但卻刻意講話講得非常的小聲。

「我可以跟你的老闆談一下嗎？」比利・羅斯問說。

「他並不在車內，我接到電話通知，說他們已經離開這裡，移駕到別的地方去了，還叫我們這些司機不用再等他們。」司機說。

「哪是誰打電話通知你？」比利・羅斯問說。

「我沒有義務什麼事情都要跟你說，好嗎？現在就請你讓讓，我要開車了。」司機語氣不好的說。

「我是FBI的幹員，還請你配合說明。」比利・羅斯秀出他的證件，然後很熟練的說。

「說實在的，其實我真的聽不出來，到底是誰打的電話，因為我聽到電話那頭的聲音，好像來自於一位喝醉酒的人，說話顛三倒四的。」司機說：「不過知道這支電話號碼的人，只有老闆和他的家人，所以我認定，這絕對是老闆所下的命令，我當然要遵守。」

「原來是這樣，我知道了，謝謝你的配合，你可以離開了。」比利・羅斯說。

所有原本停在停車場的車，幾乎全部一起離開，只剩下比利・羅斯一人，留在這種偏僻的地方，帶有一點陰森的感覺，看起來非常的嚇人，尤其是四周完全沒有任何的光線，再加上這裡方圓百里，都因為市政府的住宅搬遷政策，使得此地都沒有住人，全部都是一大片空曠的工地，唯一的建築物，只有西澤大學紀念館矗立在此，格外讓人覺得十分的孤寂。

「難道所有人都離開了嗎？不對，總覺得好像有些不對勁，還是先調查，再下定論。」比利・羅斯心想。

比利・羅斯從後車廂拿出一隻手電筒，從容的走到西澤大學紀念館門口，他走近一看便發現大門早就上鎖，他嘗試要按一旁的電鈴，但是電鈴並沒有發出任何聲音，他只好隔著窗戶往裡頭察看，卻什麼都沒有看見。

「還是先聯絡琳達，確認她現在的位置。」比利・羅斯想著，然後離開大門，往落地玻璃窗旁空地走去，順手就把手電筒置於地面，從口袋裡拿出手機，開始打電話。

「不行，這裡完全收不到訊號。」比利・羅斯說。

比利・羅斯正準備彎下身子拿起地上的手電筒時，在手電筒微弱的光線引導下，他遠遠看見在館內似乎有人影，並且維持站姿直立在固定的位置，身體微微的顫動並不斷的搖晃著，看起來好像隨時都要倒下的樣子。

「你還好嗎？可以開門讓我進去嗎？你有聽到我說的話嗎？」比利・羅斯敲了敲玻璃窗，非常大聲的吆喝著，但裡面的人卻依然無動於衷。

「那個人看起來有些不對勁，得要過去探個究竟才行，但要如何才能進入館內？」比利・羅斯心想著。

於是他又再度來到大門口，他仔細的看著門上的電子鎖，研究要如何才能將門打開，此時，他發覺這個電子鎖的型號及大小，竟然跟警局內所使用的電子鎖相同，他嘗試著用自己身上所帶的電子卡片刷過，大門便應發出一個聲響，表示刷卡已成功，比利・羅斯大感意外，但是還需要通過指靜脈掃描，於是比利・羅斯就將他的手指放入感應器內，立刻出現資料不符的字樣，顯示在一旁的電子螢幕中，完全沒有辦法開門。

比利・羅斯本想乾脆用身上的配槍，把強力玻璃給打碎，這樣不就可以輕易的進入，但考慮現在狀況不明，最好還是不要貿然行事，否則這麼大的聲響，很可能會造成反效果，而且也有另一種情形會發生，就是將所有子彈打完，依然無法將門完全破壞，所以只能另尋他法。

比利・羅斯並不放棄任何的可能性，開始環繞著紀念館走，仔細的檢查每一吋牆壁，想要找到其他的入口，但除了大門之外，根本就沒有其他的地方可進去，連一扇對外的窗戶都沒有，可以說防衛措施做得相當好，不過在經過詳細的察看，就在鐘塔的後方，他發現有一個大型的方框，痕跡一直從高處到達地表，好像原來就是一扇門，只不過被人給封住了，他敲了敲凹凸不平的牆面，發出清脆的聲響，這也就顯示出，此處的牆壁厚度相當的薄，他心想也許可以從此進入，只不過需要花點時間，將牆面搗毀才行。

他快步的走回車旁，從後車廂內拿出工具箱，在裡面取出一只紅色的鐵鍬，這也是除了手槍之外，最佳的防身武器，比利．羅斯一手拿著鐵鍬，另一手則緊握住手電筒，他又再次回到鐘塔的後方，開始運用人類最原始的破壞力，去打擊那面牆，就像是跟它有深仇大恨般的不斷攻擊，然後不用多久的時間，牆面上就開了一個大洞，成為一個全新的入口。

一進入紀念館內，連考慮的時間都沒有，就直接往人影出現的方向走去，他用手電筒來回的找尋，果然在中央噴水池旁，他看到一位穿著全套卡其色西裝的高瘦男子背對著他，他立刻就朝著陌生人的方向走去，當他將視線轉到那個人正臉時，下意識舉起手上的鐵鍬當作防護，當他把光源對準那個人的臉部，立刻被難以形容的恐懼給襲擊，嚇得他當場將手電筒重重的摔在地上，原本些微的光線也就此消失，陷入黑暗與驚恐之中。

比利．羅斯慢慢的蹲下身來，把手上的鐵鍬輕輕的放在地下，利用空出來的雙手，在地上搜尋掉落的手電筒，冰冷的大理石地板，將他的雙手凍得直發抖，他還是不放棄，繼續擴大找尋的範圍，終於在噴水池邊的凹槽處找到了手電筒，他用力的按下按鈕，卻沒有任何的反應，檢查之後才發現，電池不知道被彈飛到何處，於是他又再次蹲下身來，忍著寒冷將手貼在地面上，過了好一會兒，才在一大灘水裡找到了電池，然後好不容易把電池正確放入，再度按下電源按鈕，燈光終於亮起，沒想到他的臉卻剛好就在那個人的正前方，他立刻又被眼前的景象給嚇出一身冷汗，但所幸這次手電筒沒有再掉落地面。

他所看到的人影，其實是一具屍體斜掛在噴水池中的雕像上，並且還在緩緩的搖晃，那個人的身上被利器刺了好幾個洞，血液流入整座水池，甚至還多到溢出來，原來他剛才到所觸摸的那一大灘水，就是屍體的血水，他嚇得立刻檢查起自己的雙手，果然也沾滿血水，他趕緊拿出手帕將血水擦拭去，但還是無法完全擦乾淨。

定了定神後，比利・羅斯將屍體垂下的頭給抬起來，為的是確認死者的身分，但是屍體的臉部被砍得面目全非，而無法靠此來辦識身分，於是他開始翻找屍體衣服上的口袋，發現一個皮夾和一小張寫著符文的紙條，打開皮夾找出死者的ＩＤ，結果發現死者是喬・畢克，那位時尚界的知名人物，竟然在此被殘殺身亡，但為何要將屍體以這種奇怪的方式擺放，不知有何其他的涵意？

「希望琳達不要有事。」比利・羅斯自言自語的說。

「你是誰？」唐・羅倫貝爾拿著打火機，不知從哪兒出現，然後對著比利・羅斯問說。

「我是ＦＢＩ幹員，我的名字是比利・羅斯，那你又是誰？」比利・羅斯立刻將右手伸入腰間緊握配槍，並且反問對方說。

「我的名字是唐・羅倫貝爾，是受邀參與這場晚宴的客人。」唐・羅倫貝爾一邊說一邊看著噴水池上的陰影。

「你認識不認識琳達・艾菲爾？她現在哪裡？」比利・羅斯問說。

「當然認識，我們剛才還在一起，但是我並不知道她現在何方。」唐・羅倫貝爾說。

「她還待在這棟建築物裡，是嗎？」比利・羅斯問說。

「就我所知，所有人都沒辦法離開此地，所以她應該也不例外。」唐・羅倫貝爾說：「那麼，你是怎麼進來這裡的？」

「我把牆壁鑿開一個洞，就在螺旋梯的後面。」比利・羅斯說：「那麼其他人呢？他們在哪裡？」

「大部分的人都死了，我所知道那些還活著的人，幾乎都待在四樓警衛室。」唐・羅倫貝爾慢慢接近的說。

「那麼就請你幫忙帶路，我們一起請他們先下樓來，再幫助他們離開此地。」比利・羅斯說。

「等一下，那是什麼？」唐・羅倫貝爾站在噴水池邊，指著屍體且失控大聲的說：「天呀！原來你就是兇手，離我遠一點！」

唐・羅倫貝爾看到眼前的慘狀，不自覺的倒退三步，當他轉頭要跟比利・羅斯對話時，卻發現對方的手上沾滿血跡，還有一把鐵鍬掉在地上，看起來就像是凶器，他更是當場嚇得驚慌失措，立刻調頭狂奔到樓上去，很快就消失在黑暗之中，比利・羅斯還來不及澄清真相，只能留到事後再去做解釋。

15

佛西斯・道森一如往常在家中躺椅上悠閒的看書，僕人正在為他倒一杯熱騰騰的紅茶，女兒就在一旁彈著鋼琴，彈奏貝多芬的『月光奏鳴曲』，在悠揚的樂聲之中，享受著美好午後的時光，就像道森家每週日下午的情形一樣，令人感到愉快及喜悅。

突然一道閃電從窗外打進來，正好打中女兒的身體，女兒痛苦的尖叫，但鋼琴卻仍在繼續自動的彈奏著，只是聲音變成扭曲且詭異，令人寒毛直豎，他親眼看著寶貝女兒當場死亡，屍體立刻由紅潤變成黑色，然後慢慢的崩裂，最後成為了一灘黑水，不但冒泡還發出強烈的惡臭味。

他想要跑過去女兒的身邊，可是自己卻被無形的繩索緊緊的綑綁，完全沒有辦法移動，只能不斷的吼叫著，這時，在他的背後出現了一個高大的人影，正在放聲大笑，還用力的勒住他的脖子，讓他沒有辦法呼吸，就在快要死亡的一剎那，他才從惡夢中驚醒。

佛西斯・道森睜大充滿血絲的雙眼，眼前卻還是一片的漆黑，讓他開始感到極度的不安，想要大聲的求救，張開嘴巴卻連一點聲音都發不出來，他吃力的移動著沒有受傷的那隻手，向四周摸索，但儘量不要讓另一隻手受到任何的震動，因為每一次的震動，就會出現令人錐心刺骨的疼痛感，他怕自己再也承受不了。

「道森先生，你醒過來了嗎？」保羅・畢格羅在黑暗中問說。

「你……在……哪……？」佛西斯・道森吃力的說。

「我就坐在你的旁邊，不用擔心，只不過是停電罷了。」保羅・畢格羅說：「羅倫貝爾先生，就是那位教授，他剛剛下樓去察看情況，等一下就會回來了。」

「水……。」佛西斯・道森說。

「很抱歉，道森先生，這裡沒有水可以給你喝。」保羅・畢格羅說。

保羅・畢格羅無奈的坐在地上發呆，在這種漆黑的環境裡，能夠做的事情就是沉思，但很少人能夠坦然的獨自面對內心，幾乎大部分的人，都在其他人的身上找到自我，雖然和眾人在一起有時會感到空虛，卻勝過面對自我缺陷的現實殘酷，尤其是在現在的處境，更會讓人往壞的地方想，有時人就會被自己的懦弱給擊敗，保羅・畢格羅也不例外。

一開始他的腦子裡，想得都是要負起照顧道森先生的責任，儘量讓道森先生覺得受到保護，因為這樣不但使自己有事可做，而且在心情上，也會覺得好過一點。

時間久了之後，他開始漸漸被環境所影響，只要有些微的聲音出現，儘管也許只不過是一滴水掉落地面，他就神經緊繃起來，不斷的猜測在黑暗的角落中，有可疑的物體正在移動，但是不管他如何的轉動他的頭，四處張望的想要搞清楚狀況，但就人類現有的視力而言，這當然是不可能辦到的，只是在浪費精神在瞎操心罷了。

猜測太多事情的下場，就是完全把處境往壞的地方想，認為自己的命運怎麼那麼的不順，從高中一直到大學，都被千金小姐們使喚，從來沒有自己的主見，好不容易找到工作的方向，卻完全沒有任何的代表作，最愛的女友和父親無故慘死，還受困在隨時可能被殺害的地方，雖然他常欺負別人，所以仇家的確很多，但這罪行並不足以致死啊！

保羅‧畢格羅開始按捺不住等待難熬的心情，不管會不會被絆倒，就站起來不斷用腳踹動身旁的桌子，發出金屬磨擦的尖銳聲音，最後他再也忍耐不住憤怒的情緒，開始拾起桌上東西就往牆上丟去，都是為了發洩他那壞脾氣，理智用在他的身上並不管用。

「發……生什麼事？」佛西斯‧道森受到驚嚇的問說。

「現在不要管我！我心情不好！」保羅‧畢格羅大吼說。

「住……手……。」佛西斯‧道森激動的說。

保羅‧畢格羅根本就不理會他人的感受，並且將自己現在的處境給遺忘，完全都被怒氣給蒙蔽，好像是一隻發狂的動物，直到過了大約幾分鐘後，他才總算慢慢的冷靜下來，但是危險卻在這時開始找上他們，他們不知道兇手正在附近虎視眈眈，融入在黑暗之中，隨時都能取人性命。

「奇怪，羅倫貝爾先生怎麼去了那麼久？」保羅‧畢格羅有一些不耐煩的說：「那位記者小姐也真是不怕死，自己一人亂亂跑，不要命啦！」

「沒有電源真的會讓人抓狂，什麼東西都看不到。」保羅‧畢格羅的話停不了又繼續說：「這裡竟然沒有其他的替代電源，還說什麼高科技大樓，比窮人的爛公寓還差。」

「道森先生，我並不是特別要針對你，但是，我們幹什麼沒事就辦派對，你看，現在果然就發生事情，大家都死了……，死了……，不會再回來了。」保羅‧畢格羅已經有點歇斯底里的說。

「冷……靜……，我……還要……好好……活下去。」佛西斯・道森再也受不了，然後對著保羅・畢格羅說。

「你要活下去？其他人都要去死，這樣對嗎？我爸還有泰瑞莎，他們就該死嗎？」保羅・畢格羅激動的說：「我早知道這一切都是你害的，別以為我不知道，你們有幹過什麼壞事，我爸真的是看走眼了。」

「啊……。」佛西斯・道森突然淒厲的大叫。

「怎麼了，偉大的道森先生，第一次不受尊重嗎？我告訴你，記得現在這一刻，我不會像我爸一樣，到死都被你踐踏在腳底下。」保羅・畢格羅瘋狂的說。

「不回答啊！算了，我也懶得理你。」保羅・畢格羅嗤之以鼻的說。

在這番吵鬧之後，過了很久的時間，他們都沒有再對話，空氣中也瀰漫一股寒冷的氣息，直到保羅・畢格羅聽到沉重的腳步聲從門外傳來，就在這個同時，光線也透過門縫傳進來，接著就看見唐・羅倫貝爾出現在門邊，上氣不接下氣的，似乎是用盡全力奔跑上樓的樣子。

「我告訴你們一件事……，發生什麼事了？我的天啊！」唐・羅倫貝爾氣喘噓噓的跑進來，然後大叫說。

唐・羅倫貝爾手上打火機微弱的光線，勉強照亮整間警衛室，他一進門就看見原本躺在沙發上的道森先生，被人直接在頸動脈上割開一條血痕，鮮血從傷口處大量流出，用不了多久的時間，他的臉色瞬間刷白，就算他曾是獨霸一方的上流社會人士，遇到死亡的那一刻，最後還是什麼東西都帶不走，失去了尊貴的財產，失去了他以為比別人寶貴的性命，就在他嚥下最後一口氣時，一切都早已結束，什麼都不重要了。

「這不是真的，我不相信。」保羅・畢格羅走到道森先生旁邊抱頭痛哭的說：「我剛剛才在跟他吵架，怎麼會……，我……不敢相信，為什麼我遲鈍到沒有發現呢？」

「先別自責了，你冷靜點聽我說，我剛剛在一樓，見到一位自稱ＦＢＩ幹員的男子，他雙手沾滿血跡，就站在疑似畢克先生屍體的前方，我本想他一定就是兇手，所以就立刻跑開。」唐・羅倫貝爾說。

「不過仔細想想，如果兇手真的是他，根本不可能身處兩地殺人，所以我們姑且先相信他，而且他剛才還告訴我，說他另外開了一道出入口，我們一起去探個虛實，好嗎？」唐・羅倫貝爾說。

「你說畢克先生也死了嗎？天呀！我們真的都完蛋了，我還有好多事情沒做，又那麼年輕，不應該那麼早死的。」保羅・畢格羅又再度歇斯底里的說。

「你還想不想活下去？如果你真的想要活下去，就不要輕易的放棄希望。」唐・羅倫貝爾重現身為教師的本色說。

保羅・畢格羅點點頭，不再亂說一些喪志的鬼話，靜靜的待在一旁，他失魂落魄的模樣，與他的高大身材相比起來，兩者的形象落差頗大，很難想像這彪形大漢，竟然能夠害怕到無法自拔。

唐・羅倫貝爾學習琳達的調查方式，從道森先生的屍體上，找尋相關的線索，他輕輕的翻找衣物上的每一個口袋，及察看屍體四周的環境，果然在屍體上衣口袋裡，發現了跟之前同樣的紙條，這次上頭寫的符文是ᛋ Sowilo，字面上意思代表的是太陽，有朝向光明的意義，但把字面意思運用在此時此刻，似乎有點矛盾，因為目前黑暗才是主宰者，光明早已失去了蹤影。

唐・羅倫貝爾立刻將紙條小心的放入自己的口袋中，然後準備與保羅・畢格羅一同回到一樓，找尋另一個可能的逃生出口，及一絲生存的希望。

16

廁所內的水滴聲，在寂靜之中格外的明顯，就在規律的聲調裡，琳達慢慢甦醒過來，卻見四周仍是一片漆黑，她沉重的坐在地上，一隻手用力的按住頭部，來回找尋痛楚的來源，然後就發現她的前額腫了個大包，還流出少許的鮮血，可見當時的衝擊力道有多強，她忍住疼痛不已的傷口，想要站起身來，但頭昏使得她無法平衡，經過了一番的努力，她才終於勉強的站了起來，靠著廁所的牆面前進，她幸運找到了隨身的皮包，此時在她心中所立即反應的決定，就是要盡快的離開此地，因為她深知如果再繼續待在這裡，兇手很快就會再次回來，若真的等到那個時候，就絕對無法逃脫，下一個受害者，就會是自己。

在沒有任何光源的情況下，琳達一路走得跌跌撞撞，她完全都得要靠著自己僅存的觸覺能力，將雙手放在牆面上，慢慢的觸摸並且移動，遇到轉角時，就跟著牆面的角度轉彎，遇到柱子時，就拉大雙手的距離，找到另一個新的牆面，就這樣她一路從水泥牆面移動到玻璃牆面，然後順利的經過大廳，又再度來到電子門之前，這時她才想起一樓的密門裡，不是有放置著照明用的油燈，這是她現在唯一可知的光源，於是她並沒有多加休息，再次拖著沉重的身軀，靠著牆面並且繞過中間的螺旋梯，果然在黑暗之中看到了一絲曙光，她立刻就走進密門之中，現在才終於得以看清楚四周的環境，暫時不用在黑暗中摸索。

琳達小心的提起其中的一盞燈，順著樓梯往上走，離開存放高級酒的密室到達經理室，她把油燈暫時擱在桌上，自己則是癱軟在沙發上，待在這裡思考著接下來計畫，但現下她的腦中卻是一片的混亂，還沒辦法脫離剛才惡夢的陰影，琳達心臟不斷的狂跳，身體微微的顫抖著，內心充滿著疑惑，她不明白兇手到底是如何在黑暗中得知她們的方位，完全掌控大局及所有人的行動，還能輕鬆自在的將屍體藏匿，並且從容的刻上記號，一定有什麼細節被忽略了，現在她一定得要找出來，否則生命存亡將會隨著時間而消逝，現在離天亮大約只剩下兩到三小時，兇手必定會做出最後的手段，已經沒有時間再考慮，一定要先發制人才行。

琳達把皮包裡的東西全都倒在桌上，除了基礎化妝品及衛生用品外，還有一隻筆、小型筆記本、一個名片夾、在樓下取得的座位表、邀請函以及幾張在屍體身上找到的紙條，琳達將紙條依照順序來回的檢查一遍，再將座位表及上頭註解的文字也閱讀一遍，然後將兩者結合在一起，卻還是看不出什麼端倪，不過紙條上的符文，的確和座位底下所刻的文字對應相同的人，但是這到底有何意義呢？

「什麼物品是所有人都擁有，不但能間接洩漏所在的方位，持有者還無法將其棄置的東西呢？」琳達心中思考著。

「對了，我在死者身上，除了發現紙條之外，還有一樣當時並不在意的東西，是所有死者都有的共通點，也是這一切起源的導火線，就是這場宴會的邀請函。」琳達不斷的思考著，突然內心激動的站了起來。

琳達急切把桌上的邀請函打開仔細的檢查，乍看之下此邀請函和一般的邀請函並沒有什麼不同，但是當她把看起來高雅的壓花紙雕整個掀起來之後，就再也不是什麼普通的邀請函，而是內含俗稱Bug的小型追蹤器。

她終於恍然大悟，原來她尋找的根本就是個黑影，一直如影隨形的跟在每個人的背後，因為兇手知道大部分的人不會把邀請函丟掉，除了可能要隨時被檢查的必要性之外，再加上本次宴會還設有座位圖，萬一弄丟了邀請函而坐錯位子，那真是非常失禮節的事情，尤其對於上流社會的人們，更是一定要遵守的規則。

這麼說起來，在沒有出入口的情況之下，剩下的倖存者之中，一定有一位是真正的兇手，但是到底會是誰呢？又是為什麼要舉辦這場死亡宴會呢？這又是一個難解之謎，不過現在的當務之急，就是將Bug給毀掉，然後盡快離開此地，這樣兇手就無法追蹤她的行動，等到找到適當的時機及證據，再將兇手的真實身分揭穿，阻止兇手繼續殺戮。

琳達迅速的離開經理室，她才剛走到樓梯口，就聽到樓下傳來吵鬧的聲音，聽起來似乎是兩位男性正在吵架的聲音，其中一位是唐・羅倫貝爾，而另一個聲音竟是如此的熟悉，聽起來分明就像是比利・羅斯的聲音，難道他也來到了此地，但是她知道這是不可能發生的事情，所以最後還是決定儘量遠離其他人，等到所有的謎題解答之時，再現身會比較妥當。

琳達再次來到三樓的放映室，她認為此處是這棟建築物裡最可疑的地方，不但是最早發現屍體的地點，也是所有符文的集合地，兇手費那麼多的功夫刻字，絕對不會是臨時起意，肯定有什麼玄機在裡面，於是她又把所有的符號從頭到尾檢查一遍，然後再拿出包包裡的那張座位表反覆的閱讀，卻發現原來總共有二十四道符文的刻痕，現在竟然比之前發現時多了一個字，琳達對此只有一種想法，就是兇手已把原本不在名單之中的人加入，也就是威爾森・泰勒，這下子更難知道兇手的真實身分。

當她正在放映室內調查的同時，不知在紀念館的某處，突然傳出了轟然巨響，聽起來像是非常沉重的物品從她的身旁掉落的聲音，琳達被嚇得立刻趴在地上尋找掩護，然後還小心的將油燈慢慢移到椅子底下，希望兇手不會發現放映室裡的燈光，不過幸好只是虛驚一場，現在並沒有立即的危險。

過了幾分鐘確定周邊沒有聲音之後，琳達把不小心掉落在地上的座位表拿起來，透過燈光不經意的一看，竟然讓她意外破解一個恐怖的真相，不過現在要證明她想法的真實性，還需要經過幾項的驗證，才能將她所發現的線索連結起來，於是她就帶著一顆執著而堅定的心，冒險動身前往其他地方找尋線索。

17

唐・羅倫貝爾和保羅・畢格羅在重回一樓的途中，打火機的火燄不斷閃爍，逼迫他們不得不加緊腳步，迅速的到達一樓螺旋梯的正前方，也就是在大門和樓梯之間的門廊，兩人在這裡仔細的尋找，果然發現對面開了道門，心情也放鬆了許多，心想這下子總算能夠離開紀念館，正當他們欣喜的往前走時，樓上傳來的巨響促使他們停下腳步，他們內心掙扎著無法做出決定，不知是否要對此置之不理，就逕行離開此地不管其他人的死活？

「我們趕快離開這裡吧！其他人應該已經死了，再不快點離開，會有危險的。」保羅・畢格羅說。

「不行，艾菲爾小姐還在紀念館內，我不能丟下她不管。」唐・羅倫貝爾說。

「如果你要送死，就自己去送死，請把我的打火機留下來，我要先離開這裡。」保羅・畢格羅說。

「拿去，如果你順利離開此地，請你立刻報警，既然下定決心之後，就不要再回頭。」唐・羅倫貝爾說。

保羅・畢格羅接過打火機後，就頭也不回的直接走向出口，卻沒有注意到有人從暗處走過來，並一把將保羅．畢格羅抓住，以磁磚碎片抵住他的脖子，讓他完全無法動彈，只能任人擺佈。

「唐．羅倫貝爾，你不要以為我不知道，是你設計陷害我，還故意打開被封住的廁所門，潛入並且企圖攻擊我，你這個人面獸心的偽君子，去死吧！」威爾森．泰勒說，然後準備要動手。

「不要殺我！你捉錯人了，我不是唐．羅倫貝爾。」保羅．畢格羅快速且大聲的說。

「我在這裡，你快放開他。」唐．羅倫貝爾說。

「你為什麼那麼狠心，不但殺死我的前女友，還害死了我最好的朋友。」威爾森．泰勒用另一隻手指著唐．羅倫貝爾說。

「我不知道你在說什麼，我根本就沒有殺人啊！」唐．羅倫貝爾說。

「難道你不記得露西．艾格波特，那位你最喜愛的學生，然後她同時也是你的地下情人，你總不可能忘記了吧？」威爾森．泰勒說。

「你怎麼知道這件事，是誰告訴你的？」唐．羅倫貝爾大聲的問說。

「露西．艾格波特曾經是我的女朋友，我們本來是一對非常相愛的情侶，直到有一天，她突然沒理由就要跟我分手，讓我傷心欲絕，後來我還是一直無法忘記她，也無法接受這個事實，決定要調查她突然改變的原因，沒想到調查到最後竟然發現，原來就是你在從中作梗，害我失神落魄一整年的時間。」威爾森．泰勒咬牙切齒的說：「後來過了一段時間，正當我終於接受這個事實，沒想到露西．艾格波特突然失蹤，我的好友強納森．喬斯竟然成為殺人的兇手，這一切都是因為你，唐．羅倫貝爾。」

「我承認，露西・艾格波特和我的確是在一起，但我絕對不可能傷害她啊！」唐・羅倫貝爾說：「而且強納森・喬斯發生這種事情，根本不是我能控制的。」

「我實在想不出其他的理由，我相信善良的露西，除了與你之間有糾葛之外，不可能跟其他人有冤仇，一定是你怕師生戀東窗事發，會危害到你的教職，所以先下手為強，對不對？」威爾森・泰勒激動的說。

「你錯了，我比任何人都愛她，她的失蹤，我比別人都難過，有必要為了區區的教職殺死她嗎？」唐・羅倫貝爾說。

「我比你更愛她，你只不過是個騙子，你不但殺死露西，還用巧言欺騙強納森，讓他以為你會幫助他，結果最後你還不是放棄他了，還任誇大不實的謠言隨風飛舞，你是間接宣判他死刑，你知不知道？」威爾森・泰勒眼睛瞪得很大的說。

「你先把武器放下來，我們慢慢說，不要傷及無辜。」唐・羅倫貝爾說。

「這一切都是你設下的局，你是想要把罪栽贓到我的身上，對吧？我才沒有那麼傻，繼續被你騙得團團轉，現在不是你死就是我亡，我不會善罷甘休的。」威爾森・泰勒說，然後作勢要把利器刺入保羅・畢格羅的身體。

「不要動！把手上的武器放下，不然我要開槍了。」比利・羅斯冷靜分析現在的情況後，就把手電筒先關掉，趁所有人的注意力都集中有脅持者身上時，輕聲快步跑到威爾森・泰勒的背後，先將手電筒打開，同時迅速從背後取出手槍來指著脅持者，然後對著他說。

「你又是誰？是唐・羅倫貝爾請來的殺手嗎？」威爾森・泰勒冷冷的說。

「我是ＦＢＩ的幹員，我勸你不要輕舉妄動，否則你的小命馬上就不保。」比利・羅斯說。

「你不應該把槍口指向我，殺人兇手現在就在你的面前，就是那位堂堂大學教授唐・羅倫貝爾，他殺了我的女友露西・艾格波特，還間接促成校園屠殺案，我有照片可以證明他和露西・艾格波特有男女的關係，然後我也知道為什麼強納生要持槍殺人，都是因為那個人竟然在他有困難的時候放棄他，還把他最拿手的科目當掉，害他沒有辦法拿到獎學金，實在是不足以為人師表。」威爾森・泰勒氣憤的說。

「露西，她死了？不……，我不相信。」比利・羅斯震驚的說。

「難道你也認識她？」唐・羅倫貝爾問說。

「她是我的親妹妹，真的是你殺了她嗎？快說，是不是你殺了她？」比利・羅斯改把槍指著唐・羅倫貝爾，情緒潰堤的說。

「不是我，絕對不是我。」唐・羅倫貝爾激動的澄清說。

「你不要再騙人了，除了你之外，不會有別人。」威爾森・泰勒說，然後他放心的將利器收起來，並且把保羅・畢格羅放開。

保羅・畢格羅完全被現在的情況嚇傻了，呆立在原地不知道該如何是好，因為他無法判斷誰講得才是對的，又不能直接離開此地，如果這個時候偏向任何一方，都有可能會惹禍上身，所以他選擇沉默以對，讓其他人無視於他的存在，也許才是最聰明的做法。

「你們怎麼能夠確定露西已經死了？回答我。」比利・羅斯說。

「我不知道她是不是真的死了，樓上的屍體也無法證明她就是露西，雖然我有在懷疑。」唐・羅倫貝爾說。

「屍體？什麼屍體？告訴我屍體在哪裡？」比利・羅斯說。

「之前發現的所有屍體，現在全都憑空消失，完全不知道兇手將它藏在哪裡。」唐・羅倫貝爾指著前方說：「你可以直接去問他，威爾森・泰勒，我相信這一切都是他幹的。」

「你就是威爾森・泰勒是吧？」比利・羅斯問說。

「沒錯，就是我。」威爾森・泰勒說。

「你們所有人先待在這裡，都不要輕舉妄動，等我找到其他人之後，就跟我一起回警局，一切都會真相大白。」比利・羅斯忍住情緒冷靜的說。

「不可能，他就是殺人兇手，應該先把他制伏，否則難保他又再度殺人。」威爾森・泰勒說。

「這才是我要跟你說的話，其實一開始我就覺得你有問題，果然跟我猜測得一樣，長官，你千萬不要相信他。」唐・羅倫貝爾說。

「不要再吵了，你們先告訴我，還有多少人還在這裡，還有誰已經遇害，事情是怎麼發生的。」比利・羅斯問說。

「比利，就讓我來說明吧！」琳達突然從樓梯口出現，對著所有人說。

比利・羅斯見到琳達毫髮無傷出現在自己的眼前，心裡的重擔總算得以放下，但疑惑與憤怒交織，令他無法停止思考，於是他將所有人集合在一起，讓他們逐一說明所有的情況，最重要的是妹妹的生死。

18

「艾菲爾小姐，原來妳還活著，真是太好了。」唐・羅倫貝爾高興的說。

「各位請仔細聽我說，關於這場宴會的祕密，請容我向各位說明。」琳達說。

「難道妳已經知道誰是兇手了嗎？」威爾森・泰勒說。

「請身上有的邀請函的人，先把邀請函拿出來，然後再小心的將它打開，你們會發現有一處凸出的地方，請用力的把它撕下來，等一下你們就會知道，為什麼我要你們這麼做的原因。」琳達小聲的說。

唐・羅倫貝爾和保羅・畢格羅慌張的從衣服內取出邀請函，依照她所講的方式，將邀請函的一角撕下，果然發現裡頭暗藏小型電子設備，皆驚訝不已。

「請先把那個東西給毀掉，其他的事情等一下再告訴你們。」琳達說。

於是他們就把小型電子設備丟在地上，同時用腳將它壓碎，然後充滿疑惑的看著對面的琳達・艾菲爾，似乎是對現在的情況感到不解。

「好了，現在就可以安心說話了。」琳達說。

「這是竊聽器，對吧！」保羅・畢格羅說。

「沒有錯，我倒還認為這也是追蹤器，所以之前我們的一舉一動，都完全被兇手所監視。」琳達說。

「實在是太可惡了，到底是誰幹的？」保羅・畢格羅說。

「從我們一開始收到邀請函時，就中了兇手的陷阱，但為什麼我們還是乖乖的參加，原因就出在，這場宴會是市長所舉辦的，並且還委託道森先生主持，看在他們兩人的面子上，是絕對不可以缺席，而且參加宴會對被邀請人而言，也是莫大的光榮，所以兇手只要等著人們自投羅網就可以。」琳達說。

「但是，這場宴會跟本就不是市長所舉辦，完全就是兇手所設下的局，其中令人不解的是，兇手怎麼能夠欺騙市府人員及相關人等前來，並且使他們信以為真？威爾森・泰勒，你之前曾經提起過，你說宴會所有的程序，都是依市府公文而為，對不對？」琳達問說。

「是的，我曾經跟大家提起過，而事實的確是如此。」威爾森・泰勒說。

「所以參加宴會的市府人員，在之前一定有收到偽造的公文，好讓他們事先以為真的有這場活動，然後兇手就在公文發放幾天後，將邀請函發給設定之人，結果他們當然不會有任何的懷疑，如果市府人員都無法分辨，那麼一般人根本就不知道真假，更加容易上當受騙，而泰勒先生身為新任雇員經歷尚淺，所以才會無法分辨，至於其他人則單單利用邀請函，就足以引人上門。」琳達說。

「當所有人來到紀念館之前，陷阱就早已安排妥當，想必泰勒先生在事前已經接到長官送來的活動詳細流程公文，於是你就完全依照上頭的指示行動，然而固定的服務人員只有你一人，所以根本無暇注意細節部分。其實早在宴會還沒有開始之前，放映室裡的那具屍體，就一直被擱置在座位上，因為泰勒先生忙著操作機器，再加上為了省時，一開始就把放映裡的燈光調到最暗，只留下走道的小燈，所以無法察覺待在角落的屍體，我想這應該也是公文中所提到的步驟之一，你說是不是如此，泰勒先生？」琳達說。

「公文上頭有註明為了省電，所以在電影開始之前，不許在放映室內開大燈，只允許我開小燈，然後等到電影結束後，才可以開大燈，那份公文我到現在還放在身上，不信你們看。」威爾森・泰勒說，然後從褲子口袋裡取出一疊紙，攤開來給所有人看，為了證明他之前所說的話，並無虛假之處。

「電影結束後，當大燈亮時，屍體當然立刻就現形，此時所有的人都還待在現場，唯獨泰勒先生在五分鐘之前，就離開放映室，這是傑西・史考特曾經告訴我，關於他所觀察到的事情，然後泰勒先生待在一樓準備關閉大門，並請樂團、吧台外燴人員儘速離開，我相信過程一定花不了很多時間，然後就在部分賓客跟著艾瑞克・福林一同搭電梯離開之後，大約過了差不多幾分鐘，電源室被人為破壞，館內第一次陷入黑暗，但很快因為緊急電源供給，而不致於沒有光源，但是稍早搭乘電梯的人卻沒能逃出，還被兇手用不明氣體給殺害，依我找到的座位表所示，電梯內總共有十三人受害。」琳達說。

「所以照常理判斷，當時所有人都有不在場證明，只有泰勒先生行蹤無法交代，於是立刻就受到羅倫貝爾先生的懷疑，這也是在所難免的事，但如果此行程不公開說明，恐怕泰勒先生無法洗刷罪名。」琳達說。

「那是因為我把大門關上之後，突然覺得很累，又因為接下來一段時間內，沒有需要我幫忙的事項，所以我就直接上到四樓警衛室休息，然後又因為熟睡，所以沒有發現已經停電，直到傑西・史考特過來叫我，我才知道這件事情。」威爾森極力澄清的說。

「雖然你口口聲聲的辯稱，但還是沒有人能證明你當時真的在睡覺啊！所以你還是非常有嫌疑。」唐・羅倫貝爾說。

「但是他不是真正的兇手。」琳達說。

「什麼！這怎麼可能，妳該不會搞錯了吧！」唐・羅倫貝爾說：「非常明顯就是他幹的，為什麼妳認為不是他呢？」

「第一，雖然泰勒先生有時間把電源室毀壞，並且在電梯內放入氣體，但是他是怎麼辦到的，如果沒有大型的容器存放氣體，以及特別用來破壞的器具，相信他是不可能做到如此的地步，如果他真的持有這些工具，但他又將那些工具擺放在哪裡呢？」琳達說：「我在紀念館內仔細的找尋，就是找不到任何可疑的物品，然而大門被封閉，任何人都不可能離開此地，也就表示根本無法把那些器具帶出館外，於是就無法構成犯罪的條件。」

「第二，亨利・畢格羅先生遇害時，我記得各位的說辭，道森先生及畢克先生待在五樓，泰勒先生、保羅・畢格羅先生待在四樓資料庫，而羅倫貝爾先生和史考特先生則是待在四樓的樓梯間，以上幾位都離二樓展示室比較遠，所以第一個來到案發現場的人，是待在一樓大廳的我，不久之後三位小姐也到達現場，接下來是道森先生、畢克先生，最後才是羅倫貝爾先生等四人，由此可知，所有人當時的行動順序。」琳達詳細的說。

「但各位不會覺得很奇怪嗎？亨利・畢格羅先生遇害時，曾發出相當大的聲音，此聲音從二樓傳至一樓，應該花不到幾秒鐘的時間，而且我是一聽到聲音就立刻就跑上樓察看，所以兇手應該是跑不遠才對，如果兇手真的是泰勒先生，那麼他跑步的速度，一定比聲音傳達的速度還快。」

「好像真的是這樣。」保羅・畢格羅說。

再說亨利・畢格羅先生的死法，是被展示櫃玻璃當場切斷脖子，相信一定要用盡全力才辦得到，而且我相信動手者，身上一定會被鮮血潑灑全身，所以我猜測兇手一定是男性，而且他還有時間從容的換衣服，」琳達說。

「那麼到底是誰幹的？除了他們有嫌疑外，大家幾乎都有不在場證明，還有誰可以在不被發現之下犯罪呢？」唐・羅倫貝爾問說。

「我在一個小時前，也曾思考這個問題，被這道難題給迷惑，首先推想出剛才我所提出的說法。」琳達說：「但是後來我經過再一次的調查，才發現我剛才所陳述的推測，有很大的漏洞。」

「難不成妳剛才所言是錯誤的，我真的快被妳急死了，麻煩妳要說什麼就直說好嗎？不要再拐彎抹角了。」保羅・畢格羅不耐煩的說。

「安靜，請你有耐心一點好嗎？」唐・羅倫貝爾說。

「琳達，你就繼續說下去吧！」比利・羅斯說。

「我剛才再次到電源室調查，仔細觀察各個角落，總覺得有些奇怪，地上留有大量被燒焦的白色細緻粉末狀物體，但是電源室內沒有東西會被燒成這個樣子，就算電線在大火中燃燒，頂多成會為隨風飄散的灰燼，不可能成為粉粒狀，更不可能全都散落在各處。」琳達說。

「我在這些粉末中找到幾根細線，看起來疑似衣物上頭的人造纖維，然後還找到一顆已經被燒掉一半的鈕扣，在粉末、鈕扣及纖維細線旁，我還找到一個像是保特瓶蓋的東西，以及一小段扭曲的鐵絲，只不過瓶蓋已被燒得變形，但還是看得出來，上頭有被打洞的痕跡。」琳達說。

「我立即推測，這些粉末就是工業常用的鎂粉，有人在鎂粉旁邊擺放幾件易燃的衣服，例如像是有鈕扣的襯衫，然後再將裝滿水的保特瓶，用鐵絲固定放置於高處，隨後將瓶蓋鑽出一個小洞，讓水從那個小洞裡慢慢流出，當水遇到鎂粉時，鎂粉就會自動燃燒，經過不斷的延燒，終於燒到連接電箱的衣服，緩慢的將整間電源室燒毀，所以兇手完全不需要待在現場就可以辦到。」琳達說。

「如果一開始就已經被動了手腳，那麼為什麼我們都感覺不到有濃煙呢？」唐・羅倫貝爾問說。

「那是因為鎂粉燃燒時，本來就不會有很重的味道，只會產生強烈的白光，兇手又將鎂粉以較長的路徑設置，當開始燃燒的時候，火燄就慢慢順著此路徑走，又因為鎂粉被擺放的寬度較窄、數量較小，故燃燒時就不會一次出現大量的濃煙，確保真正燒到電箱之前，不致於被人發現。」琳達說。

「我們那時又都待在三樓放映室，所以根本沒有人發現，該死的兇手。」保羅・畢格羅說。

「至於有毒氣體是如何進入電梯內，又是何時被放入電梯之中？我經過幾番思考，找出控制電梯的機房，也就是在四樓電梯旁不明顯的夾縫內，在裡頭我發現一個經過擠壓變形的大型塑膠桶，桶子的四周被鐵絲環繞，就放置在電梯空調器的裡面，我在空調器連結口上發現一些軟木塞屑，及一小段的鐵絲，從連結口內還有少部分的氣體漏出。」琳達說。

「經過觀察之後，立刻做出了假設，我認為兇手事先將裝滿有毒氣體的塑膠桶放在機房內，桶子的開口處用軟木塞堵住，並且用鐵絲綁住桶子固定在電梯空調器內，再用另一較長的鐵絲穿過軟木塞後打結固定，將鐵絲慢慢放入空調器通風口之中，然後兇手來到電梯通道的頂端，用通道裡的梯子往下攀爬到三樓，將鐵絲綁在三樓的電梯門上，只要三樓電梯門一開，氣體就馬上漏出，並且立即充滿整個電梯通道，所以當我們一起到達放映室後，氣體早就慢慢的擴散開來，然後首先搭乘電梯下樓的那十三個人，就直接呼吸到毒氣，而死於非命。」琳達說。

「但如果有人先搭乘電梯上樓，這樣兇手不就破功？」唐・羅倫貝爾問說。

「這是不可能的，因為電梯一直都處於停止的狀態，直到大家準備到三樓放映室時，我才將電梯的電源打開，電梯才真正能夠使用。」威爾森・泰勒說。

「難不成這又是公文上規定的事項之一，是嗎？」保羅・畢格羅問說。

「沒有錯，雖然我也覺得這個規定真的很奇怪，但我還是遵守了。」威爾森・泰勒說。

「太好了，這下子又解開一個謎題，但是畢格羅先生的死，又該如何解釋呢？」唐・羅倫貝爾問說。

「你們不會覺得畢格羅先生的死狀很奇特？他人直接就塞進展示櫃裡，伸長一隻手不知道要做什麼？」琳達說：「還有他為什麼沒事要鑽進展示櫃之中，到底是為了什麼特別的原因？」

「我也覺得很奇怪，但是看不出什麼端倪。」唐・羅倫貝爾說。

「請問這個展示櫃原本擺放什麼東西？」琳達對著威爾森・泰勒說。

「好像本來打算要擺放西澤大學創辦人的寶物，但我不知道那個寶物到底是什麼。」威爾森・泰勒回答說。

「是黃金雕像，我爸曾經有對我提起過。」保羅・畢格羅說。

「那個黃金雕像現在被存放在哪裡呢？」琳達問說。

「應該在經理室的保險箱中。」保羅・畢格羅說。

「是藏在畫後面的那個保險箱嗎？」琳達問說。

「妳是怎麼知道呢？」保羅・畢格羅疑惑的問說。

「我到經理室調查時，看見牆上有一幅畫大小比例特別不同，就嘗試搬開來看看，結果就發現了隱藏的保險箱，我好奇的按下開啟的按鈕，沒想到保險箱的門根本就沒有鎖，輕易的就被我打開來，我就直接往裡面一瞧，竟是空無一物完全沒有擺放任何東西。」琳達說。

「這怎麼可能呢？雕像明明就是存放在那裡，我爸今天早上才跟我提起過，不可能不見才對。」保羅・畢格羅驚訝的說。

「當我調查展示櫃，發現有些不對勁的地方，櫃子上方有一條細長的切面，用肉眼看不明顯，但是只要用手觸摸就能找得到，而那條切面痕跡，正好將強化玻璃對半分，我只需輕輕的往下一推，上方的強力玻璃就被折半，並且輕鬆就能打開，將展示櫃上方打開後，我發現裡面兩側各有兩小條對稱的凹槽，不知是拿來做什麼用的，展示櫃裡除了畢格羅先生的頭顱，以及大量的血跡之外，我還發現了小片的玻璃碎片，櫃子的內側還有一塊方型的空白區域，只有此處沒有被濺到任何的血跡。」琳達說。

「我推測，兇手早就將黃金雕像偷了出來，直接就放在被動過手腳的展示櫃中，為了掩人耳目，還將三片鏡面擺放在雕像的兩側及前方，導致人們視覺的錯覺，以為此展示櫃內部並無任何物品，然後等到適當的時機，就是確認無人待在二樓的時候，兇手將其中一片鏡面抽出，接下來就是等待目標上鉤。」琳達說。

「但是要怎麼確定畢格羅先生一人落單，還有要如何吸引他接近展示櫃，然後他又是如何被殺死的呢？」唐・羅倫貝爾問說。

「展示櫃本來的開口上方，我猜想應該設有自動關閉系統，為的是不讓小偷將裡面的物品帶出，只要觸碰到內部的紅外線感應器，系統就直接把開口關起來，也就是強力玻璃門直接從上方落下，但是目前系統應該還尚未啟用，我試驗其他的展示櫃，都沒有任何的效用，所以只有這一個展示櫃被兇手啟動，此時，我們身上的追蹤器這時就成為兇手最佳的利器，兇手確認畢格羅先生到達指定位置時，就立刻啟動系統，還特別將開口給打開，畢格羅先生發現黃金雕像時，並不知道系統已啟動，就伸手進去拿取，然後就被強力玻璃切斷脖子。」琳達說。

「所以這完全都是自動系統幹的，並不是有人在一旁行凶，對吧？」威爾森・泰勒問說。

「沒有錯。」琳達說。

「那麼黃金雕像呢？現在又在何方？」保羅・畢格羅問說。

「被兇手取走了。」琳達說。

「但兇手是如何不被發現的取走雕像呢？」唐・羅倫貝爾問說。

「兇手雖然取走前面的一片鏡面，但因為還有兩片遮擋，所以站在展示櫃旁邊的人們，還是無法看到裡面到底存放些什麼，萬萬沒想到，當時黃金雕像仍安然的置於展示櫃內，其實兇手早已計算好，知道當我們面對恐怖的凶殺現場時，不可能有心情將展示櫃仔細檢查，注意力必定都會放在畢格羅先生身上，更何況頭顱和鮮血將開口處擋住，根本沒有辦法將看清楚展示櫃全貌，那時所有人真的就如兇手所預想，同時都中了兇手的計謀，兇手只要等到所有人都離開此地的時候，再將黃金雕像及三面鏡子從展示櫃的上方取出，即可完美的掩飾一切，不被他人發現。」琳達說。

「只能講那位兇手實在是太冷靜又太冷血，難道殺人也能用計算的嗎？」威爾森・泰勒說。

「你是在說你自己吧！」唐・羅倫貝爾嘲諷的說。

「閉嘴！這分明就是你幹的，你這個騙子。」威爾森・泰勒大聲的說。

「不要吵了，你們這樣怎麼將事情理解清楚呢？就繼續聽她講下去，可以嗎？」保羅・畢格羅說。

「琳達，妳額頭上的傷口正在流血，要不要緊啊？」比利・羅斯看著琳達臉上的傷痕，非常擔心的問說。

「不用擔心，只是小傷而已。」琳達摸一摸自己的額頭，然後微笑著對比利・羅斯說。

「我就知道我好像在哪裡看過你，你就是在西澤大學動土典禮上，在大庭廣眾之下，與艾菲爾小姐擁抱的那個人。」唐・羅倫貝爾口氣有點不好的說。

「沒錯，那個人就是我。」比利・羅斯說。

「你該不會是她的男朋友吧？」唐・羅倫貝爾問說。

「現在都什麼時候了，講這個無關緊要的問題幹嘛？命都快沒了，還為了這點小事吃醋。」保羅・畢格羅說。

「我才沒有，你搞錯了。」唐・羅倫貝爾尷尬的說。

「琳達，請妳繼續說下去吧！」比利・羅斯說。

「至於三位千金小姐的遇害，我認為這是兇手最為怪異且不明的行動，因為她們都是在無預警之下，突然同時猝死，在她們的身上完全沒有明顯的外傷，也沒有任何的異狀，她們甚至根本就沒有離開過一樓，唯一離開她們父親身邊，只有在廁所的短短幾分鐘，真的很難判定她們為何會受害。」琳達說。

「直到我突然想起她們身上的味道，那種獨特的杏仁帶著些許果香味道，一開始我以為她們可能是擦了香水，但這味道我似乎在哪裡聞過，經過一番的思索，我才想起這個味道就是電梯裡氣體的味道，幾乎完全一模一樣，但很可惜她們早已被兇手藏起而不見蹤影，就無法再次去證實，只能用我的記憶來佐證，推測她們很可能是被下毒，至於她們是怎麼被下毒，我猜想可能是化妝品內有毒，因為她們死後的妝容相當完好，不見死後的蒼白，然後她們一定有交換使用化妝品的習慣，所以就算是其中一人的化妝品內有毒，三人都無法倖免於難。」琳達說。

「妳說杏仁的味道，我想兇手是使用的是毒性極強的氫化物，雖然我無法確定是哪一種氫化物，但只要是氫化類的化學物，中毒者體內幾乎都會散發類似杏仁的味道。」比利・羅斯說。

「這樣就沒錯，她們肯定是被毒害，只是不知道兇手的下手目標到底是哪一位，或者兇手根本就想一網打盡。」琳達說。

「那麼接觸她們的人會不會有危險？」保羅・畢格羅緊張的問說。

「現在還無法判定毒物的種類，但最好還是先將接觸的部位洗淨，較為保險。」比利・羅斯回答說。

「不過我們早已曝露在氣體之中，現在我們的體內已經多少有些的殘留，留在此地只是繼續慢性中毒。」唐・羅倫貝爾說。

「所以我們得儘早查明真相，不能讓兇手逍遙法外。」琳達說：「接下來只剩下道森先生、畢克先生及傑西・史考特的死，我還沒有辦法證明說法的真實性，因為還缺少人證的說辭，可以請各位說明當時所發生的所有情形，或者是有發現什麼異狀？」

「我在道森先生身上找到這張紙條，就跟之前發現的紙條一樣，是用古弗薩克文來書寫。」唐・羅倫貝爾從口袋拿出紙條，遞給琳達然後說。

「我也找到一張紙條，是在畢克先生身上發現。」比利・羅斯也將紙條遞給琳達然後說。

琳達接過這兩張紙條，並且將紙條仔細閱讀，隨後就從皮包拿出座位表，在上頭書寫註記，口中不斷念念有詞，似乎是想到了什麼關鍵證據，突然從苦悶無力變成充滿精神活力。

「我已經知道真正的兇手是誰了，也知道他所使用的手法，符合所有條件的人，就只剩下一人。」琳達自信滿滿的對著大家說。

「是誰？兇手在我們之中嗎？」保羅・畢格羅膽怯的說。

「答案就在你們的腳下。」琳達說：「我想他這下肯定插翅難飛了。」

玻璃屋的祕密

1

一九二一年五月二十二日正午，西澤鎮興建剛滿十年的鐘塔，矗立在西澤大學的前方，自頂端傳出響亮鐘聲，只見衣著整齊的人們，紛紛離開家門，準備前往鐘塔前的教堂做禮拜，當聖餐的儀式進行的途中，有些男人開心的飲用起教會所提供的聖餐酒，臉上帶著感激及滿足的笑容，連杯子裡的最後一滴酒都不放過，貪婪的用舌頭舔著杯底，意猶未盡的表情完全不遮掩，就算旁人投以異樣的眼光，卻一點也不覺得可恥。

離開教會後，大部分的家庭就會再回到鎮上，採買一些日常用品，或是直接回家吃午餐並且小憩一番，但有少部分的人慢慢集結來到教會旁的牧場，不知道是什麼原因，那些人全都故作鎮定的假裝彼此不認識，並小心翼翼的進入穀倉中，就再也不見他們從此地出來，好像這穀倉就是無底的黑洞般，總令旁人感到疑惑，但就算其他人目睹此事，幾乎都睜隻眼閉隻眼的不予理會。

那座穀倉內擺滿成堆的玉米，及一些簡單的農具，看起來就跟普通的穀倉沒兩樣，所有人站在穀倉裡，沒有人有任何的對話，也不知道他們是在等待些什麼，直到一位男子從容的來到穀倉中央，舉起一隻腳用力的跺地，使得木製地板發出咚咚的聲音，同時他亦說出一句通關密語，然後就往後退一大步，小聲的告訴其他人不要輕舉妄動，只見地板突然打開，出現兩位裝扮看似農場工人的人，其中一位左臉頰上帶有一道很深的傷痕，皮膚黝黑的發光，眼睛雪亮的瞪著前來的人們，對著他們比了比手勢，請他們進入地窖內，另一位身材瘦小看起來無精打采的人，則小心的盯著所有的來客進入通道，並且拿出筆記書寫記錄，隨後就跟在那些人後面，由黑人農工墊底將地窖的密門關閉，此時穀倉又變回原來的模樣，只留下穀物及農具靜靜的待在原地，聽著風吹過屋頂所產生的噪音。

走在潮溼陰暗的狹窄通道裡，人們唯一的光源，只有黑人農工手上的一只火把，而農工的皮膚很快就融入黑暗之中，火光就像是自己飄在空中一般，令人感到有些毛骨悚然，但沒有人敢對此出聲提出抗議，只想要快步跟上前面人的腳步，好像深怕被其他人丟下，獨自留在黑暗裡似的，然後不知道過了多久時間，大伙終於停下腳步，來到一扇破舊的木門前，那位瘦小的男子走到前方，在木門上敲了三下，立刻就聽見門後有人說話，要求對方說出另一個通關密語，當那位敲門的人小聲的回答後，此門也隨之打開，強烈的亮光立刻從屋裡透出，讓門前所有人的眼睛一下子無法承受，忍不住保護性的瞇起眼來，幾分鐘後才慢慢能適應。

進入大門之後，跟剛才走在黑暗通道裡的感受，是完全是不同的光景，竟然會讓人產生錯覺，認為此地是一間豪華的大型高級套房，房間裡頭不但燈火通明，家具也一應俱全，有沙發、辦公桌椅、大型波斯地毯、撲克牌桌，甚至連廁所都有，就算一直待在這裡，也不會特別有壓迫感，如同待在家裡一般的自在。

「歡迎光臨，需要什麼就直接跟我說。」一位戴著卡其色帽子，身穿褐色條紋西裝，看起來非常氣派的男子說。

「D先生，我店裡需要三大箱兩小箱，照您的規定付現金，然後加一成的佣金，請您點收。」剛才用腳跺地的男子說。

「喔！金額沒錯，但是我忘了告訴你，光憑這些錢是不夠，你還要再加一成手續費，現在漲價了。」D先生笑容滿面的說。

「什麼現在的價錢就已經夠貴了，還加什麼一成手續費啊！根本是在坑人。」用腳跺地的男子身後的小弟氣憤的說。

「你說什麼！」身材瘦小的男子大聲的說。

「不好意思，現在要從加州走私酒類愈來愈困難，聯邦調查局看守得很緊，能夠運出來已經不容易，不得已還是要加錢。」D先生依然面不改色的說。

「我們做生意的也很困難，難道你們會不知道嗎？」站在最後面的一位男子不屑的說。

「閉上你的狗嘴，你在別處是絕對買不到，如果不要買就趕快離開，否則我就叫大約翰把你攆走。」身材瘦小的男子指著站在最後面的男子狂妄的說。

「有種你就放馬過來呀！」站在最後面的男子說。

黑人農工大約翰走到叫囂的男子身旁，一把將那個人提起來，緊緊的勒住他的脖子，雖然那個人努力的掙扎，奮力抓住大約翰的手腕，用指甲將他的手刮傷，卻還是沒有辦法脫身，就在快要窒息的時候，D先生揮了揮手，大約翰就把那人用力丟在地上，然後用力啐了口水在他的身上。

「好的，我願意付，請你點收。」用腳跺地的男子說。

「這才像話！」D先生說：「大約翰，去把貨搬過來。」

大約翰從另外一扇門離開，不久之後就扛著所有的貨品過來，把貨品放在D先生的座位旁，並且徒手就把封緊的木箱打開，真是十足的大力士。

「你們派人來驗貨吧！貨品離開此地後，概不退還，若你們被捉到藏私酒，請自己想辦法，一切與我們無關，也最好不要扯上我們。」身材瘦小的男子說。

在用腳踩地男子的指揮之下，身後的兩名小弟立刻前去仔細檢查貨品，確定正確無誤後，就將貨品小心的扛起來準備離開，大約翰站在他們的身旁，舉起粗壯黝黑的手臂，指著出口的方向，並且微笑露出雪白的牙齒，表情看起來比剛才不笑的時候更加的恐怖。

「D先生，能不能讓我將一成手續費暫時先賒欠，我下次一定馬上還給你。」倒在地上的男子哀怨的說。

「那你今天要買多少？」D先生問說。

「兩大箱一小箱。」倒在地上的男子努力爬起身說。

「好吧！你可以先賒欠，但是下次我要收兩倍的手續費，這樣你同意嗎？」D先生說。

「我當然只能同意，這些錢請你點收。」渾身是傷的男子說。

「不過如果下次你付不出來，就別怪我們無情。」瘦小的男子語帶挑釁的說。

「我一定信守承諾。」渾身是傷的男子說。

D先生使了使眼色，大約翰馬上就從另一個房間搬來貨品，那位渾身是傷的男子帶著另一位男子一同驗貨，然後就頭也不回的從另一道門出去。

「接下來就只剩下你一人，我從來沒有見過你，是第一次來對吧？」D先生微笑的問說。

「是的，我需要一大箱的酒。」最後一人說。

「你是怎麼知道這裡？」D先生依舊笑著問說。

「經由熟人介紹。」最後一人回答說。

「我可以問是誰介紹的嗎？」D先生問說。

「就是鎮上開酒館提摩西介紹的。」最後一人回答說。

「哦！是這樣啊！那你是要自己用，還是拿來賣呢？」D先生笑著問說。

「我自己要喝的。」最後一人回答說。

D先生用奇怪的眼神看了大約翰一眼，大約翰立刻將那位男子緊緊抓住，瘦小的男子則是拿出身上的手槍，指著那位男子，D先生則是從滿臉笑容表情，瞬間變成極度凶惡的嘴臉，張牙舞爪的走過來，一把捉住那人的頭髮就往牆壁摔過去，那人立刻鼻血直流，痛的在地上打滾。

「你是那個單位派來的？」D先生生氣的問說。

「我不知道你在說什麼？」那位男子說。

「提摩西是我的人，他絕對不會介紹個人單獨來買酒，你一定是聯邦調查局派來的走狗。」D先生說。

「老大，你看他身上有帶槍，肯定是有問題，那要怎麼處理呢？」瘦小的男人說。

「這裡雖然很隱密，但是為了小心起見，我們先把酒搬到另一個安全的地方，然後將這裡的入口及出口封死，絕對不可以讓外人發現，至於他則用老方法處理掉，再打聽到底有多少人知情，一個都不要放過。」D先生說。

大約翰徒手將FBI幹員勒死，然後將屍體四肢及頭部折斷放入大木箱中，再把木箱用釘子完全封起來，就奮力扛起箱子從另一扇門出去，一路有油燈照明，不需用拿火把，所以他輕鬆的利用兩隻手交換拿著重物，通過狹小的通道後，他推開頭頂上的暗門，來到無人的鐘塔，再打開身旁另一道密門，把裝屍體的木箱用力丟進去，然後大約翰費了一番功夫，迅速的將所有的私酒也放入密室之中，等到D先生和身材瘦小的男子離開祕密地室後，便將前後的兩道地門封死，然後他們則是正大光明的從鐘塔出來，開著車帶著裝著屍體的木箱離開此地，隨後就使用預藏的汽油，放一把火促使教堂陷入火海，再神不知鬼不覺的燒掉旁邊的穀倉，故意讓人以為火是從教堂延燒過去，好用來掩人耳目。

這場大火造成三名神職人員死亡，現場沒有任何的目擊證人，教堂也被大火燒得面目全非，所有鎮民都希望警方將起火的原因調查明白，但地方保安官卻因為長期接受D先生的賄賂，所以事情到最後還是無疾而終，FBI幹員雖然知道D先生的惡行，但由於一直苦無證據，對這一班惡徒完全束手無策，至於裝著屍體的木箱，早就被他們扔進大湖的中心，至今仍是無人發現。

過了幾年後，D先生及他的黨羽早就轉移陣地，前往加州從事新的犯罪生意，聽說還因此賺了不少錢，於是便將放在此地大量的私酒遺忘，同時被燒毀的教堂及穀倉被改建成為西澤大學大型溫室，從此再也無人過問當初的那場大火，事件隨著光陰的流逝而消失的無影無蹤，直到現在……。

2

琳達的一番言論，令紀念館內所有人聽完身上直打顫，頓時皆往他們所處的地面察看，但是無論他們怎麼努力觀察，仍舊看不出什麼端倪，此處的地板跟其他地方沒兩樣，怎麼會有什麼線索，於是他們便又將眼光掃向她，希望能得到較為完整的提示。

此時比利・羅斯開始行動，先請三人離開原地，再不計形象的趴在地上，用手撫摸著每一吋地板，想要找出不同之處，後來他果真發現某一處地板有異狀，似乎有空氣在底下流通，於是他就將其中一塊石板用力搬起，沒想到這一塊石板，其實根本就不是用石材做的，而是用木材做出類似石板顏色的偽裝石板，細密的鑲嵌在缺口之中，使得光線完全無法透出，如果不是設計者或知情者，根本不可能知道這裡有怪異之處，而且不用太過費力，只須一人就能輕易的抬起，然後祕密通道就此現形，綿延不斷的向下，陷入無止盡的黑暗之中，讓人看不盡通道的底部在何處。

「我的天啊！我們在這裡站了那麼久，都不知道原來這裡有條祕密通道，實在太詭異了。」保羅・畢格羅說。

「琳達，妳的意思難道是說，兇手現在就在密道裡，是這樣嗎？」比利・羅斯問說。

「沒有錯。」琳達說。

「會不會有危險？如果太危險，我寧可待在這裡。」保羅・畢格羅說。

「你一人待在這裡，豈不是更危險，要不要跟過來，決定權在你，但我需要照明，打火機借我一下。」唐・羅倫貝爾說，然後就不理會其他人，拿了保羅・畢格羅手中的打火機，然後率先走下樓。

「我聽說這裡常有野狼出沒，你確定要待在黑暗的荒野中嗎？到時候可沒人來救你。」威爾森・泰勒說。

「喂！老兄，你剛才差點就要殺掉我，現在竟然還講得出這種話來，到底是什麼意思。」保羅・畢格羅氣憤的說。

「對不起，剛剛一時失控，你也知道我一開始以為你是唐・羅倫貝爾，不是故意要攻擊你。」威爾森・泰勒說。

「算了，我還是跟著一起下去好了。」保羅・畢格羅洩氣的說，然後在唐・羅倫貝爾之後走下樓。

「琳達，我先下去，你緊緊跟在我的後面，這樣比較安全。」比利・羅斯說。

「謝謝你，比利。」琳達說。

所有人戰戰兢兢走入密道之中，經過一段陡陗難走的樓梯後，終於到達通道的底部，眼前有一整排燃燒中的油燈，像是航空跑道的指示燈，指引著他們來到一扇門前，首先來到此地的唐・

羅倫貝爾不敢大意，他一直等到後面的人通通到齊後，確定大門並沒有上鎖，就與比利・羅斯一起盡全力推開大門，但是門後的景象，卻讓在場所有人完全無法置信，保羅・畢格羅一看到此景，更是嚇得轉身想要逃跑，但被威爾森・泰勒牢牢捉住，完全無法脫身，最後只得乖乖待在原地，但是全身忍不住直發抖，跪在地上無法自主活動，並且彎下腰靠著牆角頻頻的作嘔。

天花板上設有幾盞圓形小燈，視線瞬間變得一清二楚，有了光亮的照明設備，照耀房內所有物體，他們便暫時關閉手電筒及打火機，認真掃視整個房間，沒想到原本以為消失的屍體們，竟全部堆放在一起，就像被棄置的垃圾一般，丟在遠遠的角落。無頭屍的血液從脖子切斷處緩緩流下，使得所處的地面也都沾染到部分的血漬，道森小姐死狀更加淒慘，全身被利器砍了數十刀，每一刀都深可見骨，而且那一把凶器仍然刺在她的身上，沒有被兇手拿走，但非常奇怪的是，房間其他地方卻不見任何的血跡，除了在一張充滿灰塵的木桌上，隨意擺放著一個藍色大型塑膠布，上頭有大片污血之外，竟然完全乾淨無瑕，可見兇手正是使用此塑膠布來運送屍體，但兇手為何要如此大費周章呢？

「旁邊還有一個房間，我先過去察看。」唐・羅倫貝爾小聲的說。

「等一下，我想一起進去比較安全，更何況比利身上有帶槍，萬一發現什麼問題，還能有個照應。」琳達輕聲的說。

「好吧！等我數到三，我們就一起衝進去。」唐・羅倫貝爾小聲的說：「泰勒先生，你要跟我們一起行動嗎？」

「現在這個情況，就算我不同意也不行，不是嗎？」威爾森・泰勒說。

「我就當你同意。」唐・羅倫貝爾說：「保羅，我看你的身體好像很不舒服，我想你還是暫時待在這裡好了。」

「好的，我待在這裡順便幫你們把風。」保羅・畢格羅抬起蒼白的臉說。

在唐・羅倫貝爾的指揮下，大伙緊緊的靠在門邊，比利・羅斯小心檢查門把，發現門已上鎖，這很可能表示有人還待在裡面，他搖搖頭向其他人傳達無法順利開門的事實，並出打了個暗號給周遭的人，告訴他們此門內可能有危險，爾後唐・羅倫貝爾舉起手放在門上，用眼神暗示大家必須破門而入，於是四人齊心又快速的開始撞門，不消幾秒鐘，就把門給撞開，並且一股腦的衝進小房間裡。

一位男子就坐在空蕩蕩房間的正中央，瞪大了眼睛一臉意外的看著面前的人們，手中緊握著一把手槍，迅速把槍口對著琳達・艾菲爾他們，嘴角竟露出一絲詭譎的微笑，另一隻手中還夾著一根香煙，從容的將香煙含在嘴邊，大口且貪婪的吸著人造的魔鬼誘惑，然後慢慢將口中的煙霧吐出，一副無所謂的樣子。

「我完全沒有想到，你們竟然能找到這裡，我實在太佩服各位。」傑西・史考特說。

「原來真正的兇手就是你，傑西・史考特，實在太讓我失望了。」唐・羅倫貝爾氣憤的說。

「老頭子，沒人問你就請你不要說話，小心我一槍打入你的老到沒用的心臟，到時一命嗚呼可別怪我喔！」傑西・史考特依然保持微笑的說。

「你說什麼！」唐・羅倫貝爾氣到七竅生煙的說。
「不要動！快把槍放下。」比利・羅斯趁兇手不注意迅速把配槍拿出，並且指著他說。
「喔！原來ＦＢＩ的長官也來了，還真是消息靈通，看樣子我大概逃不過了吧！哈哈哈！」
傑西・史考特笑著說。
「你說，是不是你殺了露西・艾格波特？」威爾森・泰勒問說。
「什麼！真不敢相信，都過了這麼久了，你竟然還在想她，你瘋了嗎？是她先背叛你，跟那個死教授在一起，難道你還愛著她嗎？你可真傻！」傑西・史考特狂笑的說。
「你還沒有回答我的問題，是還是不是，快說。」威爾森・泰勒說。
「沒有錯，就是我殺的，怎樣？」傑西・史考特說。
「你為什麼要殺她？你根本就不認識她。」威爾森・泰勒悲痛的問說。
「但是她實在是太礙事了，硬是要挖掘歷史的真相，差點壞了我的好事，只能怪她雞婆。」
傑西・史考特笑著說。
「我一定要殺了他，太可惡了！」比利・羅斯氣憤難耐，忍不住想要對傑西・史考特開槍，用以發洩心頭之恨的說。
「比利，你先冷靜下來。」琳達一把捉住比利・羅斯的手小聲的說。
「你這招借屍還魂的計畫真是厲害，差點讓我以為你已經死了！」琳達對著傑西・史考特說。
「為了擺脫罪名，你故意製造死亡的假像，先將已死亡的畢克先生身上衣物與自己的調換，然後亂刀將畢克先生的臉割花，並用血染紅他的頭髮，就直接把屍體拖到大廳中，讓我以為死者是你本人，等到無人在現場時，再將畢克先生的衣物與原來他的衣物對調回來，將屍體吊在噴水池上，並在屍體上刺幾個洞，讓血水流入池中，用以掩蓋證據。」琳達說：「這就是你為什麼要搬動屍體的理由。」

「沒想到，妳竟然破解了，記者小姐。」傑西・史考特笑說。

「但要捉到我可沒那麼容易，你們先看旁邊的袋子，就知道我也不是好惹的。」傑西・史考特大聲的說。

琳達一開始太專注在兇手身上，竟沒注意那只奇特的大袋子，就放在離她腳邊不遠的地方，她好奇的將袋子打開，裡面裝著一個不明的物體，看起來非常的不妙。

「如果我是妳，我就不會碰那個東西，除非妳不要命了。」傑西・史考特：「那是黃色炸藥，已經埋下雷管，引爆器在我這裡，如果你們哪位膽敢輕舉妄動，就準備同歸於盡吧！」

「傑西，有話好說，不要衝動，到底為了什麼原因，讓你連性命都可以不要呢？」琳達問說。

「艾菲爾小姐，你不知道我現在的處境，要不是你們破壞我的好事，我早就離開此地，過著逍遙自在的生活。」傑西・史考特說。

「拿著奧丁股份有限公司所不法轉移的黑錢，你以為你能逃得了一輩子嗎？」比利・羅斯說。

「我不知道你在說什麼？」傑西・史考特說。

「還不明白嗎？你的資金已經被凍結了，你一毛錢都拿不到，還是自首吧！」比利・羅斯大聲的說。

「這是不可能的，你沒有辦法找到我的影子帳戶，更不可能將帳戶關閉，我不相信，你沒有那麼聰明！」傑西‧史考特把煙丟在一旁，非常氣憤的說。

「不管你相不相信，這都是事實。」比利‧羅斯說：「從你一開始利用威爾森‧泰勒在網路犯罪偵察小組的職位，及他與強納森‧喬斯的關係時，就犯了一個致命的錯誤，原本你是想將罪行完全推給威爾森‧泰勒，我想你甚至還推薦他來擔任服務人員的工作，但是你卻沒有注意到，五月二十一日也就是行兇前日一整天，威爾森‧泰勒並沒有在網路犯罪偵察小組當班的記錄，可是有一封奇怪的電子郵件，顯示的資料卻是從他的電腦發出，而那封郵件就是最後傳給強納森‧喬斯的信，內容我相信你應該也知道，然後我再度追查這封信的真實發源地，你猜怎麼了？竟然是從你個人辦公室發出，感到意外嗎？」

「你的意思是說，之前整起校園屠殺案，都是他主導的？」威爾森‧泰勒激動的問說。

「沒有錯，這一切都是為了錢，道森先生和畢克先生的部分財產，早就轉移到海外的奧丁股份有限公司，一開始是為了避稅而設置，但是到了後來，竟成為了虛擬投標的工具，你說是不是啊？傑西‧史考特先生。」比利‧羅斯說。

「哈哈哈，你實在太厲害，我認輸了。」傑西‧史考特一邊說話，一邊從椅子底下拿出預藏的引爆器，用一隻手不斷作勢威脅要按下。

「等一下，我提議大家先退後一步，讓你離開這裡，如果你覺得不安心，手槍你可以繼續拿著，不過條件是將引爆器留下，這樣雙方都不會有事。」琳達說。

「妳設想的倒是很好，不過我離開之後，你們一定會立刻追過來，我依然還是無法逃離被捉的命運，所以我必須拒絕這個提議。」傑西．史考特說。

「你可以開我的車，我把車鑰匙給你，車子就停在路旁，我們會等你發動引擎後再出來。」琳達說，然後一把丟出她自己的車鑰匙。

「嗯，這我倒是可以答應妳，但你們必須先退後到通道口的後方，然後不准有任何可疑的動作，否則我就立刻引爆。」傑西．史考特突然站起身來，撿起地上的車鑰匙然後說。

「大家都同意，那麼我們就先退後。」琳達用眼神徵詢所有人的意見後，然後對著傑西．史考特說。

當所有人退到木桌之後，快要接近通道口時，傑西．史考特旁若無人般與他們錯身而過，槍口仍平舉著正對著每一個人，比利．羅斯也緊握配槍，槍口對準傑西．史考特，雙方一刻也不敢鬆懈，氣氛一度非常緊繃，使得原本屈身躲在一旁的保羅．畢格羅，牙齒忍不住發出打顫的聲音，沒有人敢保證下一步會如何，只能走一步算一步。

原本傑西．史考特依約將引爆器放在桌上，下一秒他竟然就縮手，眼看就要按下按鈕，威爾森．泰勒幾乎完全沒有考慮，便奮不顧身朝著對方衝撞過去，及時打落傑西．史考特手中的引爆器，一陣混亂之中，傑西．史考特扣下板機，子彈直接打中威爾森．泰勒的肚子，當場鮮血直流。

「不要動！我的引爆器在哪裡？」傑西．史考特慌亂的說，並且將身體半蹲，用另一隻手尋找引爆器，在極度緊張的情緒下，無論如何努力就是找不著，不得已只好選擇撤退棄守。

比利・羅斯趁著傑西・史考特轉身狂奔之時，迅速瞄準開槍打中他的腰部，雖然他一度差點因痛楚而倒地，但仍無法阻止其逃脫，比利・羅斯本想一鼓作氣追出去，但又不能留下傷者，置之於不顧，只好先察看傷者的情形，再做其他的打算。

3

幸好威爾森・泰勒腹部的槍傷，僅從肚子側面穿過皮下，雖然流了很多的血，但大致上並無大礙，由於子彈並沒有卡在身體裡，暫時用上衣包紮傷口，就足以快速的止血，然後大伙扶著他靠著牆面稍微休息，威爾森・泰勒經過細心的照顧，似乎慢慢恢復體力，臉上也開始有了血色，此時大家才得以暫時鬆口氣。

「你不要命啦！竟然直接衝向他，難道你連危險是什麼都不知道嗎？」唐・羅倫貝爾雖然生氣的說，但臉上似乎看得出感激的表情。

威爾森・泰勒什麼話都沒說，只是一直保持著淡淡的微笑，慶幸自己福大命大。

照這個情形看來，唐・羅倫貝爾與威爾森・泰勒之間再無憤恨，他們兩人的恩怨，早已在潛移默化中自然化解，畢竟之前的誤會也已經澄清，他們也沒有必要再刀劍相向。

比利・羅斯把地上的引爆器撿起來，小心翼翼放入口袋之中，其他人則準備好要離開密室，就在他們剛通過房門離開房間，走進通道並打開照明工具時。忽然聽到天花板傳來，像是將爆米花放入微波爐中所發出的聲響，當他們感到納悶，而停下腳步的同時，比利・羅斯憑藉著過去的經驗，立刻驚覺有異，高聲呼喊叫大家趕快往前跑，一秒鐘不到，頭頂上的天花板，整個爆裂開來，房間瞬時被土石掩蓋，隨後通道也開始崩塌，再不離開密道，很快就要被活埋了。

所有人因驚恐而不顧一切的快速狂奔，體力較差又受傷的琳達，很快就落在隊伍的最後，眼看黑暗就快要吞噬了她。原本跑在前方已經快要到達出口的比利・羅斯，回頭看不到琳達的身影，又再次進入通道深處，一把抱起頭部受創的琳達，在土石完全掩埋住他們之前，順利逃離黑暗的通道，千鈞一髮重新回到外面的世界。

經過剛才的一番折騰，比利・羅斯體力不支，應聲倒在地上，連同琳達也一起跌落，幸好兩人都毫髮無傷，至於唐・羅倫貝爾則是扶著威爾森・泰勒坐在停車場的台階，保羅・畢格羅直直的跪坐在草地上，忍不住內心的激動，不斷親吻著大地，感謝老天爺讓他在險惡的環境中倖存。

太陽就在此刻緩緩升起，琳達抬頭看著渴望已久的陽光，還有在光線簇擁下的比利・羅斯。

「謝謝你為了我回來。」琳達說。

「妳也知道，我不能失去妳。」比利靦腆的說。

「很抱歉你妹妹的事。」琳達心痛的說：「幸好你即時將傑西・史考特的資產凍結，搶先一步阻止他的行動，但可惜還是被他逃脫。」

「至少一切水落石出，在天堂的露西，一定也很欣慰。」比利悲傷的說：「但我一定得要捉到那個凶手，妳留在這裡，等警察來告訴他們真相。」

比利道別琳達，便駕車欲追上傑西・史考特。

留在原地等待大約一個小時，才聽到警車及消防車的聲音從遠處傳來，沒過多久之後，此處再度被圍上黃色的封鎖線，大批的媒體記者像過境的蝗蟲般，啃蝕咀嚼可見的新聞素材，就像二年多前的那一天，陽光無比燦爛，但卻恐懼與後悔交織的那一天。

爆炸的聲響，連遠在西澤市正中央的市警總局都能清楚聽到，局長立刻火速下令，指派多輛消防車與救護車到場支援，當警方到達紀念館用無線電回報時，局長這才知道事態相當的嚴重，然後緊急在西澤市的邊境，設下多處搜查線及封索區域，防止傑西・史考特逃往其他地方，但一切只是亡羊補牢的做法，倖存者都明白他早已逃之夭夭。

4

從西澤大學紀念館門前到大馬路邊，正中央有一條長度超過五百公尺，寬度超過三百公分的巨型大裂縫，所有在路徑內的地上物，皆被吞噬在其中，可見當時地道崩裂的情況有多緊急，只要稍有閃失，就會被活埋在好幾噸重的沙土裡，幸好他們離開得早，否則所有人都不可能在這種情況下存活，琳達回頭看著下陷的地層，在心中暗自感謝著老天，讓她有機會重見天日。

在警方終於到達事發地之後，不久比利・羅斯也重回現場，臉上難掩失望。琳達堅持一路走回紀念館，雖然她一直想盡辦法要逃離這恐怖夢魘，但在所有細節還沒搞清楚之前，琳達不可能會輕易放棄調查，比利・羅斯明白她現在的想法，於是他扶著她疲累的身軀，跟隨在她的身邊，緊握她的手，給予她支撐下去力量，收到比利・羅斯的真心，琳達看著那個甘願為她犧牲性命的男人，兩人一同回到西澤大學紀念館，要為調查做最後的結束。

「琳達，妳是怎麼發現傑西・史考特就是兇手？」比利・羅斯問說。

「靠著自大的兇手所留下的密碼，所有的祕密就寫在裡面，你看。」琳達說，然後拿出口袋裡的座位表，交給比利・羅斯。

「這個座位表怎麼那麼奇怪，位置分配非常的不集中，上面的符文又代表什麼意思？」比利・羅斯疑惑的問琳達說。

「一開始在屍體上發現紙條時，我並不明白兇手的用意，直到發現座位底下的刻痕，才知道兇手原來早就有計畫，決定什麼時候，殺什麼人。」琳達說：「但光是知道這一點，還是看不出什麼端倪。」

「直到後來我發現，在所有死者之中，竟然有一個特別關鍵的差異之處，而這個關鍵，就發生在第一位出現的女屍身上。」琳達說：「因為只有她的死亡時間不在昨晚，從她屍體的情況看來，她是在很久以前就被人殺害，後來我才明白她其實就是露西，但為何兇手刻意將屍體放在明顯處，好讓在放映室裡所有人發現呢？」

「當我將露西身上的符文Laguz字型ᛚ，套用在座位表上，這才發現一個驚人的祕密。」只要將所有人的死亡時間，依照次序排列，再把身上有符文者，取符文第一個字來看，從放映室座椅第一排到最後一排開始檢查。」琳達說繼續說：「校長坐在第一排座位上，及他身上的符文是ᛗ **Mannaz**，接下來他的後面是亨利・畢格羅，他座位及身上紙條的符文是ᚢ **Uruz**，然後後面坐的是他們的員工及市府人員，座位上及電梯上所刻的符文分別是ᚱ **Raidho**、ᛞ **Dagaz**、ᛖ **Ehwaz**、ᚱ **Raidho**、ᛖ **Ehwaz**、ᚱ **Raidho**，將座位直條連結起來，就出現謀殺者**MURDERER**這個單字。」

「再將橫排下方市府人員的座位依序排列，得到四個符文，分別是ᚱ **Raidho**、ᚢ **Uruz**、ᚾ **Nauthiz**、ᛖ **Ehwaz**，將座位橫條連結起來，就出現盧恩**RUNE**這個單字，而此字就是現今北歐符文的代稱。」琳達停頓一下後又繼續說：「當以上兩個單字結合在一起，以ᛚ排列後，意思就變成盧恩謀殺者。」

「然而座位表最後的祕密，本來一直沒有頭緒，直到我不小心將座位表掉落地面時才發現，當我看見地上倒反過來的座位表，突然想起北歐符文有時也跟塔羅牌有相同的作法，就是將圖形倒過來解釋意義，於是我再將另一邊橫排上方座位依序排列，也同樣得到四個符文，分別是ᛁ **Isa**、ᛊ **Sowilo**、在喬・畢克座位及紙條上的符文ᛃ **Jera**、在佛西斯・道森座位及紙條上的符文ᛊ **Sowilo**，將座位橫條連結起來，就出現I S J S這幾個不合邏輯的字母，後來我將字母兩兩拆開，得到I S和J S，將之前座位的直排，以及另一橫排座位上所得到的單字相連，最後得到真正的解答就是：**RUNE MURDERER IS J・S**・盧恩謀殺者就是傑西・史考特。」琳達說。

「我想兇手自信不會有人解答出來，所以大膽把暗示放在明顯處，沒想到最後竟成為犯行的鐵證。」比利・羅斯說：「但有一點我很不解，妳又是如何知道兇手躲藏在密道中呢？」

「靠著一把泥土，促使我發現密道。」琳達說。

「泥土？」比利・羅斯問說。

「在照明設備尚未熄滅之前，我曾在一樓調查，當時就在鐘塔螺旋梯下方地板，看到一些泥土碎屑，但那時並不以為意，然後當我在調查放映室的過程中，無意之間發現座位表上一小撮的泥土，這便讓我開始覺得有些可疑，因為這裡哪來的泥土，就連紀念館外都已經鋪好水泥地，來訪的賓客根本不可能會踩到，除非刻意走到樹林之中，但樹林離紀念館有一段距離，應該沒理由會先到那裡駐足才對。」琳達說。

「然後我開始猜想座位表上的泥土，很可能是我在一樓時，將紙張放在地上所致，但非常巧合的是，當我調查在畢格羅先生被斬首的地方，竟然也發現展示櫃的旁邊有些許的泥沙，就藏在另一個展示櫃底下，而在畢克先生吊死的噴水池內，也發現少量沈在池底的泥沙，就噴水池的犯案現場看來，像是兇手刻意將池水染紅，也許就是為了不讓他人發現池底的異狀，然後當我重回一樓螺旋梯調查時，地面上就已經沒有沾過泥土的痕跡，研判應該是被人刻意清理，這反倒令我更加確信，地底下一定有條特別的通道，只差不確定正確的位置。」琳達說。

「原來如此。」比利・羅斯說：「但既然妳幾乎將所有的謎題破解，為何還要回到案發處，難道妳還有什麼疑慮嗎？」

「我還必需要確定電梯內的情況，並瞭解當初在黑暗之中，沒有仔細觀察的事證。」琳達說。

這時警方使用特殊工具，將電梯內的毒氣抽出，也陸續將困在電梯內賓客拖出，經過計算果真是十三具屍體，並先放置於大廳內，琳達經過警方的同意，翻開蓋在屍體上的塑膠布，仔細觀察屍體的情況。

所有的屍體身上都有大片紅色的疹子，如同比利・羅斯所說，他們真的是死於氫化物之中，並且再加上窒息的因素，使得每具屍體上，出現眼睛及舌頭突出的現象，脖子上也有爪痕，研判是他們因為無法吸入空氣，而拚命掐住自己的脖子所致，但非常奇怪的是，唯獨有一具屍體，衣角破損得厲害，甚至破了個大洞，身上並沒有紅疹，反倒都是瘀傷，尤其是在頭部及背部的地方，而那具屍體正是艾瑞克・福林。

「看樣子他很努力想要逃離電梯，所以盡全力往上爬，但最後還是重重摔下。」比利・羅斯難過的說。

琳達若有所思的離開停屍處，比利・羅斯也跟在她的身旁，但不知道她到底正在思考些什麼，後來幾乎一句話都不說，只是默默協助警方的調查，並指示警方找到被埋在地底下的其他屍體，且不時的拿出座位表，表情非常的嚴肅。

「看樣子，我也犯了一個錯誤。」琳達突然說。

「什麼錯誤？」比利・羅斯回過頭來，驚訝的問說。

「果然事情沒有那麼簡單就落幕，因為兇手不只一人。」琳達說。

琳達悄悄告訴比利・羅斯，她所發現那令人恐懼的新證據時，然後他們倆便急忙離開紀念館，在眾目睽睽之下，開車加速離開此地，令現場的媒體及警方感到相當錯愕，而待在救護車上的倖存者，亦為此舉感到不安，害怕他們會因此遭到不測，但也只能誠心的為他們祈禱。

尾聲

1

警察總局陷入一片混亂，門口擠滿媒體記者，比留守在紀念館的人數還多，還有一大群看熱鬧的民眾，在警局外頭叫囂，就像是在開大型派對般，只不過聚集的理由大不相同。為了阻止媒體未經同意拍攝，還有安全考量的前提之下，促使貝利局長逼不得已，只得派出警局內所有員警，將警局大門團團圍住，以確保不讓滋事者有機可乘。

琳達及比利開車來到市政府旁，便緊急將車子停在馬路正中央，因為他們知道，如果動作再不快一點，恐怕就沒有時間阻止兇手逃脫，於是他們一路狂奔趕到市警總局外，不畏前方為數眾多人們的抗議，及不知情員警的追趕，仍努力的鑽進人群，在不斷反覆的前進後退之中，才終於走到大門口，比利・羅斯立刻表明他的身分，但駐守的警察仍是不敢大意，硬是要故意拖延時間，經過仔細檢查他身上的證件，並證實他的身分後，才肯同意放他們進入。

他們表現得泰然自若，並且完全不知情的樣子，慢慢靠近警局櫃台，此時並沒有任何員警，注意到他們的舉止有異，只把專注力都放在警局外面，比利・羅斯對準了目標，立刻把手槍掏出來，並迅速將槍的保險打開，琳達則指著其中一位員警，高聲的咆哮他的名字，而此刻在警局內的所有員警，全都被這個情況給嚇傻，完全不知該如何處理，這個突如其來的事件。

那人當下正在忙著處理公務，身旁的背包及大紙箱，顯示出他已安排離開職務的事實，而且並沒有發現他們朝他走過來，直到他聽見吵雜的聲響，然後慢慢抬起頭來，看到他們就站在他的面前，便瞬間露出一臉的驚訝的表情，但隨後就將雙手高高舉起，竟然開始放聲大笑，這個怪異的反應，著實令人不解。

「肯恩・蕭，你犯下多起謀殺罪名，不要抵抗，束手就擒吧！」比利・羅斯大聲的說。

「長官，你一定是弄錯了，我是可是個警察，不可能犯此重罪。」肯恩・蕭笑著說。

「你不用再狡辯，我有證據證明你是殺人兇手。」琳達說。

「既然妳那麼肯定，那麼我就洗耳恭聽，妳所謂的證據到底是什麼？」肯恩・蕭一臉不在乎的問說。

「你真的非常的聰明，把一切證據都推得一乾二淨，讓我一直以為傑西・史考特是唯一的兇手，但是你所留下來的資料，不但顯示傑西・史考特的惡行，卻也大膽的將自己的名字也刻上，只是若不深入觀察，或許很難發現這個證據，只能說你真是個狡猾的人。」琳達說。

「我聽不懂妳在說什麼？請用白話來說好嗎？」肯恩・蕭嘻皮笑臉的問說。

「我所要講的意思就是，我已經知道你所使用的伎倆，當我調查陳屍在電梯內艾瑞克・福林的屍體時，發現他的身上有多處瘀傷，看起來根本不像是為了求生，人們相互推擠而產生的傷痕，反倒像是被人從高處推落，才會讓背部有大片的黑青。」琳達說：「而且我記得的艾瑞克・福林，是慣用左手者，所以照常理來說，他的手錶應該是戴在右手，但是在電梯中的艾瑞克・福林，手錶卻是戴在左邊，所以我大膽的推測在電梯內死亡的艾瑞克・福林，跟剛進入紀念館的艾瑞克・福林是不同人，也就表示有人在假冒艾瑞克・福林的身分。」

「所以我要請問你一個問題，你是慣用左手還是右手呢？」琳達問說。

肯恩・蕭高舉的雙手突然放下，並沒有回答這個問題，看起來似乎有些不安，雖然在他快速的掩飾之下，其他人無法立刻得知這個答案，但是詢問者卻早在接近他之時，就注意到他的左手上，有長期配戴手錶才有的白色印痕，間接證明她的疑問。

「這不重要，事實是妳根本無法證明我當時是在現場，對吧？」肯恩・蕭說。

「那麼我想問你，昨天晚上八點到今天早上六點，你人在哪裡？」琳達問說。

「昨天晚上八點，我去參加朋友的派對，然後就一直待到隔天早上，派對主人可以證明我有親自到場，然後今天早上六點我就已經在警局工作，同事們都可以為我做證。」肯恩・蕭說。

「那麼你的朋友可以證明你當天整晚都在嗎？還有其他人可以為你佐證嗎？畢竟派對不會只有兩個人，對吧！」琳達問說：「還有你說你早上就在警局，但之前你又在哪裡？還待在朋友的派對嗎？」

「沒錯，是沒有人可以確切的替我佐證，我是否整晚都待在派對上。」肯恩・蕭說：「但是，我有一位朋友，倒是知道凌晨一點時我還在派對中，因為那個時候我還跟他一起喝酒、打電動，他可以為我證明。」

「雖然從市區到紀念館需要一個小時的車程，這樣算下來你只有大約三個小時的犯案時間，但這些時間對你而言非常足夠，也早就在你的預想之中。」琳達說：「因為你已將所有的計畫安排完善，然後又有傑西・史考特這個共犯，幫忙處理屍體搬運的問題，你唯一的任務就是假扮艾瑞克・佛林參加宴會，美其名是為了輔助他，事實上你是去監視傑西・史考特的行動，看他有無照著計畫行事，然後趁大家不注意，慢慢將祕密一點一滴的留在現場，例如在放映室座椅下及電梯旁刻印文字，我猜測紙條也是你放入屍體口袋中，最後再把真正的艾瑞克・佛林給丟入電梯內，其他的事情就交給傑西・史考特來辦，然後你大約在午夜十二點時，趁備用電源尚未耗盡時離開，然後立刻直奔朋友派對會場，得以製造不在場證明。」

「但是，我八點才到派對現場，怎麼可能同時在八點的時候到達紀念館呢？」肯恩・蕭問說。

「那是因為你根本就不是從正門進入會場，而是由地底密道走進來，所以在威爾森・泰勒的名單上，只有你的名字沒有被打上星星，但事後你當然也會想到這問題，所以又在名單上補上一個星星，雖然你模仿得很相像，但是從你所畫的星星開口處看來，卻與威爾森・泰勒所畫的不同，原因是因為你們開始畫的方向，根本就是相反的。」琳達說。

「算了！我投降，妳實在是太驚人了，沒有想到完美的計畫，竟會栽在妳的手裡。」肯恩・蕭大笑著，完全不抵抗，讓身旁的員警銬住雙手，然後對著琳達說：「那妳是如何發現我的身分呢？」

「電梯內明明有十三具屍體，但電梯上的符文刻印，卻獨漏艾瑞克・福林一人，但在艾瑞克・福林的座位底下，所刻上的符文＜Kenaz，前三個字母卻悄悄透漏出你的真實身分，我猜測就只有你有辦法，在警局內將前市長的資料調包，並相信你在二年之前，早就與傑西・史考特內神通外鬼，並且練習扮演起艾瑞克・福林的角色，把真正的艾瑞克・福林囚禁，而所有證據就在你的鞋底，我相信你應該來不及換上另一雙鞋，因為你為了要湮滅證據，根本就沒時間換，再加上你太有自信，相信自己絕對不會被發現，所以我推測你腳上的鞋，一定沾到了地道裡的泥土，對吧？」琳達說。

「妳真了不起，我不應該小看妳。」肯恩・蕭在被押往大牢前高聲的說。

「接下來就只剩下逮捕傑西・史考特，這件事情才得以落幕。」比利・羅斯從容的收起身上的配槍，無奈的對著琳達說。

「比利，我真的很疲累，真希望早點結束這場夢魘。」經過剛才的對峙，琳達癱軟無力的靠在比利・羅斯身上說。

比利・羅斯摟著她弱小的身軀，突然想起已經死亡的妹妹，悲痛的心就好像快要碎掉了，在經歷過這一切後，兩人緊緊的抱在一起，給予彼此溫暖與安慰，更希望將所有事情做個最後的了結，讓壞人受到應有的制裁。

2

貝利局長知道警局內有人涉案，開始感到坐立難安，深怕頭頂上的烏紗帽不保，便下令總局上下所有人員，不得洩漏這件事，也故意找一個理由，使得琳達及比利無法離開警局，也不能參與圍捕傑西・史考特的行動，反而派給他們一個任務，就是在肯恩・蕭身上問出更多的內幕，因為自從他被逮補以來，就再也不曾透露任何有關案情的問題，也只有仰仗他們的力量，來達到詢問的目標。

肯恩・蕭在審問室裡雙手被反銬在椅子上，面對三位重案組的刑警，態度相當的從容，但不管他們怎麼詢問及出言恐嚇，卻還是什麼話都不說，最後他們真的拿他沒有辦法時，比利・羅斯只好請三位員警離開，自己親自出馬問話，只見他把椅子移到肯恩・蕭的身旁，想要來個近距離的觀察，並希望藉由空間的壓力，促使他透露更多的資訊。

「長官，今天的你看起來更加帥氣，你的髮型是怎麼弄的，如此亂中有序。」肯恩・蕭打趣的說。

「現在我們沒時間閒聊，請你告訴我，為什麼你要幫助傑西・史考特，然後犯下這整起案件，你有得到什麼好處嗎？」比利・羅斯問說。

「什麼好處都得不到。」肯恩・蕭說。

「那麼既然如此，為什麼你還是執意要犯案呢？」比利・羅斯問說。

「沒有理由，就是無聊。」肯恩・蕭說。

「你該不會不知道，本州依法是可以判處死刑，難道你一點也不擔心嗎？」比利・羅斯問說。

「不擔心。」肯恩蕭說。

「你知道傑西・史考特現在人在哪裡？」比利・羅斯問說。

「不知道。」肯恩・蕭說。

「你到底是怎麼了，要怎樣你才肯回答，這可是攸關二十條人命的重案，如果你繼續保持沉默，這些罪名就全部由你擔負，你知道嗎？」比利・羅斯說。

「長官，不是二十條人命，而是三十二條人命。」肯恩・蕭說。

「你這是什麼意思？」比利・羅斯驚訝的問說。

「這件事我不會告訴你，但我會將我知道的事情全都告訴琳達・艾菲爾，讓我與她單獨會談，你可以在雙面鏡後監看，我保證不會傷害她。」肯恩・蕭說。

比利・羅斯往鏡面方向看去，琳達就在雙面鏡之後，聽見他們之間的對話，雖然當下她非常的緊張，一度無法壓制恐懼，想要立刻離開現場，但最後還是答應肯恩・蕭的要求，單獨與他會面。

「我依照約定單獨前來，你知道些什麼，就直接對我說。」琳達就坐在肯恩・蕭的對面說。

「我想妳心裡一定有譜，請把妳的猜測跟我說，好嗎？」肯恩・蕭問說。

「你猜得沒錯，我的心裡的確是有一些答案，我想你所提及的另外十二條人命，是指在西澤大學校園屠殺案中身亡的人數，包含露西及自殺的兇手，對嗎？」琳達小心翼翼的問說。

「沒錯，請繼續說下去。」肯恩・蕭說。

「所以我推測西澤大學校園屠殺案並非偶然，是有人刻意策劃，而這些人就是在案發後，得以獲得極大利益的人，也就是建設公司負責人佛西斯・道森、設計總監喬・畢克、包商亨利・畢格羅以及市長邁克・瓊斯。」琳達說。

「那麼他們是怎麼辦到的呢？」肯恩・蕭問說。

「我猜這一切是從西澤大學校長勞倫・史密斯剛接受強納森・喬斯的入學申請開始，傑西・史考特是前任的學生會長，由他與校長接洽，將強納森・喬斯一步步導入陷阱中，目的就是為了要把西澤大學拆除，並且促使前任西澤市長因此而下台，讓副市長邁克・瓊斯上台推行建案。」琳達說。

「關於傑西・史考特，妳可以再多說一點。」肯恩・蕭說。

「傑西・史考特雖然受到重用，並且還成為佛西斯・道森的女婿，但是他並不滿足，密謀將所有的金錢、地位一人掌握。」琳達說。

「那麼他後來怎麼做呢？」肯恩・蕭問說。

「他虛設一個建設公司，跟道森建設公司一同投標，但故意壓低金額，讓道森建設公司得標，事實上道森建設公司及畢克服飾的資金，早就轉入他虛設的公司中，一旦道森建設公司垮台，傑西・史考特所虛設的公司，就得以依法取得標案，還可以獲得所有的資金，只要佛西斯・道森和其他知情人士死亡，他的計畫就可以順利成功，所以這就是傑西・史考特殺人的動機。」琳達說。

「沒有錯，妳推理的完全正確。」肯恩・蕭說。

「但是我不瞭解，為什麼你會答應傑西・史考特的邀約，你的動機到底何在？」琳達問說。

「強納森・喬斯，他就是我的動機。」肯恩・蕭說。

「難道你跟當年的那起縱火案有關？」琳達問說。

「沒有錯，他害死了我的父母親，這個仇我非報不可。」肯恩・蕭咬牙切齒的說。

「如果我記得沒有錯，應該是強納森・喬斯的父母縱火才對，新聞上面都是這麼寫的。」琳達說。

「他愚蠢又有精神疾病的父母，竟然幫自己的兒子頂罪，實在是有夠好笑，真不知道他們腦袋裡面裝著什麼？」肯恩・蕭說。

「但是強納森・喬斯為什麼要縱火呢？」琳達問說。

「他本來要殺的人是我，過去的他是出了名的惡霸，專門愛找我的麻煩，當我終於鼓起勇氣反抗他，沒想到這個舉動卻無故害死我最愛的親人，於是我就痛下決心，一定要讓他體會被人欺壓、歧視，那種生不如死的感覺，所以當時警方詢問案情時，我並沒有出面說明，因為就算我供出來，頂多只會讓他坐幾年牢，這樣太便宜他了。」肯恩・蕭說。

「我隱姓埋名跟蹤他多年，終於讓我等到這個機會，所以我就將計畫告訴傑西・史考特，他當然馬上就答應，因為有了我的幫助，的確解決了不少麻煩，我們兩人算是互相利用。」肯恩・蕭說。

「但強納森・喬斯當年霸凌他人還縱火，會僅僅因被霸凌及學科被當而殺人，這個理由是否太過牽強？」琳達問說：「他不是有個心靈寄託的好友威爾森・泰勒，應該不因為對方慫恿而殺人吧？難道……」

「跟他見面的人，其實是你？在網路上哪些找不回來的留言，也是你刪除的，內容不只有我們找到的，還有其他的事情嗎？」琳達問說：「你到底有幾個化身？你到底做了什麼？」

「你說呢？」肯恩・蕭笑說。

「天呀！屠殺案當時你在現場，那時你是威爾森・泰勒，他一直在找的人就是你？難不成連武器都是你提供的？溫室也是你破壞的，因為最後你躲進密道匿蹤，強納森・喬斯還以為你背叛他？」琳達激動的說。

「沒錯，我是威爾森・泰勒，也是艾瑞克・佛林，當然還有現在的肯恩・蕭。」肯恩・蕭笑說：「還有一些你不知道，但很重要的人。」

「但強納森・喬斯二年前就自殺身亡，照理來說你已經算是報仇了，那你為什麼還要幫助傑西・史考特呢？」琳達問說。

「我想知道傑西・史考特會為了獲得金錢，做到什麼樣的程度，反正道森集團那些人本來就是罪有應得，我只不過是順水推舟幫助他安排計畫罷了。」肯恩・蕭說。

「傑西・史考特也殺害原本無辜的人，你卻讓他逍遙法外，留你在這裡坐牢，你難道不會覺得不甘心嗎？」琳達問說。

「對他，我早有安排，就如同西澤市長一般。」肯恩・蕭冷笑的說。

「這是什麼意思？」琳達問說。

「請耐心等待，妳很快就會知道。」肯恩・蕭說。

這時樓下突然傳來員警們大聲吼叫的聲音，不久之後，比利・羅斯便帶著幾位員警進入房間，琳達隨及離開審問室，肯恩・蕭則立刻被送回牢房中。自在場員警表情中，可以看得出神色相當慌張，肯恩・蕭卻一派輕鬆，高興的吹著口哨，此舉讓其他員警十分惱怒，不但狠狠的瞪著他，還差點就要揮拳打了過去，幸好沒有擦槍走火，琳達則完全狀況外，不知道到底發生什麼大事。

「琳達，剛才邊境的員警回報，在29號公路上，有一輛黑色的休旅車突然爆炸並起火燃燒，消防人員撲滅火勢後，發現駕駛活活被燒死在車內，更奇怪的是，他們在後車箱的夾層中發現另一具屍體，和一尊黃金雕像，經過證實這兩人的身分，分別是傑西・史考特，以及西澤市長邁克・瓊斯。」比利・羅斯說。

「這一定是肯恩・蕭的計謀，實在太可怕了。」琳達說。

當比利與琳達匆匆趕到牢房，準備再次詢問肯恩・蕭，沒想到牢房裡只留下一頂假髮，和一塊看似臉皮的東西，人卻憑空從牢房中消失，就連看守犯人的員警們都不敢置信，因為不到一分鐘前，才剛把他關進牢房裡，到底他是如何逃脫？

琳達在牆角窗戶發現一小滴鮮血，於是她用力的推動窗戶的鐵欄杆，竟然直接斷成兩半，看樣子肯恩・蕭就是從此處逃脫，然後他只要將鐵欄杆歸位，看起來就跟原本沒兩樣，琳達也檢查其他牢房，每一間房間都被他動過手腳，可見他早有逃脫的計畫，狡猾的令人難以防備。

監牢內的鐵窗非常狹小，只有身材瘦小的人，才有辦法通過，為了不讓肯恩・蕭逃脫，琳達不顧自身安全，自告奮勇的鑽過鐵窗，然後她發現鐵窗最後直通警局後方的防火巷，然後就回過來通知比利・羅斯，於是員警兵分多路前去會合圍捕，剩下她獨自一人留在暗巷中，琳達再次鼓起勇氣走到巷子的底端，前方就是人潮眾多的市府廣場，她往廣場方向觀察人群，但看不出那一位才是肯恩・蕭的背影。

專心的琳達，並沒有注意後方的下水道口正慢慢開啟，一隻慘白的手，就從下水道口伸出，捉住琳達的雙腳，把她拖進下水道之中，再迅速將下水道口關上，四周立刻就陷入一片黑暗，遲來的比利・羅斯及員警們，就在排水口上方走動，但無論她怎麼大叫，他們卻依舊聽不到她的聲音，因為場外抗議者的聲音實在太大，再加上密閉空間的回音，因此無法將聲音傳出。

「妳再怎麼尖叫也沒有用，上面的人是無法聽見妳的聲音。」肯恩・蕭的頭上戴著夜視鏡，對著琳達說。

「你想要做什麼？殺了我嗎？」琳達在黑暗中，雙手到處亂揮，激動的說。

「我一點都不想殺了妳，妳難道不明白嗎？」肯恩・蕭說。

「那你為什麼要把我關在這裡？」琳達問說。

「因為我知道妳太聰明，遲早會發現我躲藏在此地，所以只好先下手為強，如果有弄傷妳，我先在這裡道個歉。」肯恩・蕭說。

「難道你想要一直躲在這裡嗎？比利很快就會發現這裡，我勸你還是投降。」琳達說。

「不行，我還有很多的計畫尚未執行，絕不能在這個時候被捉，妳站在那裡不要亂動，下水道裡是很危險的。」肯恩・蕭說。

「肯恩・蕭，你要去哪裡？快回答我呀！」琳達害怕的問說。

這時他早已離開此地，不知道往那個方向走去，剩下琳達一人，站在伸手不見五指的下水道中，她靜靜站立在溝渠裡，不敢隨便的行動，但寒冷漸漸讓她泡在水裡的腳麻痺，身體也開始在顫抖，不得已她只好摸黑的往前走，但不知道為什麼，流水的聲音愈來愈大，水位也愈來愈高，很快就到達她的腰部。

琳達開始驚慌起來，決定還是往回走，但已經找不到回去的方向，眼看水就要淹沒她的身體，突然有一個人從背後緊緊抱住她，把她從水中拉起來，等到她過醒來時，就已經回到地面上，她努力的睜開眼，眼前景象卻是一片模糊，但她依稀記得身邊的那位男子，有著一張被火燒傷的臉，然後她就再也支撐不住，昏厥過去。

等到琳達再次醒來，人就已經躺在醫院，比利・羅斯和父親都站在病床旁，他們看到她終於有了意識，喜悅的表情毫無保留的顯露出來，年邁的父親還別過身，偷偷的拭去淚水，比利・羅斯則緊緊的握著她的手，露出帥氣又溫柔的笑容。

「逮到他了嗎？」琳達問說。

「我和警方在中央公園的下水道發現一具男性的屍體，但目前不確定是否為肯恩・蕭本人。」比利・羅斯說。

「別提這個了，我們還是先出去，我有一點事情想跟你談談，就讓她好好休息一下。」父親對著比利．羅斯說。

比利．羅斯對著她揮了揮手，就跟著父親一起離開，此時，琳達環視整間病房，無論是裝潢還是擺設，都和之前的病房相同，只不過多了一些訪客送來的花束，可見她這次還是待在同一家醫院，琳達勉強拖著疼痛的雙腳走下床，來到唯一的窗口望著窗外的風景，刺眼的陽光卻澆不熄她死裡逃生的好心情。

不久一位男性護理人員從門外進來，手中捧著一個小盆栽，經過琳達同意後，便將其放置於窗台上，隨後便匆匆離去，琳達欣賞著這放在小型的盆栽中的一整株淡紫色的小花，在花莖上還綁著粉紅色的絲帶，而絲帶上附著一張卡片，琳達好奇的打開來看，上頭附了一首雪萊的詩，內容是：香澤，當芬芳的紫羅蘭凋謝，蘊存在甦活的感覺。（Odours, when sweet violets sicken, Live within the sense they quicken.），但沒有任何的署名。

琳達疑惑的看著卡片上花型的浮水印，想起邀請函上的祕密，於是她小心的把卡片撕開，裡頭果真也有個小夾層，夾層裡有一張折起來的紙，琳達壓抑住顫抖的雙手，將那張紙慢慢的打開，而這張紙原來是一張一家三口的全家照，背景是在某間房子的前院，相片裡的人都笑得很開心，其中兒子擺了一個很怪的姿勢，似乎指著一個沒有人的地方，琳達仔細的觀察並循著指示方向來看，發現在屋子閣樓的窗戶邊站著一個小男孩，他側身彎腰朝著鏡頭方向望去，臉部扭曲變形，就像被燒傷一樣，帶著強烈的恨意不斷的笑著……。

「他是誰？」琳達早已陷入混亂無法思考。

THE END

座位表：

8					☆★ 市府人員	☆★ 市府人員			
7					☆★ 市府人員	☆ 唐・羅倫貝爾	☆★ 市府人員		
6					☆★ 市府人員		☆ 琳達・艾菲爾	☆★ 市府人員	
5					☆★ 佛西斯・道森的私人秘書			☆ 艾瑞克・福林	☆★ 市府人員
4	☆★ 佛西斯・道森	☆ 瑪格麗特・狄更斯・道森			☆★ 亨利・畢格羅的工地主任				
3		☆★ 喬・畢克	☆ 傑西・史考特		☆★ 喬・畢克的秘書				
2			☆★ 市府人員	☆ 艾咪・坎貝爾	☆★ 亨利・畢格羅	☆ 保羅・畢格羅			◎
1				☆★ 市府人員	☆★ 勞倫・史密斯	☆ 泰瑞莎・畢克			★ 露西・艾格波特
╱	1	2	3	4	5	6	7	8	9

螢幕

☆代表受邀出席的人
★代表死後身邊留有符號的人
◎後來才被刻印上文字的座位

座位表解析：

8					☆★ ᚱ Raidho	☆★ ᚱ Raidho			
7					☆★ ᛖ Ehwaz	☆ ᛞ Dagaz	☆★ ᚢ Uruz		
6					☆★ ᚱ Raidho		☆ ᚷ Gebo	☆★ ᚾ Nauthiz	
5					☆★ ᛖ Ehwaz			☆ ᚲ Kenaz	☆★ ᛖ Ehwaz
4	☆★ ᛊ Sowilo	☆ ᚦ Thurisaz			☆★ ᛞ Dagaz				
3		☆★ ᛃ Jera	☆ ᚨ Ansuz		☆★ ᚱ Raidho				
2			☆★ ᛊ Sowilo	☆ ᚦ Thurisaz	☆★ ᚢ Uruz	☆ ᚦ Thurisaz			◎
1				☆★ ᛁ Isa	☆★ ᛗ Mannaz	☆ ᚦ Thurisaz			★ ᛚ Laguz
/	1	2	3	4	5	6	7	8	9

螢幕

☆代表受邀出席的人

★代表死後身邊留有符號的人

◎後來才被刻印上文字的座位

要推理102　PG2786

要有光
FIAT LUX

雙重犯罪：

血紅之塔

作　　者　貝爾夫人
責任編輯　喬齊安
圖文排版　陳彥妏
封面設計　吳咏潔

出版策劃　要有光
發 行 人　宋政坤
法律顧問　毛國樑　律師
印製發行　秀威資訊科技股份有限公司
114台北市內湖區瑞光路76巷65號1樓
電話：+886-2-2796-3638　傳真：+886-2-2796-1377
http://www.showwe.com.tw
劃撥帳號　19563868　戶名：秀威資訊科技股份有限公司
讀者服務信箱：service@showwe.com.tw
展售門市　國家書店（松江門市）
104台北市中山區松江路209號1樓
電話：+886-2-2518-0207　傳真：+886-2-2518-0778
網路訂購　秀威網路書店：https://store.showwe.tw
國家網路書店：https://www.govbooks.com.tw
總 經 銷　聯合發行股份有限公司
231新北市新店區寶橋路235巷6弄6號4F
電話：+886-2-2917-8022　傳真：+886-2-2915-6275

出版日期　2022年8月　BOD一版
定　　價　360元

讀者回函卡

Printed in Taiwan

國家圖書館出版品預行編目

雙重犯罪：血紅之塔/貝爾夫人著. -- 一版. --
臺北市：要有光, 2022.08
面； 公分. -- (要推理；102)
BOD版
ISBN 978-626-7058-48-0(平裝)

863.57 111011606